나는 왼손을 믿지 않는다

나는 왼손을 믿지 않는다

임이송 에세이

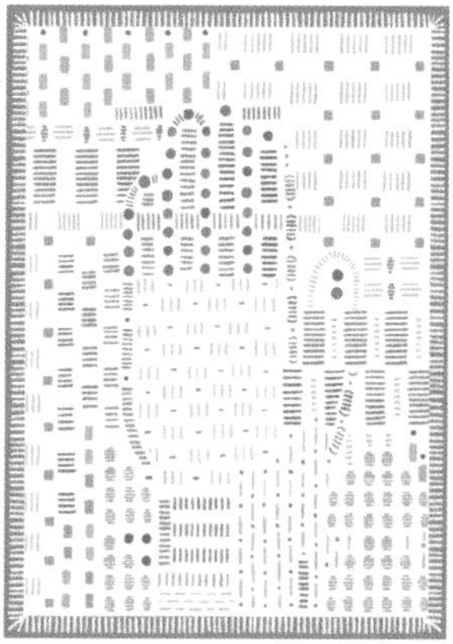

도서출판 북인

프롤로그

나의 외전

지인 중 한 분이 손톱을 다쳐 멍이 들자, 양 옆의 손톱에도 파란 색 매니큐어를 칠하였다. 멍든 손톱이 감쪽같이 괜찮아보였다.

나는 나와 인연을 맺고 있는 사람들의 안부를 종종 묻는다. 정기적으로 또는 비정기적으로. 다만 언제나 나의 평안이 우선이다. 내가 안녕해야 다른 이들의 안부를 물을 수 있기 때문이다. 내 안부만큼이나 가족과 이웃과 다른 생명체들의 평안을 기원한다. 그들 모두가 나의 일상이므로.

그러다보니 평소 사람들과 사물을 눈여겨보게 된다. 눈에 담은 것들은 생각으로 이어진다. 생각으로 이어진 것은 마음에 오래 머문다. 머무는 동안 나를 즐겁게도 하고 헤집기도 하고 불편하게도 하고 어루만지기도 한다. 그런 상태에서 또다시 다양한 모습으로 변주된다.

일상은 무언가를 하거나 누군가를 만나는 것으로 이어진다. 거기에선 많은 일들이 일어난다. 그렇다고 그것들 모두가 내게로 와서 글이 되진 않는다. 유독 마음에 걸려 뼈로 남은 것들만 소재로 쓰인다. 그것이 사건이든 사람이든 마음이든 간에. 날것들은 어설프고 낯설고 아파서 내 안에서 곰그른 후에야 바깥으로 나올 수 있다.

그런 까닭으로 내가 쓴 글은 내 생각과 마음의 외전인 셈이다. 특별히 내 안에서 어수선했거나 왜곡되었거나 궁금했거나 증폭되었거나 단속적으로 이어졌던 것들이 밖으로 나와 질서정연하게 재배치되었기 때문이다. 그래서 본래의 것보다 한두 겹의 옷을 더 입었거나 덜 입었을 수도 있다.

오래 묵히고 삭이고 거르다보니 3인칭 관찰자 시점처럼 쓰인 글도 있다. 생각하기에 따라 덜 진실하고 덜 적나라하게 느껴질 수 있다. 자신을 객관적으로 보는 것 자체가 어불성설이라 반박할 이들도 있겠지만, 잠잠히 오래 들여다보면 불가능한 일만도 아니다.

나는 환경적으로 이타적인 자세로 살 수밖에 없었다. 그러다보니 내 욕망보다 타인의 욕망을 욕망하며 산 시간이 많았다. 전통적인 색채가 짙은 안동에서 태어나 자랐고 학교 선생을 했고 또 맏딸과 맏며느리로 살았다. 그러는 동안 내 정체성은 더욱 공고해졌다. 그렇다고 하여 모든 상황을 갈등 없이 수용한 건 아니다. 갈등의 흔적들이 몸의 곳곳에 상처와 상념의 모습으로 남아 있다.

무엇보다도 타인의 욕망, 즉 부모의 욕망이나 남편의 욕망에 맞추느라 애쓴 시간이 많았다. 무슨 행동을 하든 부모에게 누가 되지 않기를 바랐고 시가에서는 남편의 욕망에 걸맞게 살려 노력했다. 대신 그만큼 고유한 '나'는 사라진 시간이었다. 더불어 그 삶에는 내 욕망이 반영되지 않거나 체념케 되는 경우가 잦았다.

그래서 여기에 쓴 글들 중에는 내가 욕망한 것과 좌절한 덩어리들로 채워진 것들이 꽤 있다. 보고 싶었고 품고 싶었고 만지고 싶었고 갖고 싶었던 것들을 말하고 건드리고 드러냈다.

그리하여 장차 내가 생각하는 대로 살고자 하는 마음을 담았다. 그것은 'Went on'의 마음이다. 내가 나아가고 싶은 방향으로 더 전진하려는 마음이다. 전진하는 길엔 아름다운 산책로만 있진 않을 것이다. 거대한 산맥이 놓여 있을 수도 있고 작은 언덕길도 있을 것이다. 그렇더라도 한 걸음씩 나아갈 생각이다.

내가 쓴 글은 또한 관계의 정리이기도 하다. 나와 나의 관계는 물론 나와 타인과의 관계의 정리이고 정립이기도 하다. 매끄럽지 못하거나 까슬까슬했던 내 마음을 다스리고 타인과의 사이에서 부대끼었던 마음을 달래고 되살리는 시간이기도 했다. 그것들은 처음엔 내밀했지만, 숙성되는 시간을 거치는 동안 남에게 보여줄 수 있을 만큼 둥글러졌다.

각 이야기들은 나를 풀어놓은 공간이기도 하다. 때로는

내 안에 묶여 있던 것들을 풀어서 바깥으로 내어보냈고 또 때로는 살아 있는 것들을 방생하여 더 따뜻하고 넓은 곳에 안착하여 살아가길 바랐다. 무어든 안으로 품는 사람이라 글에서나마 느슨해지려 노력한 결과이다.

56편의 이야기는 그래서 각기 다른 듯하지만, 같기도 하다. 생각이 글로 표현되는 순간, 내가 달라지고 함께하는 가족과 이웃도 달리 보인다. 글은 운동력이 있어 나를 새로운 세계로 이끌면서 동시에 주변을 아름답게 만들기도 한다. 그리하여 쓰는 동안 위로가 되었다.

내 글을 읽은 독자가 나의 삶 어느 한 부분에서라도 공감하고 공명하고 때로는 나와 연대하는 마음까지 가진다면, 우리 모두는 다친 손톱 옆의, 파란 매니큐어를 바른 손톱이 될 수도 있겠다.

Contents

1부 몸이 된 언어

2부 울음을 푸는 방식

3부 모서리의 마음

4부 생의 저점

1부

몸이 된 언어

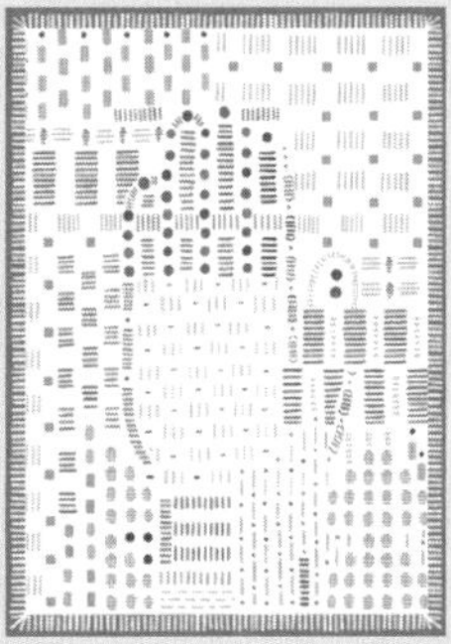

물을 멍들이다

구릿빛에 바짝 마른 남자 넷이 물에 멍을 들인다. 발로 끊임없이 물차기를 한다. 청록색 색소를 가진 인디고 풀을 물속에 하루 넣어두었다 빼낸 후, 그 물을 넷이서 두어 시간 뒤로 발차기하여 거품을 낸다. 공기를 끊임없이 물 안에 불어넣어 색소를 만들어낸다. 거품은 시간이 흐르면서 점점 파란 색으로 변한다. 남자들은 일을 시작할 때 하얀 천을 어깨에 두른다. 그들은 자신이 두른 천이 파랗게 물들 때까지 그 작업을 계속한다. 그러는 동안 그들의 몸도 파랗게 물든다. 그렇게 된 물을 끓여 매혹적인 파란 색 염료를 얻어낸다.

작업을 끝낸 그들은 자신의 온몸에 밴 파란 물을 빡빡 문질러 빼낸다. 파란 몸이 형벌의 징표라도 되는 양, 필사적으로 닦고 또 닦아낸다. 거품을 만들 때만큼이나 온 힘을 들인다. 그러나 피부와 달리 그들의 손톱과 발톱에 물든 파란 색은 빠지지 않는다. 그들이 신의 색이라 여기는 신성한 BLUE는 그렇게 물을 들이기도 빼내기도 해야 하는, 아이러니한 색이다.

그들 중 가장 연장자이면서 세 아들의 아버지인 한 남자는 조상 대대로 그 일을 해왔고 자신도 하고 있지만, 평생 가난하게 살아왔단다. 가난을 담담하게 말하는 그의 입 안도 파랗다. 나는 그의 손톱에 자꾸 눈이 갔고 그가 자꾸만 바라보는 파란 하늘에도 눈길이 따라갔다.

자신의 삶을 숙명처럼 받아들이고 혼을 다해 사는 모습과 그의 몸. 군살 하나 없는 몸은 그의 영혼과 일치하는 느낌이 든다. 나는 그의 단단한 몸에 배어 있을 체념을 생각해 본다. 내 생각이 거기에 오래 머문다.

나는 안다. 어떻게 하면 내 마음에 멍을 들이는지. 또 들이지 않을 수 있는지를. 멍을 들이지 말아야지 다짐해도 소용이 없을 때가 있다. 그들이 매번 파란 물을 들여야 하는 것처럼. 그런 다짐은 물을 마실 때 종종 깨진다. 나는 물을 마실 때 가장 집중한다. 물을 먹고 체한 후 생긴 버릇이다. 조용히 물을 마시는 짧은 순간, 가장 아프고 괴로운 생각이 틈탈 때가 있다. 그럴 땐 머금은 물을 삼키지 않고 뱉어낸다. 그러다보니 점점 물을 조금 먹게 되고 또 천천히 먹게 된다. 물속에 그 남자들이 씻어내고 싶은 파랑 같은 것들이 들어 있기라도 한 것처럼.

물을 마실 때 벌컥 든 생각은 나의 임계점을 자극하여 폭발 직전의 단계까지 끌어올린다. 그럴 때마다 터트려선 안 된다는 강박증이 같은 무게로 작동한다. 파란 색을 만드는 남자가 파란 하늘을 보며 힘듦을 견뎌내듯. 불쑥 떠오르는 얼굴, 감정, 장면들을 견디려 한다. 남자의 뒷발차기가 거셀

수록 나의 회상도 힘겨울 때가 있다. 그런 회상은 내게 남은 시간이 별로 없다는 것을 건드려 자꾸만 중압감을 들게 한다. 멍을 빨리, 반드시 지워야 한다는.

그 남자는 아들들에게 다양한 색을 보여주려 시장으로 데려간다. 거기엔 온갖 색이 있다. 그 모습을 남자도 아이들도 유심히 본다. 평생 파랑 속에 살았던 그는, 아이들만은 그런 삶을 살지 않기를 바란다. 아이들은 빨강 노랑 하양 주황 연두…. 다양한 색들에 눈을 반짝인다.

최근 나는, 오래된 멍을 풀기 위해 한 가지 행동을 시작하였다. 내가 원하는 결과가 나오지 않을 가능성이 높다. 더 시커멓게 멍들어 영원히 빼지 못할지도 모른다. 나에게 멍을 들인 사람이 그럴 의지가 없기 때문이다. 그 멍은 나 혼자 지울 수 없는 것이다. 상대의 몸짓이 필요한 일이다. 그 남자가 우기 때마다 만들어내야 하는 파랑처럼, 나에게도 어쩔 수 없는 일로 남을 수도 있다. 손톱이 자라면 습관처럼 깎듯, 세상에는 그런 일만 있는 게 아니다.

남자는 아들들을 바다에도 데려간다. 파랗게 끝없이 펼쳐진 바다를 보여준다. 아이들은 바다를 처음 보았다며 폴짝 뛰어오르지만, 그의 눈에는 출렁이는 시퍼런 파랑이 굴레처럼 또 신의 구원처럼 느껴지는 모양이다. 그런 그의 눈빛에선 체념과 신성함이 함께 묻어난다.

어떤 날은 내가 무수한 멍으로 만들어진 사람처럼 느껴질 때가 있다. 가슴의 멍울이 땡땡하게 뭉쳐질 때 그런 생각이 든다. 의사가 그랬다. 가슴에 생긴 수많은 멍울은 마음이 한 번씩 꺾일 때마다 생긴 상처라고. 크고 작은 멍울들은 내가 보낸 날들의 표정이다. 기쁜 흔적은 쌓이지 않아도 아픈 흔적은 차곡차곡 은결들었다. 다른 사람들도 그럴까. 내 몸의 세포들은 애초에 그렇게 설계되어 세상에 나온 모양이다.

바다를 바라보고 하늘을 올려다보는 남자는, 파란 하늘과 파란 바다 사이에 있는 또 다른 멍 같다. 그에게 다른 색을 입히고 싶은 충동이 인다. 그가 파랑과 노랑을 섞고 흰색과 빨강을 섞는 모습을 상상하며 그의 체념을 깨뜨려주고 싶다. 아들들을 데리고 집으로 돌아가 다시 파란 색을 만들 그를 위해. 그의 아들들은 아버지의 바람대로 파랑을 만들지 않고 살 수 있을까.

한 맹인이 신탑을 향해 걸어간다. 그의 소원은 세상의 모든 색을 보는 것이다. 나는 차라리 맹인이 파랑을 만드는 남자보다 나을지도 모른다는 생각이 든다. 세상의 많은 색을 상상하는 것만으로도 무한할 테니까. 한 가지 색에만 갇힌 남자보다는 자유로울 테고. 다큐가 끝나고도 마음이 내내 아팠다. 남자가 끝내 웃지 않아서.

나는 나에게 큰 멍을 들인 사람의 연락처를 알아냈다. 30년 만에. 그러기까지 오래 걸렸다. 한 달이 지났지만, 전화하지 않았다. 멍을 빼낼 안전한 출구가 아직 만들어지지 않아서이다.

신의 색이고 구원의 색이라는 파랑은 그 남자를 구원해 주지 못했다. 그렇듯 나 또한 그 누구도 구원해줄 수 없다. 나만이 나를 구원할 수 있다. 어떤 멍은 파란 색처럼 들이기도 어렵고 빼기도 어렵지만, 어떤 멍은 들이기는 쉬워도 빼내기 불가능한 것도 있다.

천사가 지나간다

남편의 CT 영상을 판독하던 의사가 침묵한다. 뒤이어 한숨까지 내쉰다. 그 순간 천사가 지나갔다. 그때 천사는 지나가면서 누구의 얼굴을 보았을까. 하얘진 남편의 얼굴을 보았을까, 아니면 무너지는 내 마음을 읽었을까.

나에게 사전에 양해를 구하지 않고 책 한 권 분량의 원고를 메일로 보낸 사람이 있었다. 그때 나는 침묵했다. 메일이 온 것도 며칠이 지나서야 알았다. 그 무렵 나는 친정엄마 간호를 하러 서울에 가 있었다. 내가 메일을 본 후에도 그는 교정교열을 해줄 수 있는지 여부를 여전히 나에게 묻지 않았다. 나는 또다시 침묵했다. 그때도 천사가 지나갔다. 침묵과 침묵 사이를.

올 설날 아침, 세배가 끝난 후 나는 침묵했다. 나에게만 덕담을 하지 않고 쓴소리를 하는 그에게. 과일을 먹고 차를 마시는 동안 여러 생각이 스쳤다. 그때도 천사가 지나갔다. 천사는 지나가면서 내 손에 조금의 악력을 보탠 것 같았다. 내가 커피 잔을 세게 잡고 있었던 걸 보면. 천사는 보았을 것이다. 그를 말리는 남편의 손짓과 딸아이의 난감한 표정과 말을 함부로 내뱉는 그의 입술과 소극적으로 말리는 또 다른 사람들을.

자신에겐 너그럽고 타인에게만 지나치게 경직된 행동을 하는 사람의 전화를 받은 적이 있다. 나는 그의 전화를 받고 침묵했다. 침묵은 길었다. 그가 날선 말들을 혼자 계속 쏟아내고 있었던 걸 보면. 그때도 천사가 지나갔다. 그때 나의 침묵은 그의 행위가 마뜩잖아 한 표현이었다. 그는 그것을 눈치채지 못하고 너무나 일방적인 태도로 나를 훈계하였다. 천사는 얄궂은 웃음을 지으며 지나갔을 것이다.

기막힌 문자를 받은 적이 있다. 그런 문자는 처음이었다. 나는 그 문자를 수십 번이나 읽어보았다. 그리고 긴 침묵에 들어갔다. 그때마다 천사가 지나갔다. 생각이 많고 감정이 복잡할 땐 오히려 할말이 없어지고 단순해진다. 나는 답장으로 보내야 할 말을 찾지 못했다. 천사가 적확한 어휘 하나만 선물로 주었더라도 그 사람에게 답장을 했을 텐데.

나는 누구와 대화를 나누든 좀처럼 침묵하지 않는다. 침묵할 땐 경청할 때다. 상대의 이야기를 듣는 시간이기 때문에 엄밀히 말하면 침묵은 아니다. 대화의 상대가 둘이든 셋이든 여럿이든 나는 상대의 말을 듣고 그에 대한 나의 마음과 생각을 이야기한다. 우리들의 이야기가 물 흐르듯 이어지기 때문에 좀처럼 천사가 지나갈 틈이 없다.

내가 간혹 침묵하는 구간은 대화든 문자든 메일이든 전화든 서로에게 심각한 문제나 균열이 생겼을 때이다. 침묵은 미묘함을 함의하고 있다. 불쾌함, 당혹감, 부당함, 놀라움, 분노와 같은 질료들을. 주로 부정적인 상황들에서 하게 되는 행위다. 그때마다 천사가 지나갔다.

중세 유럽의 기독교인들은 서로의 대화 중 침묵하는 구간을 '천사가 지나간다'로 표현했다고 한다. 대화 도중 이야기가 끊어져 멋쩍은 어색함을 무마하기 위해 그런 표현을 썼다고 한다. 참으로 재치 있고 재밌는 표현이다. 나에게도 여러 번 다녀갔을 천사의 모습이 궁금하다.

성경에 보면 인간과 별반 다를 바 없는 타락한 천사가 나온다. 나는 평소엔 절대적으로 선한 천사를 떠올리지만, 내가 침묵한 몇몇 시간엔 타락한 천사들을 불러오고 싶다. 내가 곤란한, 당혹스러운, 불편한 상황에 처했을 때 나 대신 목소리를 낼 수 있도록. 또 내가 생목소리를 내기 민망할 때 조용히 지나가지만 말고 한 번쯤 헛기침을 하거나 재채기를 하거나 상대를 꼬집거나 아니면 생뚱맞더라도 손뼉이라도 치며 지나가도록.

오늘 저녁때만 해도 나는 친정엄마와 통화를 하다가 잠시 침묵했다. "네가 전화 안 하면 내가 죽어도 아무도 모를 거야"란다. 나는 그 말에 화가 나서 한동안 침묵했다. 수없이 내 곁으로 이사를 오라고 권하였지만, 오빠가 사는 서울에 있겠다며 거절한 엄마다. 아마 그때도 천사가 지나갔을 것이다. 천사가 나 대신 아들바라기의 엄마의 견고한 성을 깨뜨려주길 바랐다. 내 설득으로는 깨뜨릴 수 없는 성역에 가깝기에.

내가 정작 만나고 싶은 천사는 침묵 사이를 지나가는 천사가 아니다. 내가 나와 나 사이를 침묵할 때 다녀가길 바란다. 내가 나와 소통이 되지 않고 스스로를 가두어놓을 때 말이다. 내 안의 침묵이 깊어지면 늪이 되고 길어지면 사막이 된다. 그때 천사가 나에게 살랑거리는 바람과 꽃향기와 새 소리와 아이들의 웃음소리와 보고 싶은 사람이 되어 찾아와준다면, 나는 내가 닫아놓은 세계를 활짝 열 수 있을 것 같다.

천사는 내가 가는 곳 어디든 내 생각이 머무는 어느 시간이든 동행했으면 좋겠다. 신이 내게로 오는 시간보다는 빠르고 또 사람보다는 미더울 것이기에. 그러면 내가 오늘 오래도록 바라본, 활짝 핀 작약도 같이 볼 수 있을 텐데. 하얀 찔레꽃도 덤으로.

감꽃을 먹다

어린 시절 감꽃을 주워 먹은 적이 있다. 참꽃도 따먹고 찔레순도 꺾어먹었다. 싱아도 끊어먹고 개암도 따먹었다. 내 안에는 그것들을 먹으면서 만들어놓은 언어들이 있다. 가장 깊은 곳에.

오늘 그것들 중 하나를 밖으로 꺼내고 싶었다. 이유는 여러 가지다. 도서관 가는 길에 있는 산에서 아카시아 꽃과 이팝나무 꽃을 보아서이고 또 뻐꾸기가 울어서이고 남편이 그 산을 넘어 직장으로 가서이다. 그리고 5월 중순의 강한 빛이 나를 권태롭게 해서이기도 하다.

그런데 내가 바라는 언어들은 꿈쩍도 않는 눈치다. 그 위에 자리잡은 것들이 오히려 들썩거리려 한다. 위의 것들은 구체적 사건으로 규정되지 못하여 감정의 실체가 모호하거나, 또렷하게 인식은 되지만 밖으로 꺼내기가 꺼려지거나, 여백처럼 퍼져 있는 것들이다. 오늘은 그것들과는 만나고 싶지 않다. 오후 두 시의 나는, 5월이 주는 여러 감정에 휩싸인 채 도서관으로 가는 언덕길에 서 있다.

나는 가끔 내 안에 있는 말들을 두고 어떻게 할까를 고민한다. 그 중에서 아름답고 신비한 것들에 관심이 많다. 그것들은 가끔 꿈으로 현현顯現하기도 한다. 꿈속에서 나는, 하늘을 날기도 하고 나비가 되기도 하고 들뜬 마음으로 누군가를 기다리기도 하고 온갖 위협으로부터 살아남기도 하고 한없이 펼쳐진 푸른 공원을 내달리기도 한다. 그 위의 하늘은 언제나 새파랗게 열려 있다.

어릴 적 우리 동네엔 우물이 둘 있었다. 하나는 자연적으로 생긴 얕고 작은 샘물이고 또 하나는 일부러 판, 깊고 커다란 우물이다. 작은 샘은 내 손이 닿을 정도였고 모래가 고스란히 보였고 물이 퐁퐁 솟아나오는 것도 볼 수 있었지만, 크고 깊은 우물은 한번도 가까이서 들여다본 적이 없다. 시퍼런 우물은 멀리서 보아도 오싹할 정도로 무서웠기 때문이다.

나의 무의식도 우물 같다. 얕은 곳에 있는 언어들은 쉬이 바깥으로 꺼내올 수 있지만, 깊은 곳에 있는 것들은 좀처럼 존재를 드러내지 않는다. 어둠, 좁은 공간, 새벽, 낯선 숙소, 쥐, 헤드라이트, 동굴, 죽음, 전화, 교통사고, 마네킹, 하얀 시트, 물…. 이런 것들은 내 속에서 나와 조우하며 자신의 존재를 틈틈이 과시하는데.

나는 무대에 서고 싶은 욕망이 있다. 가수가 열창할 때 나는 그가 부르는 노래를 듣기도 하지만, 그 자리에 대신 서서 노래를 부르고 싶기도 하다. 강사가 강연을 할 때도 마찬가지다. 연기자가 연기를 할 때에도 나는 나를 그 자리에 갖다

놓곤 한다. 이런 생각은 깊은 우물 바닥에 살고 있는 또 다른 나의 모습이다. 그런데 밖으로 모습을 드러낸 적이 없다. 깨고 나면 사라지는 꿈처럼. 도시로 나오면서 더 이상 감꽃을 먹지 않은 것처럼.

어렸을 때부터 하고 싶은 것이나 갖고 싶은 것이 있어도 참았다. 그 습관은 지금까지 이어졌고 성격으로 고착화되었다. 잘 참는 것이 무던하고 무난한 사람인 줄 알았다. 그러느라 깊은 곳에 있는 것들은 화석이 되어가고 있다. 그것들이 숨죽이는 바람에 가끔 밖에서 움직이는 자아가 위축되거나 무력해질 때가 있다.

예전 시골 마을에선 깊은 우물에 빠져 죽는 사람이 더러 있었다. 그 우물은 그날로 봉쇄되고 사람들은 더 이상 그 물을 먹을 수 없었다. 그러면 그 물속엔 죽은 이의 혼만 살게 된다. 특히 시멘트로 봉합되어 있는 우물을 보면 깨뜨려주고 싶다. 그 안의 것이 밖으로 나와 훨훨 날아가도록.

나의 무의식을 짓누르고 있는 것은 무엇일까. 열린 세계로 나온 적이 없는 어휘들은 어떤 것일까. 그것들을 꺼내어 만지면 나는 숙면을 취할 수 있을까. 또 다른 내가 될 수 있을까. 누구를 만나든 행복할 수 있을까. 언제 어디서든 노래 부를 수 있을까.

호주의 어느 섬으로 여행 갔을 때였다. 작은 마을에서 나는 심장이 멎을 것 같은 충격에 휩싸였다. 내가 키우다가 죽은 개와 똑같은 개를 보았기 때문이다. 생김새와 크기와 걷는 모습과 털의 색깔까지도 같았다. 그 개와 눈이 마주쳤을 때, 신이 나에게 선물을 보낸 거라 확신했다. 내 간절함을 아는 신이, 그 먼 낯선 섬에 다시 태어나게 하여 내 눈에 보이게 한 거라고 믿었다. 착각이라는 생각은 전혀 들지 않았다. 기적이라 믿었다.

나는 그 개를 보는 순간, 꼼짝할 수가 없었다. 만져보고 싶고 불러보고 싶고 껴안아보고도 싶었다. 나도 모르게 내가 키웠던 개의 이름을 연이어 부르고 있었다. 그 개가 나를 쳐다보았을 땐 눈물이 났다. 그때 주차를 하러 갔던 남편이 나를 불러 돌아보는 사이에 개가 사라졌다. 나는 그 자리에 주저앉았다. 정신을 차리고 아무리 동네를 둘러보아도 그 개는 더 이상 보이지 않았다. 남편도 내가 개와 함께 있는 것을 보았다고 했다.

나의 깊은 무의식에 있는 언어들은 그런 모습일 것 같다. 너무나 간절하지만, 숨거나 가라앉거나 보이지 않는. 그렇다고 그 실체가 완전히 사라지지는 않는. 내가 무의식적으로 옷을 사고 스카프를 사는 행위와도 연결되어 있을 것만 같은. 내가 산 옷과 스카프의 색감이 어쩌면 그 언어들의 빛깔일 것만도 같은.

3년 전에 산, 크림색 재킷은 여태 한 번도 입은 적이 없다. 비싸고 예쁜 옷인데도. 그와는 달리 20년이 다 되어가는 싸구려 티셔츠는 여전히 입고 있다. 재킷은 아끼느라 입지 않는 것이 아니다. 그 옷의 쓰임을 찾지 못했기 때문이다. 나의 자아가 시끄럽게 분열하던 날 산 옷이다. 그런 날에나 입을 수 있을 것 같다.

나는 가끔 자신을 의심한다. 너무 잠잠하거나 들떠 있을 때. 들뜬 적은 흔하지 않지만. 그것은 위험한 신호이기 때문이다. 가라앉아 있을 때 튀어오르지 못하거나 들떠 있을 때 잠잠하게 만들지 못하면 내 안에서는 새로운 언어들이 생겨난다. 바깥의 내가 미처 처리하고 정리하지 못한 것들이 안으로 들어가 언어가 된다. 내가 오이를 사듯 우유를 사듯 양파를 사듯 옷과 스카프를 사는 날엔, 그 언어들은 더욱 많이 그리고 깊숙이 들어가 제일 아래에 있는 어여쁜 것들을 짓누른다.

평온해지고 나면 지나간 시간이나 행동을 후회하거나 자책한다. 안의 자아가 밖의 자아를 충동질한 것에 대해. 아니면 밖의 자아가 안의 자아를 흔들어놓은 것에 대해. 무엇이 먼저인지도 모를 때가 많다. 대체로 안의 것이 밖의 것을 흔들 때가 더 힘들다. 그것들은 오래된 것들이기에 다루기가 까다롭기 때문이다. 그럴 때에도 제일 아래에 있는 것들은 여전히 감감하다.

언젠가는 그 언어들을 옷이나 꿈이 아닌 말로 만나고 싶다. 책장에 꽂힌 책처럼 구체적으로. 정체가 불분명하고 손에 잡히지 않고 꺼낼 수 없는 것들을 다 꺼낸 후. 어쩌면 그 날은 나의 가장 마지막 날에 올지도 모르겠지만. 후회스럽고 수치스럽고 아프고 감추고 싶은 것들이 모두 빠져나간 세상은 어떤 모습일지 궁금하다. 빛이 날까. 투명할까. 평화로울까. 아니면 나른할까.

행여 감꽃이나 참꽃이 박제되어 간다 해도 괜찮다. 그래도 그 언어들에선 여전히 신비로운 향기가 날 것이다. 아카시아 꽃향이 바람을 타고 온 산을 뒤흔드는 것처럼. 오늘은 바깥의 것이 안의 것을 건드린 게 확실하다.

파스칼 키냐르는『하룻낮의 행복』에서 "빛은 신의 복장에 지나지 않는다. 때로는 신도 옷을 벗는다. 그러면 신이 진짜로 본연의 자신이 된다"고 했다. 나도 본연의 모습에 이를 날이 오겠지.

두 겹의 시간

S#1. 예의

저녁 준비를 해놓고 퇴근할 남편을 기다리고 있었다. 냉이된장찌개를 끓이고 고등어조림을 하고 파래를 무치고 계란말이를 만들었다. 내일 아침에 이삿짐 직원들이 일찍 오기로 하여 식사를 할 수 없을 것 같아, 복잡한 와중에도 저녁을 정성들여 지었다. 2년마다 이사를 하다보니 집과 동네에 정이 들 만하면 짐을 싸야 한다. 그래서 며칠 울적했다. 나는 사람과의 이별만큼이나 공간과의 이별도 힘들어한다. 떠나온 공간이 여지없이 그리움으로 치환되기 때문이다.

자주 하는 이사인데도 정리할 게 많다. 새 짐이 늘어서이기도 하고 정리가 안 된 것이 있어서이기도 하다. 버릴 것은 버리고 씻을 건 씻고 빨 건 빨고 미리 싸둘 건 싸두어야 한다. 중요한 짐도 따로 빼놓아야 하고. 매번 이사할 때마다 가장 공들이는 건 옷장 정리다. 내가 느닷없이 세상에서 사라지는 일이라도 생긴다면 제일 신경쓰이는 것이 옷장이기 때문이다. 나는 다시 한번 귀중품을 담아놓은 상자를 점검하고 속옷 서랍들을 확인했다.

퇴근하겠다는 남편의 전화를 받고 찌개를 데우려는데 갑

자기 손에서 힘이 빠져나갔다. 온몸이 공기가 들어간 것처럼 가볍고 몽롱했다. 마치 무중력상태에 빠진 것 같았다. 그러곤 암전이다.

S#2. 경계

너는 완벽하게 다른 시간 속으로 들어갔어. 그것도 네댓 시간이나. 술을 못 마시니 술에 취해 필름이 끊긴 적도 없고 얕은 잠을 자니 온전하게 의식이 끊겨본 적도 없지. 아, 마취하고 수술을 한 적이 있구나. 그건 깨어난다는 전제가 있었던 거고. 넌 오늘 낯선 시간 속에서 무얼 보고 느꼈니. 늘 그 시간을 두려워하면서도 궁금해했잖아.

너는 그간 가족이나 친구나 지인의 죽음을 통해 그들이 사라져도 세상은 나뭇잎 하나 달리 흔들리지 않고 바람 한 점 더 불지 않는다는 걸 알고 있었어. 그럼에도 너는 네가 없는 세상을 궁금해했어. 기독교인데도 천국보다 전생과 후생에 더 관심이 많았고.

근데 뭐야! 몇 시간이 그냥 사라진 것뿐이었잖아. 네 안의 시간의 흐름도 바깥의 시간도 느끼지 못했으니. 넌 남편과 아이들과 의사와 간호사가 너에게 무얼 했는지도 알지 못했어. 한마디로 통조림이 되었던 거지. 네가 그토록 궁금했던 걸 알고 돌아왔으면 좋았을 것을.

너는 가끔 한기를 느꼈어. 그것조차 어느 시공간에서 느껴지는 것인지도 모른 채. 그리고 쪼개지듯 들리는 소리의 파편들과 빛도 간혹 느꼈지. 그것도 몇 시간이 흐른 뒤에야. 아마도 서서히 의식이 되돌아올 때쯤이었겠지. 궁금해. 너의 진공상태를 깨뜨려 멈췄던 시간과 감각을 건드린 게 무엇이었는지.

S#3. 선인장

온몸이 오싹했다. 한기 때문에 이가 딱딱 부딪혔다. 내가 눈을 뜨자, 의사는 이름과 나이를 말해보라고 했다. 자기가 누군지 알아보겠느냐며 물어보는, 남편의 눈엔 놀람이 그득하다. 추웠다. 오늘은 영하 15도. 시도 때도 없이 실려오는 환자들 때문에 응급실 문은 열려 있다시피 하여 바깥의 냉기가 고스란히 안으로 들어왔다.

추위와 함께 아랫배가 뻐근하게 느껴졌다. 그리고 동시에 수치심이 온몸을 휘감았다. 소변 줄이 끼워 있었고 기저귀를 차고 있었으며 심지어 바지는 벗겨 있었다. 상체에만 간신히 환자복이 걸쳐져 있었다. 극심한 한기와 함께 밀려든 민망함은 불쑥, 낮에 정리해두었던 옷장을 생각나게 했다. 남편의 근심어린 표정이 마음에 들어온 것도 아이들이 생각난 것도 그 이후였다. 베란다에 둔 선인장이 얼까봐 덜컥, 걱정되었다.

S#4. 저녁 식사

놓았던 정신을 수습하여 집으로 돌아왔다. 몸은 무게를 되찾은 듯 무거웠다. 집안은 저녁 준비를 했던 그대로의 모습이었지만, 짐들은 마치 며칠 전에 벗어놓은 바지 같았다. 귀중품 상자도 거실 한 쪽에 그대로 있었다. 깨어났을 때나 집으로 오는 내내도 생각나지 않았던 상자다. 나는 그것을 유심히 바라보았다. 컴퓨터, USB, 각종 문서, 통장, 몇 개의 액세서리, 약, 써놓은 글, 몇 권의 책과 노트. 나는 그것들을 이사할 때마다 가보인 양 챙겼다.

갖은 검사를 한 몸은 지칠 대로 지쳐 있었다. 새벽 한 시가 넘었다. 가족들은 때늦은 저녁을 먹었다. 나는 옷을 갈아입고 느른해진 몸으로 까먹은 시간을 되짚으러 침대에 누웠다. 아무리 애를 써도 완벽한 암전이었다. 평소보다 조용한 식구들의 저녁 식사가 깊은 밤의 고요를 깨뜨렸다. 나는 아무것도 먹을 수가 없다. 다시 잠 속으로 빠져든다. 또 다른 시간 속으로.

나는 왼손을 믿지 않는다

악, 소리가 나도 모르게 나왔다. 기어코 오른손으로 병뚜껑을 돌려 따는 바람에. 왼손으로 아무리 안간힘을 써도 열리지 않아 쓰면 안 되는 오른손목에 한껏 힘을 줘 끝내 뚜껑을 열었다. 집에 누구라도 있었으면 도움을 받았을 텐데.

딸아이가 태어난 지 두어 달쯤 되었을 때, 아이를 업고 계단을 내려가다가 발을 헛디뎌 구른 적이 있다. 그때 아이를 다치지 않게 하려고 내 몸을 최대한 바닥을 향하게 했다. 충격도 완화하려 팔로 바닥을 짚었다. 그러느라 오른쪽 손목을 다쳤다. 그 후 오른손에 힘을 주는 일을 할 수 없었다. 걸레나 행주를 짜거나 칼질을 하거나 방을 닦는 일도 어려웠다. 손목을 다치고 나서야 그간 모든 일을 오른손이 하고 있었다는 걸 알 수 있었다.

나는 본래 왼손잡이다. 모든 걸 왼손으로 했다. 남들이 오른손으로 하듯 무어든 잘했다. 스무 살이 넘어가면서 의도적으로 오른손을 썼다. 그땐 나는 나를 건너뛸 어떤 변화가 간절히 필요했다. 약하던 오른손에 힘이 생기는 대신 왼손이 무력해졌다. 어느 순간엔 내가 왼손잡이였다는 사실

조차 잊어버릴 정도였다. 계단에서 구르기 전까지 12년이나 그렇게 살아왔다.

그런데 아주 가끔 정밀한 작업을 할 땐 나도 모르게 왼손을 쓰고 있었다. 반듯하게 무언가를 자르거나 오차 없이 그림을 그리거나 바늘에 실을 꿰거나 놀이를 하거나 무거운 걸 들 땐. 그런 행동들은 거의 무의식적으로 행해지고 있어 의식하지 않으면 모르고 넘어갔다.

오른손을 다쳤으니 다시 왼손에 힘을 줘야 했다. 왼손은 생각처럼 말을 듣지 않았다. 평소와 달리 그릇을 깨뜨리고, 물건을 떨어뜨리고, 칼질도 서툴렀다. 무얼 하든 어설펐다. 모든 생활이 울퉁불퉁하고 정리되지 않은 느낌이 들었다. 어느새 나는 오른손에 길들여져 있었다.

아프더라도 다시 오른손을 쓸 수밖에 없었다. 행주나 걸레는 손목을 비틀지 않고 눌러서 짜고 칼질은 손가락 힘으로만 하고 무거운 건 팔의 힘으로 들며 최대한 아꼈지만, 밤에 잠자리에 들면 통증이 온몸을 휘감았다. 그럼에도 오른손은 쓰기에 더없이 익숙하고 적잖은 안도감을 주었다. 태어나 왼손을 내내 썼을 때의 느낌처럼.

왼손을 믿을 수 없게 된 건 순전히 내가 본성을 거스른 까닭이다. 손만 그러겠는가. 그간 살아오면서 내 안의 섭리와 본성을 얼마나 자주 통제하고 감추고 짓눌렀던가. 할머니와 함께 동생의 탯줄을 자르고 엄마의 산후 빨래를 하고 혼자 수없이 우물물을 길러 다니면서, 나는 직감했다. 나는 내 나이로 살 수 없다는 것을. 다섯 살이 아닌, 이웃집 친구와는 다른 풍경으로 살아야 한다는 것을. 매일 그런 감정을 느낀다는 건 슬픈 일이었다. 본성에 가까운 본능들은 그 길에서 하나둘 숨죽이기 시작하였다.

그 후에도 내내 오른손을 사용했다. 설상가상 빗길에 넘어져 왼쪽 검지까지 골절되는 바람에 왼손과는 완전히 작별해야 했다. 이미 신경이 손상된 오른손을 자꾸 쓰면 머지않아 그 손조차 쓸 수 없다는 것을 알면서도. 그럼에도 믿을 건 오른손밖에 없었다. 둘 다 문제가 생겼을 경우 익숙한 쪽이 이기게 돼 있으므로.

몇 년 전부터 본능에 대해 조금은 자유로워진 편이다. 어떨 땐 의지적으로 본능을 통제하고 어떨 땐 무한정 작동시키는, 이율배반적인 행동을 서슴없이 하고 있다. 그야말로 나로서는 거대한 충돌이다. 나는 그걸 일부러 내버려둔다. 둘의 충돌이 잦을수록 오히려 안심이 되기 때문이다. 본능대로만 움직여도 문제고 본능을 철저히 배제하며 사는 것도 심각한 일이니까. 서로 부대끼다가 내 안에서 합리적인 결론이 내려질 때까지 잠자코 기다린다.

느슨해졌다고 생각했지만, 아직도 대부분의 행동들을 본능보다는 의지에 따라 하고 있었다. 손의 사용에 있어서도 그것이 손의 문제라기보다는 의식의 문제에 가까웠다. 애초에 왼손을 외면한 것조차도 그랬다. 왼손잡이였는데 오른손으로 길들였다가 여의치 않자, 다시 왼손을 찾았다가 그 또한 마땅치 않자, 다시 오른손을 찾는 행위는 뇌의 명령, 그러니까 의지에 따른 것이지 꼭 손의 문제만은 아니었다.

손 말고도 내가 철저하게 의지에 따라 움직인 순간이 있다. 출근하는 남편에게 '생을 놓을 테니 허락해달라'고 했을 때이다. 그가 퇴근해 왔을 때 내가 사라져 놀랄까봐, 미리 한 말이었다. 그 순간엔 나는 그 어느 때보다 이성적인 상태였다.

그 말을 하게 되기까지 나는 본능을 수천 번도 더 억눌렀다. 더 이상 누를 수 없을 만큼이 되어서야 냉철한 의지가 생겼다. 그걸 그에게 말한 것이다. 가끔은 뇌가 시키는 대로 하는 것이 숨통을 트이게도 하고 또 일을 복잡하게 만들기도 한다. 분명한 건 정체된 상황에 변화를 가져다준다는 사실이다. 그런 상황에선 변화보다 더 절실한 건 없으니까.

지금도 그때를 생각하면 아찔하고 남편에게 미안하다. 그가 얼마나 하얀 심장으로 출근하여 긴 하루를 보내고 집으로 왔을지…. 왼손과 오른손은 보이는 달의 앞면 같으면서 보이지 않는 달의 뒷면 같기도 하다. 또 느닷없이 맞닥뜨린 운명 같기도 힘들게 길들인 습관 같기도 하다. 빙수 위의 아이스크림 같기도 모과나무 잎의 질서 같기도 하다.

알레산드로 보파가 쓴 『넌 동물이야, 비스코비츠!』라는 책에 이런 내용이 나온다. "독창적인 색을 연출하고 싶다면 기원으로 돌아가야 해. 자기 자신이 되는 비밀은 자신을 거부할 줄 아는 거야. 자신을 비운 다음 다시 채워야 해. 그걸 안다면, 야호, 네 몸 색깔은 말을 하기 시작할 거야."

어쩌면 나는 다시 왼손, 그러니까 기원으로 돌아가야 할지도 모르겠다. 우물물도 더 이상 길러 다니지 않아도 되고, 오른손의 세계에 대하여서도 충분히 알게 되었으니. 무엇보다도 섬세한 것들을 하려면 왼손이 수월할 테고. 그럼 나는 독창적인 색을 가진 사람이 될 수 있을까. 본래 나다운. 다섯 살 이전의. 그렇게 함과 동시에 왼손의 신화가 되살아날까.

지나고보면 믿을 수 없었던 건 왼손이 아니었다. 한없이 다른 빛깔로 피어나야 했던 스무 살의 높은 위험성 때문이었다. 깨져버린 꿈을 대체할 다른 환경이 필요했다. 나는 그때 손의 사용을 바꾸는 것 말고는 다른 어떤 것도 떠오르지 않았다. 그 이후에도 몇 번이나 더. 불가피하지 않을 때에도.

오렌지의 반성

오렌지는 오렌지다워야 하고 고양이는 고양이다워야 할까. 오늘 체리자두를 먹었다. 체리 맛도 자두 맛도 아니었다. 나는 누군가에게 잘못한 것이 있으면 사과하고 반성한다. 반성 뒤엔 나답지 않게 저지른 일이라 여겨 크게 자책한다. 반성의 무게는 잘못의 크기에 따라 다르다.

사춘기 때, 한 선생님이 수업에 들어오자마자 인사도 받지 않고 다짜고짜 나에게 반성문을 쓰라고 한 적이 있다. 선생님에게 무얼 잘못했는지 곰곰이 생각하여 한 면 가득 써 내라고 했다. 참으로 난감한 일이었다. 나는 그 선생님에게 잘못한 것이 없었기에 한 장을 채울 만한 내용이 없었다. 교실 여기저기에서 아이들이 웅성거렸지만, 선생님은 단단히 화가 나 있었다.

그 선생님이 가르치는 과목은 책과 노트 필기를 모조리 외웠고 숙제도 완벽하게 해갔다. 선생님이 평소 나에게 어떤 감정을 가지고 있는지 알고 있었기에. 반성문 대신 나 자신에게 미안한 것들을 빼곡히 적어 내려갔다. 수업이 끝날 무렵, 선생님이 나에게 쓴 내용을 읽어보라고 했다. 내 반성문을 들은 선생님의 얼굴이 빨개졌다. 나에게 앞으로 나오라고 하여 자신의 화가 풀릴 때까지 몽둥이로 때렸다.

그때 나는 나를 한 시간이나 탐구했다. 자신에게 무엇이 미안한지를. 그땐 늘 나 자신에게 미안한 마음이 있었다. 열악한 환경에서 공부하느라 자신의 몸을 돌보지 못하는 것과 좋은 음식을 먹이지 못하는 것과 체력에 비해 의지가 지나치게 단호한 것들도. 그리고 다른 아이들이나 또래처럼 놀거나 생활하지 못하는 것에도. 그때 이후론 자신을 위한 고찰보다는 다른 사람과의 일들로 부대낌이 있을 때나 그런 시간을 갖곤 했다.

최근 몸에 대한 위기감을 여러 번 느꼈지만, 무시했다. 시간이 걸리더라도 예전처럼 괜찮아지는, 그 상태로 되돌아올 거라 믿었다. 젊었을 땐 내 안에 있는 생각이나 신념이나 감정이나 이성이 잘못 작동되었거나 과부하에 걸렸어도 육체가 정상적으로 회복되는 데에는 그리 오래 걸리지 않았다.

그런데 지금은 그렇지 않다. 작은 슬픔이나 분노나 억울함에도 덜컥, 육체의 작동이 멈춰버리곤 한다. 마음과 육체가 합쳐서 몸이 되고 몸은 바로 '나'라는 사람의 집인데. 아프고 괴롭고 고통스러운 마음에만 골몰해 있다보면 육체는 영락없이 고장이 나 있다.

나는 언제 어디서든 평안한 상태를 좋아한다. 그래서 매사를 부드럽고 둥글게 넘기려 한다. 모임의 분위기를 깨거나 문제를 만들지 않으려 하고 공동체 안에서 못마땅한 것들이 있어도 내색하지 않는다. 내가 참아서 그 상황이 평화롭다면 그걸 선택한다. 그렇게 오랜 시간 삼켜왔던 것들이 요즘 들어 자꾸 몸을 덜컹거리게 한다.

이틀 전, 시외버스를 타고 가던 중 위경련이 일어났다. 아무런 대비도 없는 상황에서. 며칠 전부터 배가 자주 뭉치긴 했지만, 위경련이 일어날 거라고는 예상치 못했다. 온몸이 땀으로 젖고 장은 끊어질 것처럼 아팠다. 교감신경이 흥분하면서 몸의 모든 신경이 일제히 발악하였다. 단 한 곳이라도 정상적으로 작동하였더라면 소리라도 질렀을 텐데, 그조차도 할 수 없는 상황이었다. 더군다나 옆좌석마저 비어 있어 아무런 도움도 받을 수 없었다. 한 시간을 고통으로 몸부림치다 버스에서 간신히 내려 터미널 의자에 머리를 처박고 시멘트 바닥에 주저앉았다. 정신을 차려보니 한 시간이 지나 있었다. 나는 어느 학교에 강의를 하러 가던 중이었다. 다행히 두어 시간 일찍 출발하였기에 강의시간에는 늦지 않았다.

한 달 전, 마음이 무척 아픈 일을 겪었다. 갓 구운 식빵의 결처럼 마음이 결결이 찢기는 시간을 보내는 중이었다. 회복되지 않은 마음은 날마다 새로운 생채기를 만들어 보탰다. 육체적 고통은 염두에 두지 않고 여전히 마음만 혹사시키며 지냈다. 습관처럼 그 일을 나답게 해결하려 들었던 게 또 화근이 된 것이다.

이번엔 제대로 반성문을 써야 할 것 같다. 어린 날에 썼던 것처럼, 자신에게 미안한 것들로. 타인을 배려하느라 내 삶의 순서가 수시로 바뀌고 평생 자신의 마음에 솔직하게 반응하지 못한 것들을. 순리에 따르지 않아 생긴 불편한 마음들이 병증이 되어 나타난 것도. 어린 시절, 선생님이 나에게 반성문을 쓰라는 이유도 반성문을 읽고 때린 이유도 알고 있었다. 선생님은 수업시간마다 내 손을 잡으려 했고 나는, 그걸 매번 매몰차게 뿌리쳤다.

살구는 살구다워야 할까. 살구다운 건 어떤 것일까. 예전에는 신 과일을 잘 먹었지만, 언젠가부터 먹지 못했다. 그래서 한동안 살구를 먹지 않았다. 그런데 요즘 시지 않고 달콤한 품종의 살구가 나왔다. 고양이도 개냥이가 더 사랑받는다. 지금 이 시점, 어떤 모습이 나다운 것일까.

나는 이른 가을에 피는 소국 같은 사람이다. 무서리엔 견딜 수 있을지 몰라도 된서리를 감당하기엔 역부족인 사람이다. 그런데 된서리에도 끄떡없는 것처럼 위장하고 살았다. 그건 위선이다. 이 또한 반성해야 할 일이다. 내 크기대로 살지 않은 탓에 그릇에 수없이 금이 가 있다. 곧 깨어져 쓸 수 없을지도 모른다. 기쁨과 아픔 사이의 무수한 감정, 사람과 사람 사이의 무수한 거리를 여전히 나답게만 유지하려 했던 것들도 함께 반성해야 한다. 오렌지가 꼭 오렌지다울 필요는 없다. 살구처럼 오렌지의 속성도 언제든 달라질 수 있기에. 그러므로 오렌지의 반성문은 필요 없거나 내용이 달라져야 한다. 나 또한 나답게.

손톱의 시간

내 손이 다시 온전해질 수 있을지 궁금했다. 그것은 큰 아픔이 한바탕 지나가고 난 뒤 생긴 마음이었다. 손가락이 아플 땐 고통만 사라져도 살겠다 싶었지만, 막상 고통이 좀 가라앉자 살과 손톱 모두가 온전히 되살아나길 바라고 있었다. 손가락 중에 가장 긴, 가운뎃손가락이라 남에게 쉬이 보이기도 하거니와 내 눈에도 가장 먼저 띄기 때문이었다.

남의 나라에 사는 동안 손을 다치게 될 줄은 몰랐다. 평소 주방에서 칼질을 하다가 손가락 끝을 살짝 베거나 손톱 끝이 잘리는 일은 간혹 있었지만, 손가락 끝을 뎅강 자르는 일이 생길 줄은 상상도 못했다. 타국에 살면 향수병만큼이나 음식이 문제다. 그날도 남편은 김치찌개가 먹고 싶다고 했다. 이왕이면 맛있게 해주려고 북어대가리와 새우와 다시마로 육수를 내려 했다. 국물을 빨리 우러나오게 하려고 빠짝 마른 북어대가리를 잘 드는 중식 칼로 내리쳤다. 단번에 자르려고 힘껏 내리쳤다. 그런데 북어대가리는 튀어 주방 바닥에 나뒹굴고 대신 왼손 중지 끝이 반이나 잘려나갔다. 손톱도 딱 그만큼.

몸의 모든 통점이 손끝에 모여 있는 듯했다. 잘린 신경세

포들의 아우성은 분만의 고통을 능가하고도 남았다. 시퍼런 통증이 순식간에 온몸을 장악하였다.

상처 부위를 아무리 누르고 감싸도 지혈이 되지 않았다. 다급하게 응급실로 갔지만, 의사는 전혀 서두르지 않았다. 환자라곤 나밖에 없는데도 두 시간이나 기다리게 했다. 그러는 동안 출혈은 계속되었다. 그 나라의 응급실은 본래 그러나 싶었다. 두 시간 후 의사는 봉합수술을 할지 그냥 붙게 할지 고민을 해보겠다며, 또다시 자리를 떴다. 한 시간 후에야 돌아온 그는, 저절로 붙게 하는 편이 낫겠다며 소독하고 붕대로 감아주었다. 참으로 이해할 수 없는 처치였지만, 나로선 어찌할 도리가 없었다.

한 달이 넘도록 상처는 덧나기를 반복했다. 손끝이라 통증은 매번 새로 벤 것처럼 아팠다. 그러던 어느 날, 조금 남아 달랑거리던 손톱 조각이 맥없이 떨어져 나갔다. 손톱이 없는 손가락이 되었다. 그런데 사라진 손톱 자리에 얇은 크림색의 손톱이 나오고 있었다. 그것이 어느 정도 자라더니 끝이 하얘지면서 바스러졌다. 손끝의 염증은 무언가에 부딪칠 때마다 터지면서 피가 났다. 보기에도 흉했다. 그 와중에 또 다른 연분홍 손톱이 살을 뚫고 나오고 있었다.

손톱은 어느새 세 개의 층위를 이루고 있었다. 본래의 손톱이 사라진 곳과 상처를 입은 후 처음 나왔던 얇고 힘없었던 손톱과 새로 나기 시작한 연분홍 손톱. 경계선마다 하얀

선이 생겼다. 선은 구불구불하고 꺼칠했다. 세 겹의 손톱이 만들어지는 동안 새살도 그렇게 진행되었다. 고름이 멈추면 딱지가 앉고 딱지가 떨어지면 새살이 돋는.

석 달이 지나서야 상처가 아물면서 잘려진 살도 붙었다. 본래의 살과 새살도 선명한 경계를 지었다. 구불구불한 선을 만들어놓은 채. 손톱도 얇게 자라다가 점점 다른 손톱처럼 튼튼해졌다. 그러기까지엔 일 년이 넘는 시간이 걸렸다. 사정을 모르는 사람이 보았다면, 내가 손톱을 다친 줄을 모를 만큼이나 손톱은 감쪽같아졌다.

5년이 지난 지금도 손가락 끝의 살은 흉터를 그대로 지니고 있다. 새살의 감각이 돌아오는 데는 오래 걸렸고, 가끔 몸이 좋지 않을 땐 손끝의 색깔이 옅어지면서 아리다. 때론 감각이 없을 때도 있다. 내 몸에 붙어 있는 살이지만, 컨디션에 따라 다르게 느껴진다.

손가락이 온전해지는 동안 내 마음도 수없는 변화를 거쳤다. 마음이라는 건 새살과 같았다. 수없이 상처가 덧나 곪고 딱지가 앉으면서 좀 나아지다가도 또다시 곪는. 같은 손끝에 있지만, 손톱과 살은 참으로 달랐다. 조금 더 딱딱한 바깥의 것이 힘이 있었고 덜 덧났다. 바깥이라는 것과 밖에 있다는 것의 의무를 다하려 함인지는 몰라도. 연분홍 손톱이었을 땐 새살을 보호하지 못했지만, 몇 번을 거듭나고 자라는 동안 여린 새살을 거뜬히 지켜줄 만큼 손톱은 붉은 색을 띠며 단단해졌다.

밖의 것이 튼튼하면 안의 것도 안전해질 수 있다. 나는 안과 밖이 다 무르다. 손가락이 아물어가는 과정을 보면서 여린 안을 위해 밖을 튼실히 해야 한다는 걸 느꼈다. 남편은 나를 두고 종종 얇은 새하얀 도화지 같다고 말한다. 얇아 금세 찢어지고 맑아 곧바로 물들어버리는. 그래서일까, 나는 어떤 것에든 쉬이 상처를 받는다. 여리고 무른 새살 같은 마음을 두껍고 붉은 외장재로 감싸야 하는데, 여전히 그렇지 못하다. 상처받은 마음도 매번 새살이 자라나듯 되살아났으면 좋겠는데, 울퉁불퉁한 옹이만 여기저기에 만들어놓는다.

인문학자나 심리학자들은 한결같이 내면을 굳건히 만들라고 말한다. 하지만, 나는 외면을 내면만큼이나 아니 어쩌면 내면보다 더 단단히 해야 함을, 손톱의 시간을 겪으며 알게 되었다. 손톱이 든든하게 자리하면서 손끝의 새살이 더욱 안전해졌으니까.

여전히 본래의 살과 경계를 짓고 있는 손끝의 새살. 마음이 어수선한 날은 나는, 감각이 조금은 무딘 손끝의 살과 붉은 손톱을 만지작거리며 마음이 평온해지기를 기다린다.

춤추는 계집아이

계집아이가 잔치마당에서 춤을 춥니다.

흐르는 음악에 몸을 맡깁니다. 또래 아이들과는 다리를 떨어가며 개다리춤을 추고, 초등학생 언니들과는 혼이 나갈 정도로 머리를 흔들어대며 막춤을 추고, 대학생 삼촌과는 작은 몸을 물결쳐가며 웨이브 춤을 춥니다. 젊은 할머니들과는 경쾌하게 엉덩이를 흔들어가며 디스코를, 노할머니들과는 아리랑 장단에 맞춰 간드러지게 어깨를 들썩이고, 아저씨들과는 우아하게 블루스도 곧잘 춥니다.

파트너를 수없이 바꿔가며, 그때마다 상대방의 춤에 맞추는 에티켓과 열정까지 보입니다. 잔치마당이 그 계집아이 때문에 더욱 흥겹습니다.

계집아이의 비밀을 알고 있는 나는, 호기심 많은 구경꾼이 되어 계집아이의 눈 속에 갇힌 세상을 들여다봅니다. 힘있는 춤사위가 시원한 바람인가 싶으면 검은 눈 속은 머무는 구름 같습니다. 귀여운 손놀림이 탐스러운 꽃인가 싶으면 작은 어깨는 그믐달 같습니다. 입가에 톡톡, 터지는 보조개가 함박웃음인가 싶으면 삼단 같은 머리카락은 내리는 비 같습니다.

시간이 흐를수록 흥겹게 더욱 흥겹게 몸을 흔들어대는 계집아이의 나이를 문득, 세어봅니다. 어느새 여섯 살입니다. 다섯 살의 서러움은 지난 겨울 혹한에도 얼어 죽지 않고 여전히 파랗게 살아남아 계집아이의 나이만 한 살 더 올려놓았습니다. 그래서인지 눈 속이 작년보다 더 깊어졌습니다.

두어 시간째 흔드는 작은 몸은, 젖비린내는 오간 데 없고 생의 냄새가 노랗게 밴, 애기똥풀 같습니다. 애기똥풀 줄기를 꺾으면 꽃보다 더 진한 노랑물이 나오듯, 계집아이가 연신 물고 있는 함박웃음 속에 진노랑 눈물이 들어 있을까, 두렵습니다.

이 사람 저 사람의 눈을 바라보고 손을 찾고 웃음을 찾는 계집아이의 외로운 몸짓이 절실한 언어가 되어 세상 속으로, 잔치꾼들 속으로 스며듭니다. 그 많은 웃음과 손짓과 눈빛과 춤사위가 오롯이 한 단어를 향합니다. 어둑한 마당에 '엄마'라는 무늬가 만들어집니다.

그러나 한번도 엄마를 본 적 없는 계집아이가 그러안은 세상은 텅, 비어 있습니다. 저 노란 꽃이 금방이라도 빼르르, 하고 잔치마당에서 울음을 터뜨릴까봐 내 마음은 계집아이의 지친 춤사위를 따라 불안하게 흔들립니다.

밤이 깊어 잔치마당은 파장으로 치달으려는데, 여섯 살 계집아이의 춤은 끝날 줄을 모릅니다.

오독 그리고 그 너머

나는 가끔 다른 사람의 마음을 오독한다. 내 마음은 더욱 자주 그러는 것 같다. 대상이 타인이든 나이든 그것은 위험한 행동이다. 오독의 결과로 이어질 행위가 끔찍할 수도 있기 때문이다. 오독하지 않으려면 나와 타인의 내밀한 음성을 읽을 줄 알아야 한다.

친구에게서 연락이 뜸해 전화를 했더니, 그가 뜻밖의 말을 했다. 살고 싶지 않다는. 그것도 간절하게. 성실하고 생활력도 강한 친구인데. 그만 살고 싶다는 말 속엔 깊은 체념이 묻어났다. 그건 자신과 마주하고 있는 세상과 상황에 대한 분노이기도 했다. 아무리 발버둥쳐도 조금도 나아지지 않는 것들에 대한.

더는 앞이 보이지 않아 다니던 직장도 그만두고 밤낮없이 잠만 잔다고 했다. 나는 그의 말을 잠잠히 듣기만 했다. 어떤 심정일지 가늠이 되었다. 그럴 땐 세상의 어떤 말도 위로가 되지 않는다는 것까지도. 막막했다. 아무런 힘이 되어줄 수 없다는 것에.

침묵을 깨고 내가 친구에게 기껏 한 말이라곤 왜 죽고 싶은지 닷새만 더 생각해보라는 것이었다. 말도 안 되는 시간 벌기라는 걸 안다. 그러나 만나주지도 않겠다는 그에게 할 수 있는 게 없었다. 닷새는 생각하기에 따라 짧기도 길기도 한 시간이다. 죽자고 작정한 사람에겐 더욱더. 그 정도면 어마한 일들이 일어나고 해결될 수 있는 시간이다. 그 시간 동안 자신을 한번 더 깊이 들여다보라는 의미였다.

자신의 안녕과 목숨은 결국엔 자신만이 지킬 수 있다. 나는 말을 최대한 아끼고 대신 꺼억, 우는 그의 울음소리를 들어주었다. 상황은 조금도 나아지지 않는데 살고 싶은 마음으로 바꾸려면 획기적인 생각의 전환 말고는 다른 기적이 없다. 그 전환이라는 것도 마음 깊은 곳에서 스스로 동요가 일어나야 하고. 또 마음의 동요라는 것도 그 이유가 마땅해야 가능한 일이고.

신기하게도 사람이 가라앉고 가라앉다보면 깊은 밑바닥에 고여 있는, 그간 알지 못한 자신의 참 목소리를 듣게 된다. 세상과 단절되고 혼자 있다보면 자신의 모습을 더 잘 보게 된다. 나도 오롯이 혼자였을 때 고요하고 정밀한 내 안의 소리를 들을 수 있었다. 그때 내가 얼마나 내 마음을 오독하고 있었는지 깨달았다. 기적은 그때 일어난다. 오독 너머에 있는 자신의 진심을 아는 순간에. 놀랍게도 타인보다 자신이 자신의 마음을 더 모르고 있었다는 것까지도 알게 된다.

친구의 일 때문인지 요즘처럼 이웃의 안녕을 간절히 바

란 적도 없다. 뉴스에 생사가 달린 기사가 보도될 때마다 그들의 안녕을 빈다. 그것은 온 국민과 함께하는 바람이다. 그러나 지금 내 친구와 이웃의 안녕은 오롯이 나 혼자 하는 기도이다.

4년째 다니는 세탁소에 불이 꺼져 있다. 주인이 온다는 날짜가 한참 지났는데도. 나는 그가 오기로 한 전날부터 기다렸다. 정확하게 말하면 오지 못한다고 한 그 다음날부터 기다렸다. 외출을 하거나 쓰레기를 버리러 오갈 때마다 집 앞의 세탁소를 바라보았다. 내가 이 동네로 이사온 후론 일요일을 제외하곤 가게에 불이 꺼진 적이 없었다. 아주머니는 늘 가게 안이 훤히 보이는 통창 앞에서 다림질을 하거나 수선작업을 했다.

나는 그와 세탁물에 관한 것 말고는 대화를 나눠본 적이 없다. 그가 말수가 적어 보이기도 했거니와 특별히 나눠야 할 이야기도 없었다. 그런데 지난 번 세탁물을 맡기러 간 나에게 그가 먼저 말을 걸어왔다. 수술을 받게 되었다며. 그리고 자신의 몸 상태도 상세히 말해주었다. 나는 위로와 격려의 말을 함께 건넸다. 아프다고 한 부위가 까다로운 곳이라 걱정이 되었다. 이야기를 나누다보니 그는 나와 동갑이었다. 세탁소를 나오는데 나도 모르게 무릎에 힘이 빠졌다. 정확히 무엇 때문인지는 모르겠지만, 순식간에 그와 어떤 연대감이 형성되었던 모양이다.

그가 수술한다는 날, 불 꺼진 가게 안을 들여다보았다. 내가 가져간 세탁물을 살필 때 배를 움켜쥐며 힘들어하던 모습이 생각났다. 그가 나온다고 한 날 그가 왔을까, 기대하며 가보았다. 가게는 캄캄했다.

늘 보이던 건물이 사라지고 늘 보이던 사람이 보이지 않으면 나도 모르게 마음이 덜컥, 내려앉는다. 건물이나 그 사람들이 나에게 말을 걸어오는 것도 아닌데도. 그들 존재 자체가 내 삶의 반경 안에 들어와 있기 때문일 것이다. 광주민주화운동, 세월호 참사, 천안함 사건, 코로나 시기를 겪는 동안 우리 사회 구성원들은 매번 집단 우울증에 빠졌다. 나 또한 그 일들로 마음이 시퍼레졌다. 그런 일련의 사건을 겪으며 나의 평안이 나 이외의 것들에서 오는 게 많다는 걸 알게 되었다. 그래서 나는 내 기도 외에 다른 사람들의 평안도 함께 기도한다.

몇 년 전에는, 낮에 같이 점심을 먹고 이야기를 나누었던 친구가, 한밤중에 부고로 날아든 적도 있다. 그때의 충격은 이루 말할 수가 없다. 그가 웃으며 나와 다른 친구들에게 끝내 말하지 못한 아픔이 무엇이었는지, 생각하면 할수록 야속하면서도 미안하다. 늘 밝아보였던 친구라 그런 일이 일어날 거란 상상조차 해본 적이 없다. 나는 그 친구의 마음을 아예 읽지 못하고 있었던 것이다.

세탁소 문이 닫힌 지 한 달이 넘었다. 일주일간만 닫는다고 했는데. 아주머니는 늘 한결같아 보였는데. 전혀 아픈 사람 같아 보이지도 않았고. 문득 내가 세상을 잘못 읽고 있는 건 아닌가, 하는 두려움이 생긴다. 간판에 있는 번호로 그에게 전화를 해볼까 망설이다가 그만뒀다. 그가 안녕하지 않을까봐 겁이 났다. 궁금함 속에는 걱정이 한가득이다.

친구에게서 닷새 뒤에 연락이 올까. 만나주지도 않고 전화도 받지 않으니, 기다릴 수밖에. 나는 그가 부디 자신 속에 있을 또 다른 세상을 발견하길 바란다. 때론 자신을 타인처럼 읽는 것도 위기를 넘길 수 있는 방법이 된다. 나는 그런 방법으로 나를 살린 적이 있다. 너머의 너머에는 또 다른 너머가 있다는 걸 친구가 알아냈으면 좋겠다.

내게서 사라진 언어

어두운 초음파실에서 마취주사를 맞을 준비를 하고 누워 있다. 간호사 대신 의사가 들어와 주사를 놓았다. 그는 바늘로 가슴을 찌른 상태에서 바늘 끝을 이리저리 돌렸다. 찌릿하면서도 저릿한 통증이 온몸으로 퍼졌다. 순간 손끝과 발끝에까지 힘이 들어갔다. 의사는 약이 빨리 스며들게 하기 위함이라고 했다. 몸보다 마음이 먼저 마비되는 것 같았다. 마취약이 스며들도록 기다리는 짧은 시간, 수많은 생각이 스쳐갔다.

마취한 지 오 분이 지나자, 의사는 문제가 되는 혹에서 네 군데의 조직을 떼어낼 거라고 했다. 많이 아프지는 않겠지만, 불편하면 말하라고 했다. 조직을 떼려 바늘로 가슴을 푹 찔렀을 땐 묵직한 느낌만 들었다. 네 번을 찔러 떼어낸 살점은 아주 조금이었을 것이다. 손에 만져지지도 않을 만큼.

가슴이 아프기 시작한 것은 내가 가진 언어가 하나둘 사라지면서부터였다. 나는 늘 내가 바라는 곳을 향해 사다리를 타고 열심히 올라갔다. 그런데 번번이 예기치 못한 상황과 맞닥뜨리게 되면서 아래로 미끄러져 내려와야 했다. 애써 올라간 사다리에서 바닥으로 미끄러질 때마다 말을 살

속으로 가뒀다. 그러면 영락없이 마음이 아팠다. 마음이 아프고 나면 몸이 아팠고, 몸은 앓은 흔적을 차곡차곡 어딘가에 쌓았다. 간혹 사나운 것들은 혹이 되었다. 그 혹이 성이나 위험해진 모양이었다.

지금 이 순간, 불현듯 지나가는 생각이 또 하나 있다. 몸속을 보는 기계는 있는데 마음속을 보는 기계는 왜 없을까, 하는. 몸처럼 마음도 정밀하게 볼 수 있다면 스스로도 병을 키우지 않을 뿐만 아니라, 타인을 대할 때도 조심하게 될 텐데. 사람들은 눈에 보이는 남의 상처에는 곧잘 연민을 느끼지만, 보이지 않는 내상에는 무심하다 못해 무자비하기까지 할 때가 있다. 또한 잘 모르는 사람이 다리를 다쳐 목발을 짚으면 그의 짐을 들어주려 하지만, 정작 본인과 가까운 가족이나 지인이 자신으로 인해 마음을 다쳤을 땐 시치미를 떼거나 한술 더 떠서 상처 위에 또 다른 상처를 덧입히기까지 한다.

컴컴한 초음파실 같은 곳에 놓인 시기가 있었다. 터널이 그렇게 길 줄 몰랐고 또 이렇게 무서운 결말을 가지고 올 줄도 몰랐다. 그간 마취도 하지 않은 채 내 살점을 누군가 떼어가도 비명 한번 지르지 못했다. 더군다나 그것이 수없이 반복되었음에도 미련하게 견뎠다. 안의 생채기가 덧나 그것이 통증으로 느껴졌을 땐, 이미 몸은 세상의 말을 반이나 삼킨 후였는데.

이별, 죽음, 누명, 유산, 입원, 암, 단절…. 나를 거쳐간 무서운 단어들. 오늘 떼어낸 조직들은 그런 것들로 인해 만들어진 것일 게다. 그 감정들을 잘 다스리거나 그 문제들을 잘 해결하였더라면 오늘 이곳에 누워 있지 않아도 됐을 텐데.

시장에서 평생 젓갈만 팔았다던 아흔의 한 할머니는, 남편과 젊은 나이에 사별하고 자식 둘도 병과 사고로 모두 여의었다고 했다. 그런데도 늘 웃으며 장사를 했다. 그 웃음은 모두 자신의 뼈다귀에서 나온 것이라고 했다. 그는 사는 건 웃는 것이라고 했다. 그 할머니의 말처럼 뼈다귀에서든 내장에서든 언제고 무엇으로든 웃을 수 있는 사람이 삶에서 승리한 사람이 맞는 것 같다. 비록 남들이 보지 않는 곳에선 몇 배의 눈물을 흘릴지라도.

아주 오랜 시간 웃지 않은 대가를 지금 치르는 중이다. 평범한 일상과 가족과 이웃이 얼마나 소중했는지 몇 번을 푹, 찔리고 나서야 정신이 번쩍 든다. 네 번밖에 찔리지 않았는데도 마음이 아프다. 사실 그간 타인이 나를 찌른 것보다 내가 나를 찌른 적이 더 많다. 웃어도 될 일에도 스스로 웃음에 인색했다.

오늘 집에 돌아가면 맛있는 저녁을 지어야겠다. 무와 대파와 두부와 신김치를 넣고 청국장찌개를 끓여야겠다. 아무 일도 없었던 양, 천천히 먹어야겠다. 돌이켜보면 삶은 만찬 같아야 했다. 비록 고급 음식은 아닐지라도. 가끔 값싼

포도주나 막걸리라도 곁들여 느리고 우아하게 먹었어야 했다. 청국장찌개를 먹으며 내상과 외상을 모두 입은 가슴에, 내 웃음소리가 스며들도록 소리내어 웃어도 봐야겠다. 그간 내게서 사라졌던 언어들도 하나둘 불러들이면서.

일주일 후에 나올 검사결과가, 암이 아니길 간절히 바라며 상처에 밴드를 붙인다. 어두운 검사실을 나오니 바깥이 눈부시다.

숟가락의 마음

우리 집 수저통에는 나와 나이가 같거나 어쩌면 더 많을지도 모르는 숟가락이 하나 있다. 어릴 적 내가 쓰던 것이다. 결혼 후 친정에서 가지고 왔다. 자랄 적엔 그걸로 밥을 먹고 감자와 무의 껍질을 벗기기도 했다. 지금은 양념장을 만들 때 쓴다. 잎이 넓고 얇아서 쓰기에 편하다. 수저통에 있을 땐 그 숟가락만 뚱딴지같아 보인다.

나는 오늘 고향 친구를 만났고 집으로 돌아오는 길에 산책하는 강아지도 보았고 집에 와서는 화초에 물도 주었다. 친구를 만나러 갈 때는 가방에 핸드폰과 양산과 책과 화장품과 펜과 약간의 돈을 넣어 들고 나갔다. 이들은 모두 사물이다.

세상에는 사람과 동물과 식물과 사물이 있다. 이들 중 어떤 것이 가장 강할까. 우리 집에는 한때 이 모든 것이 있었다. 지금, 동물은 없지만. 어렸을 때 오빠에게 숟가락으로 이마를 맞아 생긴 흉터가 지금까지도 남아 있다. 이 흉터는 나와 소멸을 함께할 것이다.

사물은 생명력이 없어 다른 생명체와 비교할 만한 대상이 못된다고 말할 수도 있겠지만, 그들에겐 보이지 않는 영혼이 스미어 있다. 어떤 생명체보다 존재함에서 밀리지 않는다. 그리고 그들에겐 각각의 쓰임이 있다. 그 쓰임이 그들에겐 생명력이다.

사람과 동물 중엔 누가 더 강할까. 두 마리의 강아지와 살 때 그들은 좀처럼 자신의 감정을 표현하지 않았다. 주인에 대한 한결같은 반가움과 아주 가끔 자기네끼리 서열 싸움으로 분노를 보인 것 말고는. 사람들이 음식을 먹을 때 먹고 싶어하는 눈빛은 본능적인 몸짓일 뿐 감정이라고 보긴 어렵다.

동물은 특히 아픈 것을 내색하지 않는다. 그것이 감정이든 육체의 것이든. 사람들이 가장 어려워하는 부문을 동물들은 감쪽같이 감춘다. 두 마리의 강아지 모두 죽음을 코앞에 두고서야 그들의 건강상태가 심각하다는 걸, 나는 알 수 있었다. 서서히 먹는 것을 줄이고 또 천천히 움직임을 줄여가며 죽음을 맞이하고 있었다. 동물들은 자신의 통증을 감추는 것이 무리에서 살아남는 길이기에 그럴 수밖에 없겠지만. 아무튼 사람인 나보다 강한 생명체라는 생각이 든다.

나는 하루에도 수만 가지 생각에 휩싸인다. 일 초에도 몇 가지 생각이 스쳐지나간다. 그 감정들은 작게 또는 크게 표현된다. 타인에게나 나 자신에게. 때로는 그것을 조절하지 못하여 매몰되거나 문제를 만들기까지 한다. 몸만 해도 그렇다. 많이 아프면 약을 먹거나 병원에 가거나 아니면 생으로 앓는다. 어떻게든 통증은 드러나게 돼 있다.

동물과 식물 중에는 누가 더 강할까. 내가 키운 식물들은 모두 무던했다. 한때는 수십 종류의 꽃나무를 테라스에서 키웠다. 적게는 10년에서 많게는 30년 정도의 나이가 될 때까지. 영양제나 거름도 주지 않았고 물만 정기적으로 주었다. 그런데도 그들은 생존했고 자랐다. 한번도 성장을 멈춘 적이 없다. 테라스에서 봄여름가을겨울의 온도를 고스란히 적응해가며 봄이면 꽃까지 피웠다. 강아지들이 15년에서 17년 정도 산 것에 비하면 식물들은 더 오래 생존했다.

식물은 동물보다 손이 덜 가고 보살핌을 덜 받아도 자랐다. 식물도 앓을 때가 있었지만, 그땐 원인을 잘 살펴 물이나 온도나 햇빛만 조절해줘도 회복되었다. 사람의 입장에선 동물보다 감정표현이 적어 보인다. 식물도 사람이나 동물이 품고 있는 불안이나 위기를 나름의 방식으로 표현하였겠지만, 사람에겐 동물보다는 덜 체감된다.

식물과 사물 중에는 무엇이 더 강할까. 사물은 소모품을 제외하면 반영구적인 것이 많다. 우리 집 식탁은 버리지만 않는다면 300년은 거뜬히 존재할 듯하다. 그릇 또한 마찬가지고. 20년이 넘은 드럼세탁기는 여전히 잘 돌아간다. 사물의 시간은 무한해 보인다. 그들에겐 죽음에 대한 두려움이 없어서일까, 늘 평상심을 가진 듯하다.

사물은 어느 것도 스스로 움직이지 않고 시간 또한 타지 않는다. 사람에 의해 움직여지고 시간을 탄다. 그들은 감정 또한 드러내지 않는다. 사람에 의해 감정을 덧입으며 시간과 함께 존재하고 소멸할 뿐이다.

사물은 자신의 속성 또한 주장하지 않는다. 본래의 속성을 그대로 유지하기도 하고 사람에 의해 본질이 변하기도 하지만, 개의치 않는다. 오롯이 쓰는 사람에게 모든 것을 맡긴다.

오래된 숟가락은 내가 찧어놓은 마늘을 푸거나 간장을 담거나 고춧가루나 설탕을 풀 때도 아무런 내색을 않는다. 며칠 동안 싱크대에 처박아놓아도 투덜대지 않는다. 앓는 법도 없다. 그러면서도 존재한다. 오히려 사람이 만질 때마다 역사가 만들어지고 깊어진다. 살아 움직이는 어떤 생명체보다 손을 많이 타고 많은 것들을 담고 있다. 밥 냄새 생감자 냄새 무 냄새 참기름 냄새 고추장 냄새 된장 냄새까지도. 때로는 모든 양념을 버무린 것의 냄새까지도 품는다. 그리고 씻으면 처음처럼 깨끗해진다.

가끔은 식탁이 되고 싶고 의자가 되고 싶고 소파가 되고 싶을 때가 있다. 대부분 흔들리는 감정들을 주체할 수 없을 때이다. 어릴 적 숟가락으로 감자 껍질을 벗길 땐 그 시간이 당나무 그늘 속 같았다. 지금 그 숟가락으로 무 껍질을 벗기는 나는, 그때의 내가 상상한 모습으로 살고 있을까. 평온하고 안정되고 평화로운 날들일까. 여름날 늦은 오후처럼.

그 숟가락으로 보리밥을 먹었고 분이 나는 감자도 먹었고 삶은 고구마도 퍽퍽 떠서 먹었다. 떠먹은 음식으로 몸에 살이 오르고 키도 자랐다. 숟가락은 60년이 되도록 나의 수많은 것들을 담고 또 담으며 존재하고 있다. 아무런 변덕 없이. 어쩌면 지금 숟가락의 가장 간절한 소망은 나의 어릴 적 식욕을 되찾는 것일지도 모르겠다. 예전보다 식욕이 줄어들고 그에 비례하여 호기심 또한 줄어들었으니. 삶의 만족도와 행복감은 호기심의 크기에 비례한다는데.

숟가락에게 자아가 있어 말을 하고 감정을 표현할 수 있다면 어떤 일이 일어날까. 강아지를 키울 때 그들이 말을 할 수 있었으면 좋겠다는 생각을 수없이 하다가 이내 고개를 가로젓곤 했다. 자식들이 주는 걱정만으로도 벅찼기에 금세 그들이 잠잠한 것이 다행이라는 생각에 이르곤 했다.

결국엔 가장 강하고 오래가고 많은 것을 지닌 건 사물이다. 그러한 사물들이 집안 곳곳에 있다. 그리고 그것들이 내 삶을 영위케 한다. 사물의 시간은 결국엔 사람의 시간이다. 내가 가진 사물은 모두 나의 시간과 함께한다. 사물의 감정 또한 그것을 사용하는 사람의 것이고.

나와 스치거나 함께하는 모든 생명체와 사물엔 나의 온기가 들어 있다. 내가 살아가며 하는 모든 행위는 사람이나 동물이나 식물이나 사물에 내 영혼을 연결시키고 동행하는 일이다. 사람들과 이야기를 나누고 강아지와 눈을 마주치고 꽃에 빛을 쪼이고 숟가락을 깨끗이 씻고 마루를 닦고 식탁에 기름칠을 하는.

요즘 골몰하는 사물이 하나 있다. 에코 가방이다. 가방마다 펜과 메모지와 마스크를 넣어두었다. 그 가방들엔 나의 체취가 저온으로 흐르고 있다. 아마도 내 이마의 흉터는 이제 사물에 가깝지 싶다.

튤립이 되다

나는 현재 무엇으로 상징될까. 나중에 죽어선 무엇으로 돌아갈까. 지금으로선 나를 대표할 만한 뚜렷한 것이 없다.

〈가재가 노래하는 곳〉이라는 영화에서 주인공 소녀는 습지에 산다. 습지에서 태어났고 부모에게 버려진 후에도 습지에서 혼자 산다. 사람들은 그런 그녀를 '습지소녀'라 부른다. 그 이름에는 많은 것이 내포돼 있다. 부모와 세상 사람들로부터 소외되고 버려지고 놀림감이 되는, 외롭고 아프고 슬픈 이야기가 들어 있다.

소녀는 습지에서 자연과 더불어 먹고산다. 그러는 사이 습지의 생태계와 그 변화를 알게 된다. 그것에 관한 글을 쓰면서 세상과 소통하고 결혼도 하지만, 여전히 습지에서 살며 자연과 함께한다. 나이가 든 그녀는 어느 날 죽음의 시간을 맞는다. 마지막 순간, 그녀는 '나는 아무도 없는 가재가 노래하는 곳에 있다. 이제 나는 습지가 되었다'라는 말을 남기며 눈을 감는다. 습지소녀는 죽어 습지가 되었다.

화면에 펼쳐지는 어마한 습지의 크기와 아름다움. 그리고 한 소녀. 넓고 막막하고 한없이 펼쳐진 거대한 자연 앞에서 여자아이 혼자 생계를 유지하며 살아가는 모습이 영화를 보는 내내 마음을 아프게 했다. 늘 맨발인 모습과 새까맣게 탄 얼굴도 가엾기만 했다. 그러는 한편, 습지가 한 인간에게 사람보다 나은 공간과 존재라는 사실이 고마웠다. 자연이 위로가 되고 힘이 되고 의지가 되었다는 건 그만큼 인간들은 소녀에게 멀리 있었다는 뜻이기도 하다.

한 할머니가 수몰지구가 된 동네의 높은 언덕에 작은 집을 지어놓고 혼자 살고 있는 걸 TV에서 보았다. 그 할머니는 집 뜰에 감나무 한 그루를 심어놓았다. 감나무엔 노랗게 익어가는 감이 달려 있었다. 할머니는 자신이 태어나고 자란 동네가 물에 잠겼고 남편과 자식의 무덤도 물속에 있다고 했다. 그래서 그곳을 떠날 수 없어 작은 집을 지어 사노라고 했다. 어릴 적 자신의 집 뜰에는 감나무가 있었다며, 그는 죽어 수몰된 자신의 집으로 돌아갈 거라고 했다. 시퍼런 물이 넘실거리는 한 곳을 가리키며 자신의 집이 있었던 곳이라고 했다. 그러면서 감나무를 연신 쓰다듬는 그는, 그 나무를 자신의 살이고 남편과 자식들의 몸이라고 했다.

가재가 노래하는 곳은 습지소녀의 엄마가 아버지의 폭력을 피해 집을 나가기 전에 숨었던 곳이다. 그곳은 아버지가 절대로 찾지 못하는 곳이라고, 엄마가 소녀에게 알려준 곳이다. 소녀도 형제들과 엄마가 집을 나가고 혼자 남겨졌을 때 아버지의 폭력을 피해 그곳으로 숨었다. 숙녀가 되어선 남자의 폭행으로부터 숨는 장소이기도 했다. 아무도 없는 그곳이 가장 안전하고 편안한 공간이었다. 수몰지구 할머니에겐 감나무가 있는 언덕이 그런 곳일 터이고.

나는 세상이나 누군가에게 공격을 당하면 어디로 숨을까. 어렸을 땐 숨을 데가 없었다. 부모에게 숨은 적이 있었나. 그런 기억이 딱히 없다. 아, 하나 있긴 하다. 그때 아버지가 낫을 들고 이웃집으로 가는 걸 보고는 다시는 아버지에게 숨지 않았다. 엄마에겐 숨을 그늘이 없었다. 그냥 묵묵히 나 혼자 견뎠다. 숨고 싶은 언니가 이웃에 있었지만, 일찍 결혼하여 동네를 떠나버렸다. 그 후부턴 숨을 데가 없었다. 숨고 싶은 안전한 사람도 없었고 공간도 갖지 못했다.

나이를 먹고 어른이 되어선 남편에게 숨어들었다. 어린아이가 엄마 품으로 숨어들듯. 아주 미숙한 모습으로. 나는 장소보다 직접적인 위로가 필요했다. 그래서 사람을 선택했다. 습지소녀가 위험한 일이 생길 때마다 맨발로 습지를 향해 내달리듯 나는 남편에게로 달려들었다. 그는 습지처럼 넓고 안전했다.

내가 그러한 사람임에도 나를 습지로 생각하여 나에게로 숨어드는 사람들이 있다. 내가 얼마나 약하고 무른 줄도 모르고. 나도 그들처럼 안전한 곳을 끊임없이 찾아드는 줄도 모르고. 나는 작든 크든 모든 위협을 그를 통해 보호받았다. 페미니스트들이 알면 경악할 일이겠지만, 나는 나를 그렇게 보호하며 살았다.

그리고 나는 지금 무엇으로 대표되고 있을까. 내가 가장 많이 듣는 말은 '소녀 같다'와 '진국 같다'와 '속이 깊다'이다. 특히 '소녀 같다'는 말의 의미를 두곤 생각이 많다. 긍정적으로 생각하면 마음이 순수하고 맑다는 의미일 수도 있겠지만, 또 다르게 해석하면 현실감이 떨어진다는 말일 수도 있기 때문이다. 나는 그 말을 들을 때마다 생각에 잠기곤 한다.

배우 김혜자를 두고 사람들은 '소녀 같다'는 표현을 곧잘 쓴다. 그래서 나는 그녀가 방송에 나올 때면 그의 말과 행동을 유심히 관찰한다. 나의 어떤 점이 그와 닮았을까 하고. 그 배우가 생각이 짧거나 현실인식이 부족하거나 세상물정을 모르거나 그러진 않아 보였다. 그리고 자신의 일에 관한 한 그 누구보다도 확실한 프로정신으로 임하고 있었다. 그가 하는 말과 말 사이를 촘촘히 살펴보니 보통의 80대 여성들에겐 보이지 않는 감성이 느껴졌다. 맑고 깨끗하고 오염되지 않은, 무언가가 느껴졌다. 사람들은 그런 걸 두고 소녀 같다고 말하는 게 아닐까 싶었다.

그럼 나에게도 그런 모습이 있다는 것인가. 내가 아는 나와 타인이 보는 나는 다르기에, 잘 모르겠다. 다만 남들이 뭐라던 나는 튤립을 심고 싶다. 색색의 튤립을 심어 한꺼번에 피게 하고 싶다. 타샤 튜더의 정원처럼 커다란 꽃밭에. 튤립은 오로지 꽃 한 송이만을 피우기 위해 온 힘을 쏟는다. 그 한 송이가 빨갛게 노랗게 하얗게 피면 나의 천국이 완성

될 것이다. 나도 튤립처럼 나로만 활짝 피고 싶다. 온 세상 가득히. 형형색색으로.

내가 마지막 숨을 거둘 때 고통으로 일그러진 채로 떠나고 싶지는 않다. 습지소녀가 '나는 비로소 습지가 되었다'고 고백한 것처럼 아름다운 자연이 되고 싶다. 고요히 자연 속으로 스미고 싶다. 그런데 지금 떠오르는 건 튤립밖에 없다. 마음밭에 한 포기씩 한 포기씩 심다보면 튤립이 가득한 꽃밭이 되지 않을까.

아버지의 밥

대학병원에서 정기검진이 있어 스무 시간을 금식했다. 검사가 끝나고 몹시 배가 고팠지만, 강남 고속버스터미널까지 참고 갔다. 웬만해선 병원 식당의 밥을 먹고 싶지 않아서이기도 했지만, 무엇보다도 꽁보리밥이 먹고 싶어서였다. 고속버스터미널에 있는 칼국수집에 가면 칼국수가 나오기 전에 맛보기로 꽁보리밥을 준다. 그게 먹고 싶었다. 보리밥은 내가 가장 가라앉아 있을 때 먹는 밥이다.

크게 한 숟갈 정도의 꽁보리밥 위에 쫑쫑 썬 열무김치와 간장과 참기름을 떨어뜨린 게 전부다. 그런데 그게 맛있다. 분명 칼국수를 하나 시켰는데 보리밥이 두 공기가 나왔다. 배가 너무 고파 한 공기를 음미할 겨를도 없이 먹어치운 후에야 주인에게 한 공기가 더 나왔음을 알렸다. 두 사람인 줄 알고 잘못 갖다놓은 게 분명했다. 당연히 도로 가져갈 줄 알았는데 주인은 나에게 그걸 먹으라고 했다. 횡재한 기분이었다.

그런데 두 공기를 비우고나니 더 감질났다. 말이 두 공기지 두 숟가락밖에 안 되는 양이다. 나는 주인에게 밥값을 치를 테니, 제대로 된 한 공기를 줄 수 있는지 물었다. 주인은 앞서 두 공기보다 더 많은 양을 갖다주며 그것도 그냥 먹으라고 했다. 그것마저 먹고나니 허기가 어느 정도 채워졌다. 대신 칼국수는 반이나 남겼다. 계산을 하면서 주인에게 고맙다는 인사를 몇 번이나 했다. 서울 한복판, 그것도 강남에서 그런 후한 인심을 만날 줄은 상상도 못했다. 포만감과 함께 서울행이 모처럼 즐거웠다. 검사를 받느라 긴장했던 몸과 마음도 어느새 풀려 있었다.

대학에 입학하고 채 한 달도 안 돼 집안 사정이 급격히 나빠졌다. 그땐 하루에 밥 한 끼를 먹는 것도 버거웠기에 과일은 언감생심이었다. 그해 여름, 어머니의 심부름으로 근처 친구네를 방문할 일이 있었다. 그 집 아이들은 참외를 한 바가지 씻어 껍질째 베물어 먹고 있었다. 그들 중 누구 하나 나에게 그걸 먹어보라는 사람이 없었다.

그래서 나는 지금도 껍질이 연한 참외는 깎지 않고 베물어 먹는다. 그것도 한 입 크게. 그러면 깎아서 접시에 담아 먹는 것보다 맛있게 느껴진다. 그때마다 느낀다. 음식은 맛으로만 먹는 게 아니라 정서로도 먹는다는 걸.

대입 학력고사가 있던 날이었다. 그날도 어김없이 수능 한파가 닥쳤다. 어머니와 아버지는 고2 때부터 대학에 보낼 형편이 못 되니 공부를 하지 말라고 하였다. 그러나 나는 장학생으로 갈 생각으로 죽어라 공부했다. 시험이 있던 날 아침, 어머니는 도시락을 싸주지 않았다. 공부하지 말라는 걸 그렇게 표현한 것 같아 내심 서운했다. 집을 나서는 나에게 아버지는 점심시간에 교문 앞으로 나와 있으라고 했다. 영문을 알 길이 없는 나는, 시험시간 내내 그것이 궁금했다.

오전 시험이 끝나고 다른 수험생들은 고사장에서 보온 도시락을 꺼내 먹는데, 나만 도시락이 없었다. 속상한 마음으로 교문 앞으로 나갔더니 아버지가 아닌 어머니가 기다리고 있었다. 짜장면 한 그릇도 사준 적이 없는데 왜 나오라고 하는지, 참으로 의아했다.

어머니는 나를 어느 낯선 집으로 데려갔다. 그곳 문간방 부엌에서 아버지가 점심을 짓고 있었다. 쇠고기뭇국과 자반고등어구이와 냄비밥을. 나를 위해 그날 하루 문간방을 빌렸다고 했다. 나는 그날 전국의 수험생들 중 가장 따뜻한 점심을 먹었다. 어쩌면 지금껏 먹은 밥 중에서 그날 먹은 밥이 제일 맛있었는지도 모르겠다. 지금도 수능 날만 되면 낯선 문간방과 나에게 밥을 해주고 서너 달 후에 갑작스레 돌아가신 아버지 생각이 난다.

어른이 되면서 나는 세상의 어떤 인심보다 밥 인심을 최고로 친다. 그래서 나에게 소중한 사람일수록 음식을 만들어 대접한다. 해마다 아버지 제삿날이면 나는 손이 가장 많이 가는 나물을 해간다. 음식을 만들 땐 정성이 들어간다. 그 정성은 시간을 통해 만들어진다. 그 음식을 먹는 사람은 그것을 선물로, 추억으로, 그리움으로 간직하게 된다.

다음 주에 사촌오빠 부부가 우리 집에 온다. 사촌오빠는 우리 부부의 연을 맺어준 사람이다. 어쩌면 내 인생에서 가장 귀한 손님일지도 모른다. 태어나 받은 복 중에 가장 큰 복이 남편을 만난 것이니까.

사촌오빠는 크리스마스 날 오전 열 시에 나와 남편의 소개팅을 주선해주고 처갓집에 가야 한다며, 급히 자리를 떴다. 그날 나와 남편은 저녁 열 시가 넘도록 데이트를 했다. 첫 만남에 열두 시간이 넘도록 이야기를 나눈 건 지금 생각해도 신기하다. 남편의 첫인상은 따뜻하고 부드러웠다. 처음 만난 사람 같지 않았다. 문간방에서 엎드려 밥을 해주던 아버지의 모습을 보는 듯도 했다. 고맙게도 남편은 그때의 모습을 지금까지 유지하고 있다. 그러니 사촌오빠가 두고두고 고마울 수밖에.

내일부터 오이소박이를 담그고 열무물김치를 담그고 갖은 봄나물로 그들을 맞을 생각이다. 원주로 내려가는 버스 안에서 나도 모르게 자꾸만 웃음이 배시시 터져 나온다. 보리밥 세 그릇이 그렇게 따뜻할 수가 없다. 기운이 난다.

몸을 틀다

한 사람을 수십 년간 계속 바라보면 어떤 감정들로 채워질까. 상대의 밝고 맑은 표정, 깊고 명랑한 목소리, 파랑노랑하양의 마음들은 좋은 감정을 들게 하겠지. 그 반대의 것들로 만들어진 무수한 표정들은 어두운 감정을 들게 할 테고.

올해 사위를 보았다. 절로 장모의 자리에 앉게 되었다. 또 다른 사람의 어머니가 된 것이다. 내 자식의 어머니 노릇도 만만찮았기에 사위를 맞는 마음이 설레면서도 두려웠다. 사실 나는 며느리를 먼저 보고 싶었다. 이유는 단순하다. 시어머니의 심리를 알고 싶어서이다. 며느리가 시어머니에게 대체 어떤 존재로 다가오는지가 궁금했다. 그 심리를 조금이라도 이해할 수 있다면 시어머니와 나의 앞으로의 역사도 달라질 수 있기에.

지금껏 며느리인 나에 대한 시어머니의 마음은 짐작만 할 뿐이다. 그 짐작이라는 것도, 말 그대로 넘겨짚은 생각이다. 간접경험과 직접경험의 차이가 얼마나 큰지 살아오면서 수없이 보아왔기에, 짐작은 그 행위를 하는 쪽의 일방적인 상상에 불과하다.

시어머니는 나를 여느 집의 며느리처럼 대하지 않는다.

그간 그녀가 나에게 한 수많은 행동이나 말을 통해 내린 결론이다. 갓 결혼했을 때나 지금이나 그녀에게 난 이방인에 불과하다. 조금도 그 안으로 들어가지 못한. 가끔은 불가촉천민처럼 느껴질 때도 있다.

내가 결혼하였을 때 시어머니의 나이가 사십대 후반이었다. 시어머니나 장모 노릇하기엔 쉽지 않은 나이임을 내가 그 나이를 지나오면서 알게 되었다. 그 나이에 나는 한창 대학입시를 앞둔 아이들을 뒷바라지하느라 힘들었다. 다른 이의 어머니가 되는 건 상상도 못할 때였다. 그런데 그녀는 그 나이에 사위와 며느리까지 보았으니, 그 자리가 버겁고 생경하였을 것이다.

시어머니와 며느리로 만난 지 35년째다. 나는 그동안 그녀와의 사이에서 만들어진 수많은 유감有感을 안은 채 살고 있다. 그 감정의 대부분은 부정적인 것이다. 가족이 되었다는, 나만의 첫 설렘은 불과 일 년 만에 오간 데 없이 사라졌고 그 이후엔 불편한 감정들만이 농도를 더해갔다. 그리고 그 감정들은 사건이 생길 때마다 들불처럼 일었다가 가라앉기를 반복하며 사나워졌다.

사위를 맞으면서 내 아이들을 대할 때와 사뭇 다른 감정이 하나 생겨 있음을 알았다. 그건 조심스러움이었다. 사위를 있는 그대로, 하나의 인격체로 봐주고 사랑하기 위한 마음이었다. 모르던 사람이 우리 집안에 들어와 가족이 되는 것이기에 세심하게 배려해주어야 할 게 많았다. 서로를 잘 알아 편한 '식구'가 되기까진 어른인 내가 살펴주어야 한다.

나를 상담한 신경정신과 의사는 나와 시어머니의 관계를 한마디로 정의했다. 남편을 사이에 둔 삼각관계라고. 이른바 내가 그녀의 연적이란다. 그래서 나는 그녀에게 애초에 독립적인 인격체로 존중받거나 인정받을 수 없단다. 삼각관계가 해결되려면 셋 중 하나가 빠지고 둘만 남아야 한단다. 그녀와 나는 한 남자를 사이에 둔, 이 생애에서는 동행할 수 없는 사이란다. 의사의 말대로라면 그간 내가 그녀와 가족이 되려고 애썼던 것들이 얼마나 가당찮은 행위였는지…. 그 이유가 너무나 명쾌하여 불쾌하기까지 했다.

나는 그녀를 오랜 시간 비슷한 감정으로만 대했다. 내가 품은 감정은 대부분 그녀에게 가닿지 않았고 도리어 내 살을 파고들었다. 나는 자라면서 스스로를 작은 꽃밭이라고 생각하였다. 여러 종류의 꽃들이 피고 지는. 그 중에서도 여러 색으로 피는 채송화와 국화가 있는 꽃밭. 그런 마음으로 성장했기에 평생을 그렇게 살고 싶었다. 그러나 지금, 내 마음엔 그런 꽃밭이 존재하지 않는다. 잘 자라던 다른 꽃들조차 모두 사라졌다.

그래서 이제 나는 그녀를 향한 오래된 유감들을 하나씩 없애기로 했다. 어린 날의 맑고 순정한 마음이 무겁고 검은 덩어리에 짓눌러 굳어지는 걸, 더 이상은 방치할 수 없다.

감정이 다양해야 인간은 인간답게 살 수 있다. 다양한 꽃들이 피어 있는 꽃밭처럼. 어떤 감정이든 한 가지 색이면 위험하다.

그녀와의 사이에 좋은 감정이 없었던 것도 아니다. 내가 첫아이를 낳았을 때, 그녀도 무척 기뻐했다. 그것이 물론 나에 대한 감정만이 아님을 안다. 손주에 대한 벅참이 컸을 것이다. TV를 보며 같은 장면에서 웃기도 하고, 여행을 가서 아름다운 풍경을 함께 바라본 적도 있다. 봄볕에 같이 쑥을 뜯은 적도 있고. 이상하게도 그런 좋은 감정들은 큰 사건이 터질 때마다 흔적도 없이 휘발돼버렸다. 그래서 내 인생의 다른 부분이 좋았다 해도 그녀와의 관계에서 너무 많이 훼손되어, 마치 모든 세계가 망가진 것처럼 느껴질 때가 있다. 그 감정은 내 몸을 방어하고 있는 저지선 너머까지 침투하기 일쑤였다.

나이를 먹을수록 세상에 존재하는 모든 것들이 귀하게 여겨진다. 그것이 사람이든 동물이든 꽃이든 풀이든 하다못해 책상이든 간에. 그들 각자가 지닌 고유성을 인정하게 된다. 남들이 잡초라고 일컫는 풀조차도 사랑스럽다. 잡초의 정의도 사람이 내린 것이다. 자신이 키우는 꽃이나 식물에 방해가 된다고 여겨지면 사람들은 그걸 잡초로 치부해버린다.

전원에 사는 어떤 사람이 마당에 잔디 대신 잡초를 키우는 걸 본 적이 있다. 그는 "얘네들도 다 이름이 있어요. 모두 절대적인 존재예요. 각자 꽃을 피우고 열매를 맺어요. 어느 곳에 있느냐에 따라 가치가 달라져선 안 돼요"라고 했다. 맞다. 나도 그렇게 생각한다. 그래서 나는 지금 이 순간까지도 시어머니에게 당신의 아들을 빼앗아간 여자가 아닌, 또는 일하러 들어온 사람이 아닌, 오롯이 나로서 존중받고 싶은 것이다. 잘못 정의된 관계나 쓰임으로서의 존재가 아닌.

그러나 내 존재의 정체성에 대해 점점 완고해지는 그녀를 보면서 나는 그것이 불가능하다는 걸 체감하고 체념한다. 그래서 내 꽃밭에 다시 내가 좋아하는 꽃을 심는 걸로 그녀에 대해 무감無感해지기로 했다. 유감에서 무감으로 이르기까진 수많은 시간이 걸릴 것이다. 어쩌면 죽을 때까지 이르지 못하고 그 사이에서 우물쭈물하다가 말 수도 있다. 그녀와 나 사이에 있었던 불행한 사건들과 모가 난 말들과 날이 선 행동들은 결코 쉬이 삭아질 것들이 아니기에. 한때 나는 말속에 칼이 들어 있다는 걸 속담으로만 알고 있었다. 그러나 말에는 칼만 들어 있는 게 아니라 단절과 절망과 미움이 찌른 곳마다 박힌다는 것도 알게 되었다.

나는 내 안에 살고 있는 그녀의 험악한 말들을 잘라내고, 검은 얼굴을 지우고, 거친 목소리를 도려낼 생각이다. 시어머니와 며느리라는 형식적인 굴레에서 벗어나 인간 대 인간으로 설 것이다. 관계 밖에서 바라보면 그녀도 아름다운 사람이고 남편에겐 더없이 훌륭한 어머니다. 깨뜨려서 더 좋을 수 있다면 그 방법도 나쁠 것 같지는 않다.

남편을 내게서 끊어낼 수 없고 또한 모자관계를 끊으라고 할 수 없기에 그녀에게서 내가 떨어져 나오는 게 최선이다. 그럼 모두 둘이 되는 것이다. 시어머니와 남편. 나와 남편. 그러면 모두가 평화로워진다. 그녀와의 가족관계를 포기하기까지 오래 걸렸다. 앞으로 걸어가야 할 마음이 아득하지만, 나는 확실하게 몸을 틀었다. 시어머니와 같은 밥상에서 밥을 먹으며 또 다른 유감을 만들지 않기 위해서.

2부

울음을 푸는 방식

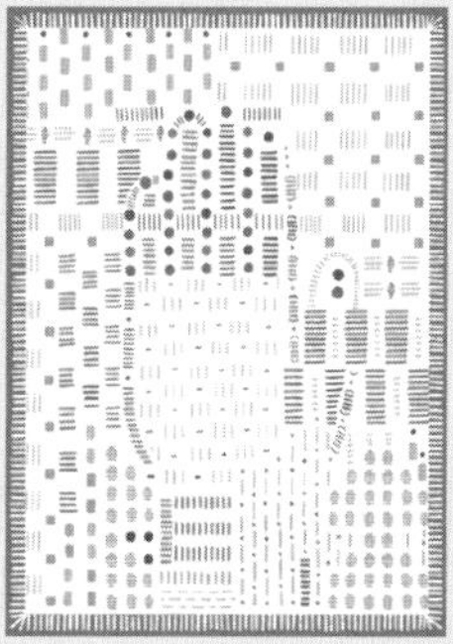

울음을 풀다

나에게 울음은 두 가지 의미를 지닌다. 하나는 나를 묶는 것이고 또 하나는 푸는 것이다. 오늘 도심 한복판에서 뻐꾸기 울음소리를 들었다. 도시에 살면서부터 점점 불감증 환자가 되어가는 나에게, 뻐꾸기 울음소리는 두 이야기를 불러냈다.

5년 전, 시아버지 장례식장에서 나는 목 놓아 울었다. 입관 예배를 드리기 위해 교인과 가족 40여 명이 모인 자리였다. 젊은 내 아버지가 죽었을 땐 눈물 한 방울 흘리지 않았던 것과 달리, 통곡했다. 울음이 터진 곳은 엉뚱한 지점에서였다. 예배를 인도하던 목사님이 '사랑하는 큰며느리를 두고…'라는 부분에서였다. '사랑하는 큰며느리!' 그 단어가 송곳처럼 뼛속을 파고들었다. 그가 나를 얼마나 사랑했을까. 시아버지의 영정사진을 올려다보았다. 그의 입술이 굳게 닫혀 있었다. 다시는 열리지 않을 입술은 내 창자를 뒤틀리게 했고 내장 깊숙한 곳에서부터 울음이 용솟음치듯 터져 올라오게 했다. 아무리 울음을 끊으려 해도 끊어지지 않았다.

평생 그에게 듣고 싶은 말이 있었다. 단 한마디였다. '미안하다'는. 마지막 2년 병간호를 하는 동안 기회가 여러 번 있었지만, 그는 끝내 한마디를 아꼈다. 단단했던 벽, 둘이 마주 보고 뚫을 수 없었던 걸 울음으로 나 혼자 풀었다. 그날 그 자리에서 그렇게라도 풀어내지 않았더라면 나는 아버지 때처럼 그에게 오래 묶여 있었을 것이다. 모인 사람들은 나의 길고 깊은 울음에 적잖이 놀라고 당황하였을 것이다. 예배는 십여 분간 중단됐고 모두 내 울음이 그치기를 기다려주었다.

마치 예전 대갓집에서 대곡代哭하는 여자처럼 울었다. 내 안에 그렇게 많은 설움이 들어 있는 줄 몰랐다. 그래서일까, 나는 시아버지가 죽은 계절이 돌아와도 마음이 담담하다. 남은 게 없다. 그날 그 자리에서 다 풀었다. 혼자 푸느라 섧게 울었다. 내 울음소리에 걸려 시아버지가 저승 가는 길에 발걸음이 멈칫멈칫했을까, 안 그랬으면 좋겠다. 둘 중에 더 아픈 사람이 풀면 되는 거였다. 그와는 그렇게 정리가 됐다.

40여 년 전, 아버지가 죽던 날은 봄날치고 좋았다. 잔잔하고 말갛고 따뜻하고 고요했다. 그런데 오후 세 시, 아버지의 마지막 숨이 넘어갈 즈음 갑자기 여우비와 함께 앞산의 뻐꾸기가 울었다. 그때부터 아버지는 뻐꾸기 울음소리로 잠겨 매년 봄 나를 찾아온다. 아버지의 부재로 인해 오랜 시간 우울을 앓았다. 산 같은 존재 하나가 느닷없이 사라진 봄은, 장미꽃 없는 5월처럼 막막했다.

그때 나는 지금의 나보다 젊은, 마흔다섯의 아버지가 가졌을 두려움에 대한 이해가 전혀 없었다. 느닷없이 맞닥뜨려야 했던 죽음과 어린 자식들과 세상 물정 모르는 순한 아내와 산더미 같은 빚을 남기고 죽어야 했던, 아버지의 마음에 대한 고찰이 없었다. 내 나이 탓이었을 것이다. 아버지를 살려야 한다는 다급함에 암에 좋다는 굼벵이를 찾으러 썩은 짚단을 뒤지고 다녔지만, 그조차도 불순했을지도 모른다. 어려운 형편에 장학생으로 간신히 입학한 대학을 3주 만에 자퇴해야 하는 마음과 여린 어머니와 초등학생인 막냇동생과 어마한 빚을 떠안아야 한다는 걱정이 내 등에 업혀 있었을지도 모른다.

아버지가 죽고 10여 년간 몸이 아팠다. 아픈 내내 이유를 몰랐다. 걱정이 된 어머니가 철학관을 하는 먼 친척에게 물어보았다. 그는 내가 아버지를 묶어두어 아픈 거라고 했다. 처음엔 말도 안 된다고 생각하였지만, 곰곰이 생각해보니 일리가 있었다. 아버지를 잃은 충격과 그 이후에 닥친 사나운 일들을 고스란히 삼키기만 했지 한번도 뱉어낸 적이 없었다. 아버지가 내 무릎에서 숨을 거둔 순간부터 묻고 오는 내내, 그리고 그 이후에도 한 톨의 눈물도 흘린 적이 없었다. 마비된 슬픔을 껴안은 채 살고 있었다.

서른 즈음 아버지가 죽은 봄날, 하얀 사과꽃을 보며 실컷 울었다. 그러고 나서부터 꿈에 아버지가 덜 보였고 내 몸도 조금씩 나아졌다. 비로소 아버지도 자신의 집으로 돌아간 모양이었다.

아파트 숲에서 뻐꾸기 울음소리를 듣게 될 줄은 몰랐다. 울음소리를 따라가보니 불곡산 자락이었다. 소리의 진원지를 확인한 후 한참을 서서 울음소리를 들었다. 그 소리는 사과꽃 하얗던 봄날의 과수원과 아버지와 빚쟁이들을 불러내 나를 공감각적으로 뒤흔들어 놓았지만, 그리 나쁘지는 않았다.

뭐든 흐르는 게 좋다. 생각이든, 마음이든, 인연이든 한곳에 오래 묶어두면 고약하고 완악하고 아프고 깊어진다. 아버지를 보내고 오래 참았던 울음은 그 시간만큼 나를 옭아맸고, 시아버지를 보내며 빨리 풀었던 울음은 그만큼 나를 빨리 놓아주었다. 나 또한 누군가에게 깊고 오래 잠겨 있을 수 있다. 그들도 나처럼 한바탕 풀어낸 후 나를 놓아주고 자신도 가벼워지길 바란다.

눈깔사탕 먹는 법

사람은 얼마만큼 참을 수 있을까. 내가 무엇에 대하여 견디는 힘은 엄마가 나한테 처음 눈깔사탕을 준 날 만들어진, 그때의 형식으로 작동하는 것 같다. 그때 오빠와 동생들은 엄마가 사탕을 준 바로 그 자리에서 빨아먹다가 이내 아작아작 깨물어 먹었지만, 나는 그때 먹지 않았다.

나는 사탕을 종이에 싸서 아무도 모르는 곳에 숨겨두었다. 참고 또 참았다가 더 이상 견딜 수 없을 때 먹으려고. 나중에 더 나중에 먹어 기쁨을 극대화하고 싶었다. 다른 형제들처럼 나도 처음 먹는 사탕이니 얼마나 먹고 싶었겠는가. 게다가 윗집 애가 늘 먹는 걸 보아야 했으니 그 마음이 얼마나 간절했겠는가.

그런데도 참았다. 내 마음에서 다 닳아 없어졌을지도 모를 사탕을. 장차 사탕을 또 언제 먹게 될지도 모르기에 아껴두고 싶은 마음도 있었다. 그때부터 나는 잘 참았던 것 같다. 그렇다고 모든 걸 잘 참는 건 아니다. 어떤 건 잘 참지만, 어떤 건 아주 취약하다. 특히 먹고 싶고 갖고 싶고 몸이 아프고 고단한 건 잘 참는다. 조금 억울한 것도 잘 참고. 참지 않는다고 하여 달라질 수 없는 것들엔 대체적으로 잘 참는다.

봄이 왔다 가고 일 년 후에 새봄이 오면 더없이 반갑듯, 원하는 것을 멀리 두었다. 좋아하는 것을 멀리 두면 더욱 귀하게 느껴진다. 그리고 내 것이 아닌 것처럼 두면 견디기도 수월하고. 그런 행위가 스스로에게 고문을 가한 것이라는 걸 안 지는 얼마 안 된다.

지금도 그 습관을 버리지 못하고 있다. 과일을 먹을 때도 가장 안 좋은 것부터 먹는다. 옷과 신발도 좋은 것은 나중에 입고 신으려 아껴둔다. 그러다가 유행이 지나 입기 곤란하거나 아예 입지 못한 것도 있다. 하물며 매일 신는 양말에도 나는 그런 태도를 취한다. 양말 서랍에서 이 양말 저 양말을 만지작거리다가 가장 낡고 오래된 것을 골라 신는다. 좋은 것은 나중에 신거나 누군가를 만날 때 신어야지 하고. 결국에는 그것들을 그 다음날 또 그 다음날 신게 되는 데에도. 고르는 순간에는 나도 모르게 마음이 그렇게 움직인다.

결과적으로 보면 그제보다는 어제 더 나은 양말을 어제보다는 오늘 더 좋은 양말을 신게 되었지만, 좋은 것을 신는다는 느낌은 갖지 못한다. 남은 것 중에서 매일 가장 안 좋은 것을 선택하는 꼴이다보니. 날마다 가장 좋은 것을 신었으면 날마다 가장 좋은 감정을 느낄 수 있었을 텐데. 같은 양말을 두고도 어떤 마음으로 고르느냐에 따라 내게 오는 기분이 다르다는 걸 이제야 알겠다.

우리 아이들과 남편은 가장 좋은 것부터 먹거나 입거나 신는다. 나중에 더 좋은 것이 생길 수 있다고 믿는 모양이었다. 그 부분이 나와는 확연히 달랐다. 나는 나중에 나에게 지금보다 더 좋은 것이 온다는 확신을 갖지 못한 채 살아왔다. 그런 보장을 받거나 그런 선물을 받은 경험이 적어서일 것이다.

아끼다가 유통기한이 지나버린 것도 꽤 있다. 이젠 마음만 먹으면 얼마든지 좋은 음식을 먹고 옷을 사 입을 수도 있는데, 아직도 좀처럼 그 너머를 기대하지 못하는 습성을 지니고 있다. 내가 가지고 있는 귀한 것들을 아끼고 또 아끼기만 한다.

꼭꼭 감춰둔 사탕을 먹으려고 꺼냈다가 깜짝 놀랐다. 사탕은 눅눅하게 녹아 있었다. 엄마한테 처음 받았던 상태가 아니었다. 까슬까슬하게 설탕이 묻은 무지갯빛 사탕을 요리조리 빨아먹다가 비늘처럼 남았을 때 빠작빠작 깨물어먹고 싶었는데. 감춰두고 유예했던 시간만큼, 딱 그만큼의 기대가 무너졌다. 그나마 사탕이 없어지지 않은 것이 얼마나 다행이었는지. 내가 사탕을 먹으려 하자 동생들이 달라고 떼를 썼다. 돌로 내리 찧어 조각난 것들을 동생들과 나눠 먹었다. 오롯한 내 사탕이 되지 못했다. 엄마가 주었을 때 먹었으면 혼자 다 먹을 수 있었을 텐데.

완벽한 기쁨은 아니었지만, 달콤했다. 처음 맛본 달콤함이었다. 윗집 아이는 매일 그런 것을 맛보니, 세상이 공평하지 못하다는 것도 그때 알았다. 그 후로도 나는 귀한 것이 생기면 오래 두었다가 먹는다. 그때도 어김없이 나 혼자 먹지 못한다. 번번이 내 몫을 놓친다.

크게 품은 것들을 잘못 접어 보관하면 작고 작아지다가 아예 없어져버리기도 한다. 좋은 것과 간절한 것이 일치하지는 않지만, 그것들을 제때에 누리는 것만으로도 삶이 얼마나 충만하고 기쁠 수 있는데.

오늘도 나도 모르게 양말을 또 고르고 있었다. 가장 낡은 것을 집고 있었다. 그걸 의지적으로 내려놓았다. 서랍에서 새것이며 예쁜 것으로 꺼내 신었다. 기분이 좋았다. 매번 그날 그날 제일 좋은 걸 신으면 이런 기분이었을 텐데. 양말 하나에도 기분이 어제와 달리 구분되고 새로워지는 것을.

언젠가 친구가 외국여행에서 사왔다며 준 초콜릿도 꺼내 먹어야겠다. 잘 참는 건 가장 빛나는 순간을 놓치는 일일 수도 있다.

살구와 사람 사이

지금은 과일이 익기 좋은 계절이다. 우리는 살구다. 잘 익은 노란 살구. 우리는 나무에 달려 있기도 땅에 떨어져 있기도 하다. 그리고 마댓자루에 담겨 진물을 흘리고 있기도 하고.

우리는 101동 앞 정원의 살구나무에 해마다 달린다. 엄밀히 말하면 같은 살구는 아니다. 그렇지만 일일이 이름을 붙일 수 없어 같은 살구인 양 말한다. 우리가 겨울을 지나 꽃을 피우면 아파트 주민들은 너나없이 우리를 보며 환호한다. 겨울을 잘 이겨내고 예쁜 꽃을 피워낸 것에 대한 찬사일 것이다.

꽃을 떨군 우리는 볕을 힘껏 받으려 애쓰고 비가 오면 수분도 한껏 빨아들이려 뿌리를 깊이 뻗는다. 꽃이 떨어지고 열매가 맺힐 때만 해도 사람들은 우리를 기특해한다. 풋살구인 우리가 봄볕에 하루가 다르게 알이 굵어가는 것도 탐스러워하고. 노랗게 익기 시작할 땐 우리를 바라보는 사람들의 입 안엔 달고 신 침이 고이기도 한다. 그 모든 것들이 우리는 보람차다.

비극은 우리가 다 익었을 때 시작된다. 아무도 우리를 따먹지 않는다는 데에 있다. 견디다 못한 우리는 땅으로 떨어진다. 나무 밑이 노래지면 경비아저씨는 빗자루로 우리를 쓸어모은다. 흙투성이가 된 우리는 서로의 얼굴을 보며 놀란다. 어떤 친구는 짓물렀고 어떤 친구는 빗자루에 쓸리어 상처가 나 있다. 여러 무더기가 쌓이면 아저씨는 마댓자루에 우리를 쓸어담는다. 날씨가 더워 며칠 만에 우리는 서로의 살과 살에 부딪혀 자루 안에서 진물을 흘린다.

가끔 지나가는 사람들이 온전한 모양으로 떨어져 있는 우리를 주워 요리조리 살피며 고개를 갸웃한다. 잠시 후엔 우리를 흙바닥에 내던져버린다. 화단에 떨어지는 건 그나마 다행이다. 길에 떨어지면 사람들의 발에 밟혀 뭉개지고 만다. 처참함은 이루 말할 수가 없다.

우리가 나무에서 모두 떨어지면 경비아저씨는 작년처럼 나무 밑에 구덩이를 판다. 그러고는 짓물러진 우리를 구덩이 안으로 쏟아부어버린다. 아무도 우리의 비명에 발걸음을 멈추는 이가 없다. 우리는 평평하게 흙으로 덮인다. 올해도 그렇게 세상에서 또 사라졌다. 흔적도 없이. 내년에 달릴 살구들의 거름이 되기 위해.

우리의 처지가 이렇게 된 데에는 이유가 있다. 공해 때문이다. 도시의 열매, 특히 눈에 보이는 곳에 있는 과실을 도시 사람들은 먹지 않는다. 자신들이 주차한 근처에 있는 과실은 더욱더. 처음부터 이런 신세가 된 건 아니었다. 아파트에 자동차가 적었을 때는 우리를 서로 따먹으려 했다. 채 익지도 않은 걸 따가는 사람이 있을 정도였다. 도시의 가로수인 은행을 더 이상 먹지 않으면서 우리의 처지도 같이 서글퍼졌다.

그런데 불행 중 반가운 소식이 들렸다. 103동 살구나무의 살구가 팔리고 있다는 것이다. 한 할머니가 잘 익은 살구를 따거나 떨어진 것들 중 흠집이 적은 것을 주워, 아파트 입구 좌판에서 팔고 있단다. 외출했다가 집으로 돌아오는 아파트 주민들이 그걸 사간단다.

언젠가 들은 이야기다. 보이는 것과 보이지 않는 것 중 보이지 않는 것이 더 위험하다는 것을. 사실 나는 아파트 마당과는 거리가 떨어져 있어 매연을 거의 마시지 않는다. 게다가 도로와도 멀어 그리 오염되지 않았다. 그럼에도 내가 알이 굵고 노랗게 익을수록 사람들은 혼란스러운 표정을 짓는다. 길에서 같은 아파트의 것을 파는 할머니의 살구는 의심 없이 사가면서.

살구인 우리와 사람 사이엔 결국 무덤만 남았다. 우리는 내년엔 또 다른 살구로 달리지 않기를 바랄 뿐이다. 꽃으로만 세상에 나가고 싶다. 그 꽃도 벌이 점점 찾아오지 않아 슬프지만.

사람들은 모든 것들이 죽어서만 무덤 속으로 들어가는 줄 안다. 우리가 묻힌 곳에 사람들의 마음과 맛과 기쁨이 같이 묻힌 줄을 모른다. 그리고 그 무덤에 언젠가 자신들의 소중한 또 다른 것들이 묻힐 수 있다는 것도.

손님

1

외딴 동네에 승용차 한 대가 깊게 가라앉은 고요를 깨뜨리며 들어옵니다. 논에서 이삭을 줍던 노인은 꼬부라진 허리를 바쁘게 움직여 차를 따라 집으로 옵니다.

텅 빈 마당에 오랜만에 사람 소리 가득합니다. 몇 달 만에 처마 끝 전등에도 불이 켜졌습니다. 노인은 곤하게 자는 손자를 밤이 깊도록 쓰다듬습니다.

아침을 먹자, 아들과 며느리는 떠날 채비에 분주합니다. 햅쌀, 감, 무, 배추, 콩, 참깨, 고추를 차에 싣습니다. 노모의 일 년 농사를 고깃국 한 그릇과 바꿔 갑니다. 조금만 더 있다가 가라는 말 대신 노모는 연신 힘없이 손을 흔듭니다.

시간이 멈추어버린 듯, 노모의 눈은 차 꽁무니가 사라진 길 끝에 고정되어 있습니다. 평생을 기다림으로 산 노모는 또다시 기다림을 시작합니다.

오래 전, 200살도 넘은 느티나무에게 치성을 드려 얻은 아들입니다. 평생 품어 살 것 같았던 자식이 언제부터인가 손님이 되어버렸습니다. 늙은 느티나무를 쳐다보는 노모의 눈 속이 그렁합니다.

느티나무는 곧 손님처럼 떠날 할머니를 말없이 내려다봅니다. 그 느티나무를 하늘은 또 가만히 내려다보고 있습니다.

우리는 모두 남은 자에겐 손님입니다.

2

느티나무 아래서 몇 번을 더 맥없이 서 있던 할머니가 보이지 않습니다. 느티나무도 목을 빼고 기다렸지만, 끝내 보이지 않습니다.

며칠 후, 할머니 집 마당에 불이 환하게 켜졌습니다. 그 집이 한번도 그렇게 밝은 적 없었는데, 집 앞까지 백열등이 나란히 켜졌습니다. 외딴 동네가 오랜만에 눈부십니다.

평소 발길이 뜸하던 얼굴이 하나둘, 백열등 아래로 모여듭니다. 이토록 환하게 불 밝힐 일 없는데. 갑작스런 수선 때문에 뒷산의 작은 짐승들도 잠을 이루지 못합니다.

장독대에 내려앉은 하얀 먼지가 폴폴 날아오르는 것을 보고서야 느티나무는 기다림이 끝났다는 것을 압니다. 기다림도 나이가 들고, 병이 들고, 죽는다는 걸 낯선 사람들을 통해 봅니다.

할머니의 기다림이 계속되었으면 평생 얼굴 한번 들이밀지 않았을 인사들이 부랴부랴 찾아옵니다. 기다림이 죽어야 만날 수 있는 그리움을, 할머니는 눈을 감고 맞습니다.

나란히 켜진 백열등이 꺼지고 나면 이제 마당에 풀 뽑을

일 없습니다. 텃밭에 상추 심을 일도 없습니다.

어느 시인이 노래했습니다. '시골집 환하면 그것으로 끝입니다./ 마지막 불빛입니다.'

느티나무는 굽은 허리로 올려다보는 동무를 잃어, 이제 기다릴 일 없습니다. 하늘은 할머니를 그러안아 더 이상 안타까울 일 없습니다. 한 기다림이 다시는 찾아오지 않을 손님이 되어 먼 길을 떠났습니다.

손님이 떠난 빈집엔 이제 이끼만 무성할 겁니다.

나의 집, 딸의 집

초등학교 1학년 때 담임선생님은 나에게 국어선생님이 되라고 하였다. 어버이날을 맞아 짧은 글을 쓴 걸 읽어본 후 한 말이었다. 나는 그것을 고대로 꿈으로 키워 국어선생님이 되었다. 다른 길은 생각해본 적이 없다.

우리 집 아이들도 이런 나를 닮은 것 같다. 아들이 요리사가 되겠다며, 고3 가을에 학교를 그만두겠다고 하여 우리 부부는 기겁을 한 적이 있다. 아들은 자신의 바람대로 셰프가 되었다. 딸도 영화 관련된 일을 하고 싶어하더니 지금 그 분야에서 일하고 있다.

딸은 중학생 때부터 영화 연출의 꿈을 키워왔다. 그런데 아이의 몸이 약하여 나와 남편은 그 꿈을 주저앉혀 행정학과에 보냈다. 졸업 후 광고회사를 다니던 아이가 어느 날 느닷없이 예술대학의 영화과에 합격했다며 나와 남편을 놀라게 하였다. 스물여덟이라는 나이에. 우리 부부는 아이와 몇 날 며칠 토론 끝에 일 년만 다녀보는 걸로 합의를 봤다. 그런데 2학년까지 다니다가 휴학을 하고 지금 영화사에서 일하고 있다.

돌고 돌아 힘들게 자신의 꿈을 찾아간 딸을 우리는 지금도 말리고 있다. 남편보다 내가 더 간곡하게 만류하는 중이다. 아이가 하고 싶어하는 일이 여자의 몸으로 감당하기엔 부대껴서이다. 영화와 관련된 일을 하되, 전문성을 살려 좀 덜 힘든 분야에서 일했으면 하는 것이다. 나의 방점은 늘 딸아이의 건강에 가 있다. 지인들은 그런 나를 나무란다. 나도 내 자식의 일이 아니라면 그 꿈을 적극 지지하고 격려하였을 것이다.

소설 『완벽한 아이』에는 다섯 살 때부터 15년간 집안에만 갇혀 지낸 여자아이가 나온다. 이름은 모드다. 모드의 아버지는 철책으로 둘러친 수용소 같은 집에 딸을 가둔 채 완벽한 아이로 키우고자 한다. 이른바 초인으로. 모드는 아버지의 절대적 지배 하에 온갖 부정적인 감정과 상처를 만들며 자란다. 그 아버지의 꿈은 오염되지 않은 공간에서 언젠가 세상을 구원할, 완벽한 존재로 딸을 키우는 것이었다.

아버지라는 이름으로 아이에게 횡행한 폭력과 만행은 가히 끔찍하고 괴기하기 짝이 없었다. 아이는 그것들을 고스란히 흉터와 공포로 품은 채 부모에 대한 증오와 환멸도 함께 키운다. 완벽하지 못한 아버지가 완벽한 아이를 키우겠다는 발상 자체가 어불성설이다. 세상의 모든 부모는 자식이 자신보다 나은 삶을 살길 바란다. 그 욕심의 수위나 방법에 따라 아이가 행복한 사람이 되기도 괴물이 되기도 한다.

모드의 아버지는 딸에게 딸의 집이 아닌 자신의 욕망을

넣은 자신의 집을 지으려 한 것이다. 아버지의 거대한 폭력 앞에서 아이는 부품에 불과했다. 아이가 굳게 닫힌 울타리를 탈출하여 자신의 집을 만듦으로써 아버지가 지은 견고한 집은 한순간에 무너지고 만다. 나도 그처럼 오랫동안 딸의 집을 허물어왔는지도 모른다. 지금도 그러는 중인 것 같고. 아이가 힘들까봐, 라는 나의 잣대로. 아이가 성인임에도 내 집의 일부분인 양 착각하고 있는 것도 같고.

며칠 전 실종된 서현고 학생이 끝내 주검으로 발견됐다. 부모와 진학문제로 이견이 있었다는 기사를 보았다. 그 아이가 무사히 돌아오기를 기다리는 내내 부모의 자리에 대해 생각해보았다. 아이들보다 먼저 살아봤고 자식을 잘 안다는 이유로 그들의 앞날에 계속 태클을 걸고 있는 건 아닌지. 그럼에도 나는 딸아이가 덜 힘든 직업을 갖길 바라는 마음이 좀처럼 바뀌지가 않는다.

작년 가을에 시나리오를 쓰고 짧은 분량의 영화를 찍었을 뿐인데도 아이는 초죽음 상태였다. 내가 염려하는 지점이 바로 그 부분이다. 아이가 피로와 압박감에서 헤어나오는 데엔 오랜 시간이 걸렸다. 장차 아기도 낳아야 할 몸인데. 이런저런 것들을 생각하다보면 부모의 자리가 마냥 객관적이기 쉽지 않다.

나의 염려가 쉬이 바뀌기 어렵기에 딸아이가 나를 이기고 당당하게 자신의 집을 짓길 바란다. 그것도 아주 튼튼하게.

나의 염려가 기우일 뿐이었다고. 부모라는 이름에는 자식을 향한 사랑만 있어야 한다. 그 외의 것은 자칫 폭력이 될 수도 있다. 자식들에겐 그들의 유토피아가 필요한 것이지 그들이 부모의 유토피아나 집이 돼주어야 할 의무는 없다.

나는 이 나이에도 꿈을 갖고 있고 그 꿈을 꼭 이루고 싶다. 그래서 요즘 그것에 볕을 쬐는 중이다. 늦게나마 나의 집을 짓고 싶어 벽돌을 한 장씩 차근차근 쌓는 중이다. 누구도 허물거나 훼손하지 못하도록.

인생의 3막을 맞이하고 보니, 자신이 좋아하는 걸 하고 사는 삶이 최고인 것 같다. 많은 사람들이 밥벌이를 위해 자신의 꿈과 다른 직업을 택한다. 그러나 벌이가 시원찮더라도 자신이 행복감을 느끼는 분야에서 일하며 사는 것도 괜찮을 것 같다는 생각도 들고. 어디까지나 생각이 그렇다는 것이다. 그걸 알면서도 나는 아이를 말리고 있는, 이율배반적인 행동을 하고 있다.

이 걱정 속에는 나의 죄책감이 들어 있다. 딸을 임신하였을 때 입덧으로 6개월간 음식다운 음식을 먹지 못했다. 그리고 그 기간 중에 불행한 사건까지 겹쳐 아이를 낳지 않으려 했다. 그러느라 태교는커녕 내 몸 하나 건사하기도 힘들었다. 그래서인지 아이는 태어나면서부터 지금까지 자잘한 병치레가 잦다. 그런 아이에게 나는 큰 부채감을 갖고 있다. 이 마음은 내가 죽을 때까지 없어지지 않을 그림자 같은 것이다.

딸은 나에게 완벽한 아이가 될 필요가 없다. 스스로 건강과 능력을 생각하여 자신의 삶을 살면 된다. 부모의 걱정은 그냥 물 같은 것이다. 무의식적으로 먹는 물 같은.

버려진 운동화

아파트 화단에 운동화 한 짝이 있었다. 운동화는 새것이었고 아이의 것이었다. 누군가 일부러 버렸거나 아니면 실수로 떨어뜨렸을 것이다. 주워서 경비실에 갖다주려다 그냥 두었다. 그대로 두는 것이 주인이 찾아가기 쉬울 것 같아서.

그런데 그 다음날 산책길에도 그대로 있었고 일주일 후에도 그대로 있었다. 그 사이 비를 맞아 운동화는 지저분해져 있었다. 궁금했다. 새 운동화 한 짝이 왜 저러고 있는지가. 한 짝이 없으면 나머지 한 짝도 쓸모가 없을 텐데.

며칠이 더 지난 어느 날 운동화가 보이지 않았다. 행방이 더욱 궁금했다. 운동화가 사라졌는데도 산책할 때마다 나도 모르게 시선이 그리로 갔다. 그리고 자꾸만 무언가를 상상하였다. 운동화가 사라진 자리엔 제비꽃과 냉이꽃이 피어 있었다.

나도 한때 어떤 시간을 저 운동화처럼 버린 적이 있다. 그 시간을 책임감 없이 다룬 바람에 그 시간 너머의 시간까지 쓸모없어져버렸다. 시간을 버릴 때는 몰랐다. 나에게 다가올 나머지 시간이 고장날 것이라는 걸. 시간이 시간을 낳고 그 시간이 또 다른 공간과 삶을 만든다는 것도. 많은 시간이 흐른 후에야 나는 한때의 시간을 잘못 결정하고 사용했다는 걸 절감했다. 감지한 순간 아찔하고 후회스러웠지만, 돌이킬 수 없는 일이었다.

세상에 시간만큼 돌이킬 수 없는 것도 드물다. 함부로 보낸 시간은 어떤 대가를 치러도 돌이킬 수가 없다. 어느 날 문득, 시간이 머리카락처럼 느껴졌다. 머리카락이 자라는 건 눈에 보이지 않지만, 어느새 길어져 있는 걸 느낄 수 있듯. 머리에 있을 때엔 한 올의 존재가 각별하게 다가오지 않지만, 방바닥에 떨어져 있을 땐 한 올의 실체가 선명하게 드러나듯. 머리카락이 자라는 시간이 내가 사는 시간이었다.

최근 탈모가 왔다. 작년에 겪은 한 사건 때문에 생긴 모양이다. 극도의 스트레스가 자신의 존재감을 그렇게 표현한 것 같다. 또 몸의 존재를 깡그리 잊어버리고 정신에만 매몰된 결과이다. 평소 모발이 굵고 튼튼했다. 미용실에 가면 미용사들이 모발이 건강하고 숱도 많다며 부러워하곤 했다.

그런데 머리카락이 나도 모르는 사이에 파슬파슬해지고 가늘어졌다. 손만 대도 몇 가닥씩 빠졌다. 감고 말릴 때엔 뭉텅이로 빠졌다. 검은 감정을 몸에 가둬둔 대가를 몸은 노골적으로 드러냈다. 빠져 있는 감정에서 그만 나오라는 몸부림 같았다.

가끔은 그런 생각이 든다. 컴퓨터처럼 리셋하고 싶다는. 새로운 세계를 만들고 싶은. 새로운 내가 되어 새로 만든 세상에서 새로 시작하고 싶은. 내 안의 것들을 다 갈아엎어 예전의 흔적을 없애고 새로운 감정으로만 충만하고 싶은. 거기엔 후유증이 따름을 안다. 좋고 소중했던 것까지 모두 잃어버리게 되는. 그래서 그것은 위험한 일이기도 하다. 그간의 나의 역사를 삭제하는 일이기에. 건너뛴 자리만큼 그 시간이 파열되고 함께한 사람들도 사라질 것이기에.

서른 살은 잊을 수 없는 나이다. 나의 순한 가을이 운동화처럼 버려진 해이다. 그 파장이 지금까지 올 줄은 그땐 상상도 못했다. 그날은 일요일이었다. 쌀쌀한 늦가을이었다. 온 집안 식구들이 다 모여 점심을 먹고 설거지를 끝낸 후였다. 아주 사소한 일로 끔찍한 사건이 벌어졌다. 그 사건은 나에게 수많은 시간을 왜곡케 하고 변질시키고 매몰케 하였다. 그리고 그것은 나에게서 끝나지 않고 내 아이들에게까지 흘러갔다.

몇 년 전에서야 나는 나를 탐색하기 시작했다. 시간을 거슬러올라가다 서른 살의 가을에서 턱, 걸렸다. 그때 잘못 잡은 방향은 내가 원하는 삶과의 각도를 점점 벌여놓았고 검은 세상과 검은 세상을 순환하게 하였다.

자작나무 속살 같은, 아니면 풋사과를 달고 있는 연초록 사과나무 같은 모습은 오랜 시간 내게서 찾을 수 없었다. 나는 자작나무를 볼 때마다 경건해진다. 나무의 속도 그럴 것 같아 하염없이 들여다보게 된다. 연초록도 마찬가지다.

추위를 이기고 막 나온, 그렇지만 아직은 세상이 주는 비바람에는 덜 시달린, 그런 연초록이 귀하게 여겨진다. 가끔은 나도 그렇게 매해 새로이 연하디연한 초록으로 나고 싶어진다.

또 종종 이슬을 매달고 있는 새벽 풀이나 나뭇잎들도 생각한다. 세상엔 그것만큼 신선하고 맑고 깨끗하고 아름다운 것도 없기 때문이다. 머리카락이 한 움큼씩 빠질 때마다 그런 새벽을 생각한다. 이슬방울 안의 영롱한 또 다른 세상이 내게도 있었을 텐데, 하고. 많은 시간을 주인 없이 보냈다. 버려진 공터처럼 방치했다.

올 봄 기온이 갑자기 올라가면서 봄꽃이 동시에 피어버리는 기현상이 벌어졌다. 이후 다시 기온이 떨어지면서 모란이 피었다가 이울면서 작약이 피었다. 봄의 대표 주자답게 두 꽃은 자연스레 시간을 이어 피었다. 거기엔 날씨, 그러니까 온도라는 것이 관여하였다. 꽃도 그러한데 하물며 사람은 얼마나 지극하며 적절한 온도가 필요하겠는가.

신이 내게 서른 살의 일을 미리 예고해주었더라면 달라졌을까. 그렇지는 않았을 것이다. 내 성향이 그 물길의 방향을 다른 곳으로 틀지 못하였을 것이다. 내 시간의 주인은 나였다. 그 누구도 아닌 내가 잘 운행했어야 했다. 때론 의지적으로 때론 자연스럽게. 또는 능동적으로 결단하고 행동해야 했다. 시간을 어처구니없게 잘라먹은 후에야 내가 보내온 시간이 시커멓고 기형적이었다고 한탄할 일은 아니다.

우리 아이들에게 나는 시간에 대해 자주 이야기한다. 한 번 놓쳐버리면 어떠한지를. 때로는 직설적으로 때로는 은유적으로 말한다. 나처럼 시간이 일그러지거나 깨져버리거나 버려지는 일이 없도록. 아이들은 나보다 지혜로워 보인다. 내 말을 이해하고 공감하고 오히려 나를 위로하고 응원하는 걸 보면.

누가 버린 운동화인지는 두고두고 궁금할 것 같다. 그 산책 코스를 지나칠 때마다 각인된 생각은 한동안 떠오를 것이다. 내가 시간의 위험성을 심각하게 각성한 건 머리카락 덕분이다. 막막한 경계 너머로 들어가지 않고 그런 시간을 더 이상 만들지 않기 위해선 머리카락을 잘 관리해야 한다.

지나간 시간에 대한 애석함에서 벗어나려면 지금 내가 평온하면 된다. 그것들이 특별히 불행한 사건이 아니었다는, 자기 최면을 걸면 된다. 내가 만들어놓은 구속에서 자유롭고 매였던 감정에서 놓여나고 만들어놓은 경계에서도 벗어나면 되고. 이젠 뜀틀 뛰듯 뛰고 징검다리 건너듯 건널 수 있는 힘도 생겼으니 스스로 시간의 주인노릇을 하고 살면 된다.

끝내 운동화의 행방을 알 수 없었듯, 서른의 가을도 돌이킬 수 없다. 쌀랑하지만, 상쾌한 느낌의 가을. 그 한 조각의 시간은 제자리로 돌려놓을 수 없지만, 지금의 것들이라도 제자리에 놓아준다면 남은 생은 자작나무 속살 같지 않을까. 다가올 모든 시간은 지금 시간이 낳은 것들일 테니까.

그 사람

10여 년 전, 나는 그토록 찾던 사람을 만났다. 그는 내가 기다리고 바라던 사람에 가장 가까웠다. 그를 볼 수 있는 하루하루가 설렜다. 드디어 내가 기다린 세상이 열린 것 같았다.

그는 평일 오후 다섯 시에 내가 산책로로 나가는 길목인, 삼거리를 지나갔다. 처음에는 그의 존재를 의식하지 못했다. 매일 같은 시각에 몇 번을 스치게 되면서 그가 눈에 들어왔다. 그 시간에 맞춰 매일 삼거리로 나갔다. 날이 갈수록 나가는 시간이 빨라졌다. 혹 그를 놓쳐서 보지 못하게 될까봐.

나는 그가 걸어올 길을 하염없이 바라보았다. 저만치 걸어올 길 양쪽에는 은행나무가 길게 늘어서 있었다. 나무도 노랗고 그가 걸어올 길도 황금빛이었다. 그를 노골적으로 바라볼 수 없어, 메타세쿼이아 나무 뒤에 숨어서 보았다. 그는 주로 울 소재로 된 감청색 정장을 입었고, 그 안에는 옅은 회색 셔츠를 입었다.

몸은 군살 하나 없었고, 키도 보기 좋게 컸다. 알맞은 보폭으로, 손은 가볍게 주먹을 쥐고 걸었다. 땅을 보고 걷는 것도 그렇다고 먼 곳을 보는 것도 아니었다. 무엇보다 내 마음을 끌어당긴 건 그의 표정이었다. 평온하고, 부드럽고, 단정했다. 그러면서도 강직함과 너그러움이 함께 느껴졌다. 옷차림과 표정에 걸맞게 목소리도 따뜻할 것 같았다. 나이는 예순 정도 돼보였다.

언제부턴가 나는 누군가를 무작정 기다렸다. 오랜 시간 누구를, 왜 기다리는지 그 이유가 명확하지 않았지만, 쉰이 되어갈 무렵에야 신을 닮은 사람을 기다리고 있다는 걸 알았다. 종교를 가지고 있지만, 신은 내가 필요할 때 너무 멀리 있거나 침묵하거나 기다리게 했다. 그리고 나이를 먹을수록 곁에 있는 사람만으론 위로가 되지 않는 일들이 많아졌다.

가족과 친구가 있고 선생님과 선배들도 많지만, 그들 모두는 내가 찾는 사람에 미치지 못했다. 그들이 부족해서가 아니다. 나의 바람이 이상적이어서다. 그러던 차에 삼거리에서 그를 보게 된 것이다. 그의 표정엔 변화가 없었다. 그런 한결같음도 내게 위안으로 다가왔다. 시간이 흐를수록 내가 찾는 사람이 확실하다는 생각이 들었다.

그를 보면 볼수록 마음 한구석에 조바심이 생겼다. 그에게 말이 걸고 싶어져서이다. 오랫동안 품고 있었던 것들을 쏟아내듯 말하고 싶었다. 그런 한편으론 그에게 다가가는 것이 두려웠다. 말을 붙이는 순간, 내가 기다리던 사람이 아니거나 흔적도 없이 사라져버릴까봐. 며칠을 갈등한 끝에 결국엔 그를 길 건너에서 바라보기로만 했다.

그 즈음 나는 갱년기 증상에 시달리고 있었다. 온통 혼돈의 상태였다. 어떤 사람도 나를 진정시키거나 위로해줄 수 없었고 아무것도 나의 안식이 되지 못했다. 내내 안고 있었던 원론적인 질문들도 그런 나를 더욱 옥죄었다.

그에게 말을 할 수 있다면, 사람은 타인에게 자신의 마음을 어디까지 펼치고 어디쯤에서 닫아야 하는지 또 상처를 받았을 땐 얼마나 견디고 어떻게 풀어내야 하는지를 물어보고 싶었다. 그리고 나이를 먹으면 조금이라도 더 훌륭해질 수 있는지, 또 그런 기대를 품고 살아도 되는지도. 사람은 서로에게 얼마나 따뜻해질 수 있으며, 위로가 되는지도 알고 싶었다. 그는 자신의 통찰력과 혜안으로 내가 만족할 만한 대답을 해줄 것만 같았다.

그러던 어느 날부턴가 그가 보이지 않았다. 세 시에 지나간 걸까. 네 시에 지나갔을까. 점심을 먹고 몇 시간을 서성이며 기다려보았지만, 더 이상은 삼거리에서 그를 볼 수 없었다. 오후 다섯 시의 기쁨이 사라졌다. 아니, 그 이상의 것이 사라졌다. 말 한마디 나눠보지 못했지만, 두 달 동안 분명 나만의 키다리아저씨였는데. 그가 사라진 길에 겨울 찬 바람과 나만 덩그러니 남겨졌다.

그로부터 몇 년 후에 나는 이 도시로 이사를 왔다. 혹 이곳에 그런 사람이 있을까 하고. 이사 온 지 4년이 되어가지만, 아직 만나지 못했다. 그러함에도 매번 새로운 사람을 만날 때마다 두근거린다. 혹 그가 그런 사람일까 하고.

곧 예순이다. 나보다 젊은 사람들 중에 나처럼 누군가를 찾는 사람이 있을지도 모른다. 그들에게 불현듯 미안한 마음이 든다. 내 나이 정도면 그들이 찾는 사람이 돼 있어야 마땅한데, 여전히 그런 사람을 기다리고 있는 처지다보니. 예순이면 세상일에 문리가 트이고 지혜를 터득해야 할 나인데, 점점 품는 세계가 좁아지고 있다.

이젠 나를 온통 헤집어놓았던 갱년기도 지났다. 그런데도 여전히 누군가를 기다리고 있다. 아직 나의 질문에 대한 해답을 어디에서도 얻지 못했기 때문이다. 아무래도 떠돌이 에스트라공과 블라디미르처럼 나무 아래서 내일 올, 고도를 계속 기다려야 할 것 같다. 그러다보면 고도가 내일 올 거라는, 전령을 들고 올 소년이라도 만나지 않겠는가. 설령 그것이 영원한 기다림으로 이어진대도 나는, 내일 올 고도를 계속 기다릴 생각이다.

언니 1

마취에서 깨어나지 않은 그녀는 흡사 죽은 사람 같다. 중환자실에 얼음처럼 누워 있다. 모든 장기가 멈춰선 듯 고요하다. 얼굴은 세상을 놓아버린 듯 창백하다. 두 눈은 굳게 닫혀 있다. 팔다리는 파리하게 침묵하고 있다. 내 마음이 덜컥해진다. 찢어진 심장을 이제야 꿰맸다.

여동생은 내게 생살이 잘려나간 손끝 같은 존재다. 평소 그녀는 어머니보다 나를 더 많이 찾는다. 좋은 것이나 귀한 것도 어머니보다 나한테 먼저 줄 때가 있다. 가장 좋은 소식도 내게 먼저, 가장 나쁜 소식도 내게 먼저 전한다.

그녀보다 세 살밖에 더 먹지 않았지만, 나는 그녀를 위로하고 힘주고 세워주고 손잡아주고 싶다. 내가 그의 언니라는 위치를 인지한 그 순간부터 지금까지 내가 그녀를 향해 가지고 있는 마음이다. 같이 늪에 빠지지 않기 위해선 그녀보다 몇 배 더 안간힘을 써야 할 때도 있었다. 그녀의 답답한 상황과 아픔과 찢어진 손바닥과 찢어진 심장이, 언니인 나를 오래도록 잘린 손가락처럼 아프게 했다.

그래서일까, 여동생은 언니가 있어서 참 좋다는 말을 종종 내게 한다. 나는 그 말의 의미를 모른다. 언니를 가져본 적이 없기에 그녀가 '언니'라는 단어에서 어떤 정감을 느끼는지 알 수가 없다. 다정하고 따뜻하고 애틋하고 살뜰하고 미더운 감정일까. 내가 그런 사람이기나 할까.

사건사고를 잘 치는 어떤 중견 배우가 이런 말을 한 적이 있다. '내 속에는 막대사탕 하나 빨며 울고 있는 아이가 있다'고. 그는 쉰이 넘었는데도 끊임없이 사고를 쳐서 세상 사람들의 입방아에 오르내리곤 한다. 그의 내면에는 아무리 나이를 먹어도 철이 들지 않거나 어른으로 성장할 수 없는 아프고 외로운 소년이 있는 것 같다. 누군가 그 아이를 자라게 하거나 위로해주어야, 밖의 그가 안정감과 평온을 되찾을 수 있을 것 같다.

내 속에도 그런 아이가 있다. 맏딸, 맏며느리, 언니, 엄마인 내 속에도 그런 아이가 몇이나 웅크리고 있는지 모른다. 내가 얼마나 말랑하고 여리고 무릅쓰고 사는지 여동생이 알면 놀랄 것이다. 한번도 위로받지 못한 '특정한 아픔'은 그대로 나이를 먹었고, 울고 싶었지만 '터'를 만나지 못하여 꾹꾹 눌러놓았던 울음도 그대로 늙어가고 있다. 가끔은 그러한 내 마음을 스캔하듯 훑어 언니라는 사람에게 보여주고 싶다.

어쩌다가 일찍 어른이 돼버렸을까. 다섯 살 때 막내를 업어 키우면서 철이 들어버렸나. 아니면 태어난 순서가 자리를 만들었나. 내가 동생을 업고 친구네 집에 놀러갔을 때 그

집 큰언니가 여섯 살이나 먹은 내 친구를 업고 얼려주던 모습은 지금도 그림처럼 남아 가끔 나를 흔들어놓는다. 그 장면은 가장 아름다우면서도 때로는 나를 가장 외롭게 만들기도 한다. 아무리 노력해도 가질 수 없는 건 슬픔을 느끼게 한다.

존재하지 않는 것은 늘 그립다. 원하는 건 언제나 멀리 있었고 갖고 싶은 건 부재 중일 때가 많았다. 나에게는 언니가 그러하다. 오롯이 내 편일 것 같은 푸근한 언니가 삶의 마디마디마다 필요했고 지금도 필요하다. 나이를 먹는다고 삶의 무늬가 결코 녹록해지는 것이 아니기 때문이다.

여동생의 차가운 손을 잡으니 내 심장이 서늘해진다. 중환자실은 살지도 죽지도 않은 사람들이 머문 공간이라는 생각이 든다. 인간의 몸 모든 곳에 감정을 저장할 수 있다면, 꿰매서 새살이 돋아날 그녀의 심장엔 좋은 것들로만 채워졌으면 좋겠다. 손끝이 아팠을 때처럼 내 온몸이 오그라든다. 여동생이 무감한 내 손가락처럼 되려면 얼마나 많은 회복의 시간을 견뎌야 할까.

언니 2

너는 마침내 네 이름에 들어 있는 계절이 된 것 같다. 봄의 기쁨. 네가 봄의 사람다워서 얼마나 기쁜지 모른다. 네 말과 몸짓이 그렇게 보인다. 네가 며느리를 맞은 후부터 그렇게 느껴진다. 네가 좋아하는 꽃그림이 그려진 찻잔과 분홍 빛깔의 옷에도 네 이름이 들어 있는 것 같다.

네가 아들을 결혼시킨 후 더욱 빛나보인다. 며느리가 너의 또 다른 봄인가 보다. 네가 아이들에게 해준 음식사진을 보노라면 꿰맨 네 손에 꽃이 핀 것처럼 느껴지고 꿰맨 네 심장도 튼튼해진 것 같아 마음이 놓인다. 작은 손이 얼마나 분주하고 그 심장은 얼마나 설렜을지 야무지게 담겨진 음식마다 눈길이 머문다.

신랑엄마가 된 날 한복을 입고 올림머리를 하고 활짝 웃고 있는, 프사의 네 모습이 지나간 너의 시간을 단번에 지운 듯하여 나도 따라 웃어본다. 힘든 일을 하고 와서도 꼭 음식을 만들어 가족들을 먹이는 너는 참으로 큰사람 같다. 네 남편의 선하고 부드러운 모습이 한결같음도 모두 네 덕이다.

요즘 네 목소리에도 이름처럼 꽃이 핀 것 같아 좋다. 너는 오랜 시간 몸으로만 너의 시간을 표현했지. 몸으로 말하는 이야기가 얼마나 아픈지도 모르고. 나 또한 언어로 말해보려 했지만, 좀처럼 쉽지 않더구나. 나도 너처럼 몸으로 말하는 게 편할 때가 많았지. 몸으로 말하는 이야기엔 고단함은 들어 있지만, 거짓은 없지. 그 자체가 슬프긴 하지만, 아름다워서겠지.

네 며느리가 곧 아이를 낳는다지. 손녀라서 팔짝 뛰며 좋아하던 네 모습이 눈앞에 둥둥 떠다닌다. 그 모습은 지나간 네 시간을 다른 채도로 바꾸고도 남았지. 손녀가 태어나면 너는 더욱 찬란한 봄이 되겠지. 온통 자랑이고 기쁨이고 또 다른 꽃이 되겠지.

네 몸에 오래 잠겨 있었던 눈물과 기다림과 추위가 사라진 것 같아 좋다. 손이 크고 마음이 큰 너는 누구보다 큰사람인데 삶이 너를 오래도록 고단케 했지. 결혼해서 근처에서 같이 살자며 어린 시절 둘이서 수없이 맹세했는데. 그 꿈은 이뤄지지 않았지만, 늘 너는 내 곁에 있단다.

네가 첫 아이를 낳고 우리 집에서 산후조리를 했던 때가 생각난다. 그때 스물아홉인 내가 너에게 무엇을 해줄 수 있었는지, 지금 생각하면 웃음만 나온다. 그러나 나답게 무언가는 했을 거야. 그때 우리 집에 와줘서 고마웠다. 그 아이가 자라 어느새 아빠가 되는구나. 그 사이 너도 빛 가까이로 와주어 고맙다.

한 아이를 키워 그 아이가 아빠가 되기까지 너는 수없이 엎드렸고 내려놓았고 무너졌고 다시 일어나서 기도했지. 자식은 우리가 짝사랑하고 싶어 스스로 만들어 세상에 내어놓은 신 같다. 그것도 절대적으로. 그건 우리의 마음이 마르고 이기적이지 않도록 하기 위함일 거야. 그리고 대가 없이 영원히 사랑하고 희생하라는 의미이기도 할 테고. 그래서 너와 나는 지금 얼마간의 숭고함을 지니며 사는지도 모르겠다.

엄마에게 '권여사'라 부르며 네가 애교스럽게 효도하는 것도 고맙다. 한번도 반짝인 적 없는 권여사의 파란 많은 삶에 너의 명랑함은 큰 위로고 웃음이고 즐거움이란다. 네 덕분에 권여사의 마음에도 가끔 봄이 들었지 싶다.

네가 나보다 먼저 돈을 벌어서 네가 산 옷을 얻어 입었지. 나는 스무 살, 너는 열일곱. 그때의 옷이 잊히지가 않는다. 나는 그때 옷 한 벌을 사입을 돈이 없었지. 밥도 한 끼만 먹으며 버틴 시간이었기에. 우리는 어느새 그때의 색깔 대신 다른 빛깔을 가진 사람이 되었구나. 얼마든지 원하는 것들을 누릴 수 있는.

나는 나를 견딜 수 없을 때 옷을 사는 버릇이 있는데 너도 그렇더라. 어떻게 고난에 우리가 같은 반응을 하는지 신기하다. 사놓은 옷을 입지 않고 한동안 방치하는 것도 같고. 자랄 땐 한없이 가까웠던 너였는데, 각자의 가정을 꾸리면서 자신의 권속에 충실하느라 서로가 뒷전으로 밀려나게 되었지. 가끔은 그게 슬프다. 17년을 한솥밥을 먹고 가장 좋은 시절을 함께 보낸 사인데. 자매애가 자식 사랑보다 옅다는 것이.

그럼에도 자매로 한세상 서로 위로하고 위무하며 살아갈 수 있어 고맙다. 이것은 엄마에 대한 고마움보다 크단다. 너는 이제 경쾌하게 살아도 될 듯하다. 새 아파트에 입주하고 곧 손녀를 맞을 너는 얼마나 한량없어질지…. 태어날 손녀처럼 자꾸 웃는 네가 되길 바란다. 네 눈물을 오래 보아와서 마음이 아팠다. 이제 너는 누가 봐도 영락없는 봄이다. 나는 지금 벚꽃과 개나리와 진달래꽃과 산수유가 피어 있는 공원에 와 있다. 봄의 한가운데 서 있다. 너를 보는 듯하다. 비로소.

신부의 마음

오늘 나는 신부엄마다. 올림머리를 하고 한복을 입고 옥가락지를 끼고 꽃을 달아 단장했다. 딸의 앞날을 위해 화촉을 밝히고 신부엄마의 자리에 앉았다. 신랑 입장 후 딸이 제 아버지의 손을 잡고 들어왔다. 아버지의 손을 놓고 신랑의 손을 잡은 딸은 신랑과 함께 주례 앞에 섰다. 혼인서약과 성혼선언문이 끝나고 주례사가 이어졌다.

나는 어느 결혼식에 가든 이 대목에서 길을 잃는다. 오늘은 딸의 결혼식이니 정신을 집중하여 주례의 이야기에 귀 기울여보려 했다. 처음 한두 마디는 들렸지만, 이번에도 어김없이 오래 전 나의 결혼식으로 되돌아가 있었다. 눈은 두 아이를 바라보고 있었지만, 마음은 스물일곱 신부였던 나를 만나고 있었다.

주례사가 끝나고 축사와 축가도 끝이 났다. 아이들이 양가 부모에게 인사를 했다. 딸이 어느새 성장하여 혼인한다는 기쁨보다 내가 신부엄마로 그 자리에 있다는 것이 더 생경하게 느껴졌다. 대부분의 부모들은 아이들의 인사를 받을 때 눈물을 보인다. 키우는 동안 있었을 수많은 일들로 만감이 교차하거나 품을 떠나는 게 아쉬워서일 것이다. 나는 눈물이 나지 않았다. 마치 내가 어느 낯선 화면 속에 들어가 움직이고 있는 것처럼 느껴졌다. 판타지 속 어디쯤에 있는 사람 같았다. 아이들을 포옹하고 자리에 앉았다.

그런 생각에 잠겨 있을 때 딸이 신랑을 위한 이벤트를 하였다. 우리 부부는 물론이거니와 신랑도 모르게 준비한 모양이었다. 신랑을 위한 축가였다. 신랑을 바라보며 하객과 부모 앞에서 축복의 노래를 부르는 모습이 아름다웠다. 결혼식이 아니라 축제 같았다. 나도 모르게 손으로 장단을 맞추며 딸의 노래에 빠져들었다. 내가 신부가 된 느낌이었다.

결혼식은 그래야 했다. 아름답거나 축제이거나 진지하거나 재미있거나. 아니면 경건하거나. 나는 결혼을 한다면 아름답고 경건하게 하고 싶었다. 둘 중 하나를 고른다면 경건하게 하고 싶었다. 그 이유는 잘 모르겠다. 내 성격이 조용한 편이라 그런지 아니면 경건함 속에서 미래를 시작하고 싶어서인지. 결혼할 때까지 그 생각이 바뀐 적이 없었다.

딸아이의 예식이 진행되는 동안 서운하거나 기특하단 생각보다는 딸은 참 기쁜 결혼을 하는구나, 에 생각이 머물렀다. 그리고 제 신랑을 향한 사랑스러운 눈빛과 작은 손동작마저 감동스러웠다. 나도 그러고 싶었다. 그렇게 신랑의 눈을 마주보며 신랑의 손을 맞잡고 눈빛과 손끝으로 나의 사랑을 전하고 싶었다. 그것이 내가 바라는 경건이고 엄숙이었다.

신랑신부의 퇴장 행진이 시작되자 나도 모르게 큰숨이 쉬어졌다. 그 숨에는 결혼식이 잘 끝난 것에 대한 안도감이 들어 있었고, 아이들이 잘 살기를 바라는 기도가 들어 있었고, 축하해주러온 하객들에 대한 고마움도 들어 있었다. 그리고 나에 대한 위로가 숨어 있었다. 아무도 모르는. 남편조차도 잊어버렸을지 모르는.

아버지가 안 계셔서 삼촌의 손을 잡고 신부 입장을 해야 한 것도 상견례 때 큰아버지와 함께했던 것도 친정엄마가 해주어야 할 결혼 준비를 나 혼자 했어야 했을 때도 슬프지 않았다. 그러한 것들은 내가 꿈꾸는 결혼식을 상상하는 것만으로도 위로가 됐기 때문이다.

나는 백 년에 한번 온다는 길일에 결혼했다. 그러나 식이 진행되기도 전에 내가 쓴 면사포가 찢어지고 드레스는 이 사람 저 사람에게 밟혔다. 주례를 설 교수님은 식장에 들어오지 못했고, 피아노 반주를 할 내 친구와 사회를 보기로 한 신랑 친구도 식장에 들어오지 못했다.

4층인 건물에는 각 층마다 두 개의 홀이 있었고 각 홀에선 삼십 분 단위로 예식이 진행되고 있었다. 앞 팀의 예식이 끝나고 나에게 주어진 시간은 십사 분밖에 되지 않았다. 결혼식 사회는 간신히 식장에 올라온 남편의 또 다른 친구가 했고 주례는 하객으로 온 시아버지 친구가 얼떨결에 맡았다. 그들은 사회를 본 적도 주례를 선 경험도 없는 사람들이었다.

엉망진창인 예식이 끝나자 식장 관계자는 시간이 없다며 밀어냈다. 그래서 결혼 사진다운 사진이 없다. 내 예식이 진행되고 있는 도중에도 이미 다음 예식 손님들이 들이밀고 와, 말 그대로 아수라장이었다. 그 모든 사단은 길일에 최대한 수익을 내려는 예식장의 횡포에 있었다. 4층까지 오르내릴 수 있는 길은 신부 전용 좁은 엘리베이터와 계단 하나밖에 없었다. 위층에서 예식이 끝난 사람들은 1층으로 내려가지 못했고 1층에서는 위층으로 올라갈 수 없었다. 하객들은 2층과 3층 계단쯤에서 뒤엉켜 옴짝달싹할 수 없는 상황이었다. 내 예식은 4층에서 있었다.

아버지가 부재했던 나는 주례사를 새겨들을 생각이었다. 그것을 삶의 지표로 삼아 좋은 가정을 꾸리고 싶었다. 그리고 신랑에게 진솔하고 정성스런 마음과 눈빛으로 미래를 약속하고 싶었고. 그러나 그 어떤 것도 할 수 없었다. 그래서인지 어느 결혼식에 가든 난장판이었던 그날, 나의 결혼식이 소환된다.

오늘은 신부엄마다. 모든 생각을 접고 친정엄마로서 생각하고 행동해야 한다. 그런데 마음 깊은 곳엔 여전히 스물일곱, 신부의 마음이 자꾸 치고 들어온다.

난장

느닷없이 새까만 개미 떼가 우리 집 테라스를 가로질러 가고 있었다. 수천 아니 수만 마리의 끝없는 행렬이었다. 처음엔 5층 높이까지 어떻게 올라왔는지가 궁금하였지만, 이내 겁이 났다. 행여 방향을 틀어 집안으로 들어올까봐. 그러면 큰일이었다. 개미 떼의 끝을 따라가보았다. 아득한 저 밑에서부터 필사적으로 기어올라오고 있었다. 아파트 정원에서 시작하여 벽을 타고 5층인 우리 집 테라스를 가로질러 벽을 타고 다시 위로 올라가고 있었다.

그 많은 개미를 일일이 죽일 수도 없고, 참으로 난감했다. 궁리 끝에 화장실 청소용 락스를 올라오는 길목에 뿌렸다. 그리고 위층으로 올라가는 길도 차단했다. 락스 냄새를 맡은 개미들은 순식간에 길을 잃고 사방팔방으로 흩어졌다.

남편을 따라온 타국에서의 2년간 나의 삶도 저 개미와 같았다. 갑자기 길을 잃어버린 것 같은. 한국에서는 늘 바쁘고 복잡하게 살았는데 이곳에선 막막할 정도로 단조롭고 한가했다. 날씨는 날마다 반짝이고 눈부셨다. 꽃은 매일 피어났고 새는 나무마다 앉아 노래 불렀다. 하늘은 언제나 새파랗고 사람들은 여유로웠다. 마을엔 어쩌다 사람이 한둘 보였고 동네는 깨끗하게 잘 정돈돼 있었다. 견디기 어려운 추위나 더위도 없었다. 바라보는 곳 어디든 아름다웠다. 그 속에 있는 나만 이방인이었다. 락스 세례를 받은 개미들처럼.

완벽한 것은 모자라는 것만 못하다. 날씨가 따뜻해서 일 년에 아홉 달은 반팔 옷을 입어야 하다보니 두꺼운 옷은 옷장에서 나오지 못했다. 바람을 따라온 플루메리아와 재스민 향기와 십오 분마다 지나가는 배조차 나를 좀먹은 겨울옷처럼 느껴지게 했다.

거의 매일 집 밖으로 나가 사람들을 만나서 이야기를 나누었다. 아마도 지금이 내 생에 가장 말을 많이 한 구간일 것이다. 그놈의 햇빛 때문에 도저히 집안에 머물러 있을 수가 없었다. 날마다 션샤인한 날씨는 내가 개미를 꾹꾹 눌러 죽인 악력만큼이나 나의 시신경과 마음을 끊임없이 자극하고 들쑤셔댔다. 마치 내 마음 어딘가에 철부지 마녀가 들어가 있기라도 한 것처럼. 그것도 마법을 심술궂게 부리는.

결국 개미 떼는 온통 집안을 습격하고 말았다. 그들은 보이는 곳에서도 서슴없이 떼를 지어다녔고 보이지 않는 곳에서도 우글우글했다. 보이는 대로 꾹꾹 눌러죽였다. 강박증이 생길 때까지. 그러던 중 어마어마한 스톰이 왔다. 많은 마을이 물에 잠겼고 도로는 여기저기 끊어졌고 커다란 나무들은 뿌리째 뽑혀 드러누웠다. 학교는 일주일간 휴교를 했고 직장과 가게도 문을 닫았다. 개미들이 큰 재난을 미리

감지하고 살기 위해 지상으로 올라왔던 것이다. 그들은 결코 길을 잃은 게 아니었다.

2년이 다 되어가는 타국 생활, 나는 이제 아보카도가 맛나기 시작했다. 처음 먹었을 때 지방덩어리를 씹는 것처럼 온몸이 느글거렸는데 지금은 부드럽고 고소하고 특유의 향까지 좋아졌다. 스톰이 끝나면 개미와 더불어 살려 마음먹었다. 타국살이하는 사람들은 늘 발 하나가 땅에 닿지 못하고 떠 있다고 한다. 나 또한 예외가 아니었다. 자꾸만 멀리 그리고 딴 곳을 바라보는 습관이 생겼다. 우스웠던 지난 일들이, 예쁘지 않았던 것들이, 하찮았던 것들이 꾸역꾸역 생각나고 그리웠다. 그러다보니 고요한 마음이 느닷없이 난장이 되는 순간이 하루에도 몇 번씩 있었다.

2년 동안 우리 집 맞은편 동네, 그러니까 강 건너 마을이 궁금했다. 다리만 있었으면 수없이 건너가 보았을 마을이다. 200여 미터 강폭을 사이에 둔, 손에 잡힐 듯한 마을은 천국이 있다면 바로 그런 모습일 것 같았다. 내가 꿈꾸는 모든 것들이 그곳에 있을 것만 같았다. 매일 강 건너 마을을 테라스에서 넋놓고 바라보았다.

그러던 어느 날, 나는 몽환적인 자카란다 보랏빛에 마음을 빼앗겨 마침내 강을 건넜다. 배를 타고 또 버스로 갈아타서. 막상 가보니 우리 집에서 바라보았던 파라다이스가 아니었다. 보랏빛이 만들어냈던 환상도 잘 정돈된 공원도 아름다운 집들도 잔잔한 강가도 갖가지 꽃과 아름드리나무들도 맞은편에서 바라보았던 스펙트럼과 달랐다. 마음이 덜컹, 내려앉았다. 내가 왜 그토록 오랫동안 강을 건너지 못하고 바라만 보았는지 그 이유를 찾기도 전에, 내 눈은 맞은편 우리 집 쪽을 바라보고 있었다. 그곳이 다시 아련하게 다가왔다. 완벽한 풍경으로.

타국에서 알량한 내 영역을 지키기 위해 개미들에게 락스를 뿌려댔던 마음이 그들과 더불어 지내기로 작정하면서 조금씩 안정돼갔다. 개미가 본능적으로 안으로 들어와야 했던 것처럼 나는 밖으로 나가야만 살 수 있었다. 밖으로 나간다 하여 그 무엇도 나를 채워주진 못했지만. 강 건너 마을을 다녀오고 나서 걸음이 조금은 느려지고 발도 바닥에 닿는 기분이 들었다. 그건 끝내 그리움에 대해 울음을 터트리지 않고 직접 다녀온 덕분이다.

어느 날부턴가 집안엔 더 이상 개미가 보이지 않았다. 천재지변 때문에 본의 아니게 주거침입을 하였지만, 위기를 잘 피하고 자신들의 터전으로 돌아간 모양이다. 두 달 후면 나도 이곳을 떠나 그리운 내 나라로 돌아간다. 그곳에서 내 마음은 한동안 이곳을 향할 것이다. 나는 늘 그렇게 살아왔던 것 같다. 마음만 먹으면 건너는 곳을 오랫동안 바라만 보았듯이. 앞으로도 눈은 또 다른 곳을 바라보고 몸은 딛고 있는 곳에서 까치발을 하고 있겠지.

새와 새 사이에서

아주 오래 전에, 검은 새 한 마리가 내 가슴팍으로 꽂히듯이 날아와 퍽, 하는 소리와 함께 땅바닥으로 홱 꼬꾸라지는 꿈을 꾼 적이 있다. 그때 내 가슴은 찢어질 듯 아팠고 새는 그 자리에서 죽었다.

공원은 늘 깨끗했다. 잔디는 항상 보기 좋은 길이로 깔끔하게 정리돼 있었고, 겨울에도 춥지 않은 나라라 일 년 내내 파랬다. 아이들의 웃음소리와 새 소리가 한데 어우러진 오후 세 시의 공원은 햇빛과 함께 항상 반짝였다. 그런 날들이 날마다 계속된다는 것이 나로서는 신기했다. 눈부심은 현기증이 날 정도였다. 우리나라에서 아주 좋은 봄날에나 잠깐 볼 수 있는 나날이 계속 이어지고 있었다. 기온은 기분 좋을 만큼 따가웠다. 나는 그 공원으로 세 시 이후에 산책을 가곤 했다.

마삭줄 향이 알싸하게 풍겨오던 작년 10월 초순, 공원 산책로 한 귀퉁이에 새 한 마리가 죽어 있었다. 여전한 아이들의 웃음소리와 엄마들의 이야기소리와 새 소리와 지나가는 뱃고동 소리가 파란 하늘과 함께 공원을 가득 메우고 있을 때였다. 완벽한 그 한 귀퉁이에, 새가 죽어 있었다.

산책하던 발걸음을 멈추고 유심히 살펴보았다. 큰 까치였다. 외상은 없어 보이는데 몸은 경직돼 있었다. 불현듯 전에 꾸었던 꿈 생각이 나 자리를 뜰 수가 없었다. 딱 고만한 크기의 새가 내 가슴에서 죽어나갔다. 자전거를 타고 가던 백발의 남자가 내려서 잠시 바라보더니 그냥 가버렸다. 삼십여 분쯤 지났을까, 까치 한 마리가 죽은 새 곁으로 날아왔다. 자신의 부리로 죽은 새의 머리를 이리저리 움직여보고 부리를 비벼보고 깃털을 물고 이리저리 움직여도 보았지만, 죽은 새는 아무런 반응도 하지 않았다. 나는 조금 더 비켜서서 공원이 어두워오는 줄도 모르고 그 모습을 지켜보았다.

공원의 새가 여전히 마음속에 잠겨 있을 무렵, 우리 아파트 앞 요트 선착장에 날고 있는 새 한 마리를 우연히 보게 되었다. 참새만 한 아주 작은 새였다. 호주에 큰 새가 유독 많은 걸 감안하면 어떤 새의 새끼일 것 같았다. 5층에서 내려다보니 더 조그맣게 보였다. 새는 혼자였다.

작은 새는 선착장에 세워져 있는 봉에 날아오르려 애를 쓰고 있었다. 봉의 높이는 3미터 정도 돼보였다. 수십 번을 날아올랐지만, 그 봉의 높이에 반도 이르지 못했다. 선착장 바로 옆의 30미터가 넘는 유칼립투스 나무에는 여러 종류의 새가 시끄럽게 떠들어대고 있었지만, 그 어떤 새도 작은 새 곁에 오지 않았다. 오로지 그 작은 새만 35도가 넘는 적도 근처의 태양을 정면으로 받으며 고군분투하고 있었다.

그 다음날도 그 다음날도 작은 새는 날아오르려 애를 썼다. 여전히 혼자였고, 봉의 끝까지 오르려면 어림도 없었다. 그러다가 며칠간 보이지 않았다. 걱정과 기대가 교차하였다. 저렇게 애를 써도 날아오르지 못하는 걸 보면 날개에 문제가 있는 것 같아 걱정이 되면서도 마침내 비상을 하였을지도 모른다는 기대감이 있었다.

그런데 정오의 태양이 한창 내리쬘 즈음에 그 새가 다시 보였다. 이번엔 반가운 마음과 안타까움이 동시에 찾아들었다. 습관처럼 매일 내려다보았지만, 나는 그 새가 더 이상 보이지 않기를 바랐다. 나무 위에서 다른 새들과 함께 높은 톤으로 노래하기를 바랐다. 여전히 날아오르는 연습을 하였지만, 날아오른 높이는 전과 별반 달라지지 않았다.

나는 며칠간 집을 비워야 했다. 까치가 죽어 있던 공원을 그대로 둔 채 아름다운 노을만 안고 집으로 돌아와야 했듯이, 작은 선착장도 뜨거운 태양과 작은 새만을 남겨둔 채 집을 나서야 했다. 그 작은 새가 마음에 걸려 발걸음이 자꾸만 꼬였다.

20여 년 전, 강화할머니의 안부를 물었을 때 요양원에선 그녀가 아주 위독하다고 했다. 그게 마지막 소식이었다. 아흔이 넘었던 그녀의 소식을 더 이상은 들을 수가 없었다. 그 무렵에 나는 가슴팍으로 날아드는 검은 새의 꿈을 꾸었다. 그리고 지금까지 강화할머니의 꿈을 반복해서 꾸고 있다. 백발인 그녀가 한 오두막에 아직도 살고 있는 꿈을. 피붙이도 아닌 나를 기다리며 여전히 새벽기도를 다니는 꿈을. 꿈속에서 나는 항상 그녀를 찾아헤매지만, 단 한번도 그녀와는 재회하지 못하는.

이튿날 공원에 다시 가보았을 때 죽은 새도 곁에 있던 새도 보이지 않았다. 그들이 어디로 갔는지, 어떻게 되었는지 모른다. 여행에서 돌아오니 선착장의 작은 새도 더 이상 보이지 않았다. 할머니의 마지막을 확인하지 못한 나는, 여태 그녀를 내 곁에 붙잡아두고 있다. 때로는 끝을 알아야 한다는 게 잔인하다. 슬프고 바꿀 수 없는 결말일 때는 더욱 그렇다.

마지막이 익숙지 않은 건, 그것들을 정면으로 받아들일 평온함이 내게 없어서이다. 어린 시절 어떤 한 시기에 그 평온함이 몽땅 내게서 사라진 적이 있었다. 빛이 찬란한 날도 흐린 날도 바람이 거친 날도 아늑한 날도 모두 그날의 얼굴일진대, 나는 그것들을 왜 아직까지 편안하게 받아들이지 못하는지 모르겠다. 무엇 때문에 공원의 새와 선착장의 새와 꿈속의 새 사이에서 방황하고 있는지 모르겠다.

최근에 다시 꿈을 꾸었다. 하얀 새가 내 가슴에서 나와 하늘 높이 비상하는 꿈을. 큰 새였다. 왜 그런 꿈을 꾸었을까. 그것이 꿈이 아니고 내가 기억하고 있는 새들에 대한 위로였으면 좋겠다.

비밀을 비밀 되게

있잖아요, 이건 극비예요. 당신한테만 이야기하는 거예요. 이 비밀, 꼭 지켜줘요. 어떤 사람이 누군가에게 극비라고 말하는 순간 그건 비밀로 전락하고, 비밀이라며 건네는 순간 그 내용은 소문으로 몸을 바꿀 가능성이 높다.

오늘 나는 커다란 비밀 하나를 안게 되었다. 느닷없이 안게 되어 당혹스럽다. 그는 연신 비밀이라는 걸 강조했다. 그 이야기가 너무 커서 놀란 마음이 진정되지 않았다. 우리 모임 누구에게도 말하지 말라며, 재차 당부했다. 나도 모르게 마음 한구석에 높은 울타리를 쳐놓아야 했다. 그는 나에게 말하고 나서 가벼워졌는지 모르겠지만, 나는 가슴에 빗장 서너 개를 가로질러놓은 듯했다.

나는 비교적 안과 밖이 비슷한 사람이다. 무얼 숨기고 감추는 걸 잘 못한다. 인간관계에서 상대방을 솔직하게 대하는 것만큼 좋은 예의가 없다는 게 내 신념이다. 그럼에도 나는 나를 아는 사람들에게 최소한 하나 이상의 크고 작은 비밀을 가졌을지도 모른다. 그것은 감추려하기보다 상대에게 굳이 말할 필요가 없거나 말하지 않는 것이 더 낫다고 생각하였기 때문일 것이다. 나쁜 의도로 비밀을 품은 적은 없다.

사람들은 나에게 깊은 속내를 곧잘 말한다. 나는 그들의 이야기를 경청하고 공감하는 것으로 끝내야 한다. 그 사람과 관련이 있거나 함께 아는 사람들에게 그 이야기를 옮겨서는 안 된다. 그래서 본의 아니게 품고 있는 비밀이 꽤 많다. 엄밀히 따지면 그 비밀은 나에게 털어놓은 사람들의 것이지 내 것은 아니다.

한때 고향 친구들은 나를 두고 비밀스런 사람이라 부른 적이 있다. 나는 그 말을 듣고 깜짝 놀랐다. 그 무렵 내가 암전문병원에 드나든 것이 소문의 발단이었고, 그 사정을 친구들에게 말하지 않은 것이 나를 나도 모르게 비밀스런 사람으로 만들어놓았던 것이다. 내가 암병원에 간 걸 지인을 통해 알게 된 친구가, 내가 뇌종양에 걸렸다고 생각하여 그걸 다른 친구들에게 말하면서 일이 커져 있었다. 나는 그때 심한 두통을 앓고 있었다. 이 병원 저 병원을 다니며 검사해보아도 원인을 찾아내지 못하여 암전문병원에 가서 검사하였던 것이 와전된 모양이었다. 나는 친구들이 그런 오해를 하고 있는 줄을 까맣게 모르고 있었다.

나는 비밀을 많이 가진 사람이 무섭다. 그 비밀들은 당사자를 옭아맬 뿐만 아니라 타인을 무겁게 만들 수도 있기 때문이다. 나는 내 비밀을 누군가에게 털어놓을 때 깊이 생각한다. 나로 인해 상대방이 무거워지거나 내가 한 말이 무심결에 떠돌아다니게 될까봐. 그건 상대를 믿지 못해서가 아니라 비밀의 속성 때문이다. 안전하게 말할 터를 가진 사람은 큰 복을 받은 거다. 힘든 세상에 미더운 사람 하나 곁에 두었다는 건 숨통이 트이는 일이며 '좋은 터'를 가진 게 분명하다.

나 또한 얼마 전까지 말할 터를 찾아다녔다. 답답한 마음을 누군가에게 말하고 싶었다. 나를 전혀 모르는 속 깊은, 안전한 사람이 필요했다. 그런 사람을 찾으려면 아는 사람의 친구 정도는 되어야 할 것 같았다. 그래서 한 친구에게 몇 번 들은 적 있는 그의 친구를 소개해달라고 말해볼까, 몇 날 며칠을 고민했다.

나를 모르는 사람으로부터 내가 안고 있는 질문에 대한 객관적인 대답이 듣고 싶었다. 곁에 있는 친구는 그만 힘들게 하자는 마음도 한몫했다. 그러나 그 생각을 더 이상은 진전시키지 않았다. 나를 알지 못하는 사람에게 속을 털어놓으면 내 마음은 가벼워질 수 있겠지만, 친구의 친구는 얼마나 당혹스러울 것이며, 친구가 알게 되면 나를 또 얼마나 걱정할 것인가.

나는 오늘 안은 비밀을 비밀 되게 해야 한다. 그 부피와 무게에 휘둘리지 않으려면 내 안에서 조용히 분해해야 한다. 들은 적 없었던 것처럼. 비밀의 내용뿐만 아니라 그로 인해 놀란 마음까지도 감쪽같이.

누군가는 비밀은 셋 중 둘이 죽었을 때에만 지켜질 수 있고, 혹여 사람이 아닌 바람에게 털어놓았다 해도 바람은 반드시 나무에게 말할 것이며, 비밀에게도 비밀이 필요하다고 했다. 오늘은 외출하지 말아야겠다. 바람을 만날지도 모르니까.

순간의 순간에 해야 할 일은

『보르헤스의 말』을 읽고 있다. 눈이 먼 보르헤스는 눈이 멀지 않은 나보다 담담하고 나보다 많을 걸 본다. 그는 죽음을 간절히 원하며 동시에 잊히길 바라고 있다.

나에게 눈이 머는, 그런 순간이 온다면 그처럼 흔들림 없이 글을 쓸 수 있을까. 자신이 글의 내용을 말하면 지인들이 원고를 받아적는다고 한다. 그렇게 많은 글을 쓴 작가가 완전하게 잊히고 소멸되기를 바라는 마음은, 알 듯 말 듯하다. 그는 알고 있을 것이다. 자신이 쓴 글이 책으로 전해지는 동안은 세상으로부터 잊힐 수 없다는 것을. 그럼에도 그의 바람처럼 죽음이 그를 구원하리라는, 그 소망이 이루어졌으면 좋겠다.

TV에서 어린 가수가 듀엣으로 〈엄마꽃〉이라는 노래를 부르고 있다. 둘 다 초등학생이다. 한 달 전에 다른 가수가 이 노래를 부르는 걸 본 적이 있다. 그 순간의 감정과 지금 이 순간의 마음이 다르다. 그 순간에는 성인 가수가 불러서인지 늙고 고생한 엄마가 떠올랐는데, 지금 이 순간에는 엄마 생각과 내 생각과 딸 생각이 함께 든다. 딸도 언젠가는 엄마꽃이 될 것이기에. 엄마는 꼭 꽃이 되어야 하는지, 요즘은 가끔 삐딱한 생각이 벼락같이 찾아들 때가 있다. 엄마의 희생이라는 것도 어디까지여야 하는지 의문이 들 때가 있고.

어제 그 순간, 할머니를 외면했다. 생각은 많았지만, 할머니가 무단횡단을 무사히 끝내고 아파트 모퉁이를 돌아 보이지 않을 때까지 지켜만 보았다. 뒤돌아서 도서관으로 가는 내내 마음이 불편했다. 나의 어설픈 호의가 행여 할머니의 자존심을 상하게 할까, 망설이고 망설이다 결정한 행동이었다.

오늘 이 순간, 건널목을 건너려는데 할머니가 또 보인다. 기역 자로 구부러진 등에 짐을 가득 얹은 채 또 무단횡단을 하고 있다. 할머니는 맞은편 임대아파트에서 나왔다. 나는 그가 어디에 사는지 몰랐다. 몇 년째 그를 길바닥에서만 보았기 때문이다. 그는 봄부터 가을까지는 길에서 푸성귀를 팔았고 겨울에는 과일이나 뻥튀기과자를 팔았다. 장소도 우리 동네 아파트 근처를 조금씩 옮겨다니며 팔아 오후에 외출하는 날엔 어김없이 볼 수 있었다. 영하의 날씨에도 차가운 보도블록에 앉아서 팔았고 40도가 오르내리는 폭염에도 그러고 있었다. 나는 서너 번 그에게 봄나물을 산 적이 있다.

오늘도 나는 그를 지켜만 보았다. 내 마음은 그의 짐을 들어주고 싶었지만, 발은 바닥에 심겨진 것처럼 꼼짝않았다. 연민이나 동정심으로 행한 행동이 상대를 불편하게 할까봐. 연민이나 동정심은 내가 불편해하는 감정 중 하나이다. 그래서 자꾸 멈칫멈칫하게 된다. 한때 그런 시선 가운데 놓인 적이 있었기 때문이다.

올 봄 그 순간, 말을 삼킨 것이 후회가 된다. 나는 버릇처럼 말을 잘 삼킨다. 여러 말들이 만드는 어수선함이 싫어서이다. 오늘 한순간, 아주 사소한 일로 그간 참았던 말들이 분출했다. 폭발력은 엄청났다. 이 순간은 그 순간들의 잔재가 쌓이고 쌓이다가 결국 터지는 것이다. 말은 스스로 소화시킬 수 없으면 함부로 삼킬 일이 아니다.

어릴 때부터 말을 잘 삼켰다. 어느 한 구간 실어증을 앓은 걸 보면 확실하다. 언니나 이모나 나이가 비슷한 고모가 있었으면 그러지 않았을 텐데. 삼킨 음식이 소화가 되지 않으면 체하듯 말도 체한다. 말로 체한 날은 먹은 음식도 체한다. 유일하게 말을 삼키지 않는 대상이 남편이다. 그에게는 모든 말을 한다. 그 부문에선 신에게 감사한다.

나는 타인의 마음이 나 같다고 생각할 때가 있다. 이만저만한 착각이 아닐 수 없다. 그 순간엔 그런 마음이 든다. 특히 가족들을 그렇게 생각하고 친구나 지인도 그렇게 생각하는 버릇이 있다. 타인이 내 마음과 같지 않다는 걸 살아오면서 수없이 겪었음에도 번번이 그 순간엔 그런 습성이 발동된다.

지난 주에도 그랬다. 그와는 벌써 몇 년째 보는 사이다.

그런데 그가 아는 척을 하지 않았다. 내가 먼저 인사하면 간신히 고개만 까딱했다. 오늘 그를 다시 보았다. 그와 눈이 마주치는 순간, 인사를 하려는데 그가 몸을 돌려버렸다. 그가 나한테만 그러는 것이 아니어서 기분이 나쁘지는 않지만, 그래도 잠시 멍해진다. 내가 빠른 걸음으로 다가가 인사를 하자, 마지못해 눈인사를 한다. 앞으로 더 볼 사람이라서 인사를 했다. 그럴 때마다 조금은 패배한 느낌이 들지만, 그래도 어쩔 수 없다.

아깝지 않은 실패와 상실은 없다. 젊은이들이 스스로 생명을 버릴 때마다 한때 그런 생각에 빠졌던 내가 떠오른다. 살다보면 누구나 한 번쯤은 그런 마음이 들 때가 있다. 그 순간을 한 번 꾹 누르고 또 누르다보면 누르지 않고도 견디는 시간이 온다. 때론 그것을 수백 번도 더 눌러야 할 때도 있지만. 나는 쉰이 되기 전까지는 해마다 5월이 힘들었다. 눈부신 날들의 연속이 견디기 힘들었다. 요즘은 마음은 예전만큼 계절을 타지 않는다. 대신 몸이 계절을 타기 시작했다.

환절기만 되면 몸이 아프다. 20여 년 다닌 동네 병원 의사는 나를 환절기환자라고 부른다. 나는 더 이상 견딜 수 없을 만큼 아파야 병원에 간다. 주로 몸살로 간다. 아플 때마다 가는 줄 알았는데 의사는 내가 환절기에만 온다고 했다. 기온의 변화를 내 몸이 따라가지 못해서 생기는 몸살이라고 했다. 이 순간, 계절에 대하여 마음이라도 무디어진 것에 감사한다.

어떤 부문에선 더 예민해진 감정도 있겠지만, 세상일에 대해 조금씩은 이해할 만해졌다. 세상엔 그 어떤 일도 일어날 수 있고 그 어떤 감정도 만들어지고 상처 또한 생길 수 있다는 걸 알겠다. 그만큼 마음 한구석에 여유가 생겼다. 라일락 향이 바람을 타고 퍼지는 이 순간, 나는 그 향에 이끌려 마당에 나왔다. 환해지고 싶고 몸살을 이겨내고 싶어서이다.

최근 한 가지 감정을 잊기 위해 생각 하나를 새로이 했다. 생각이 생각을 덮기를 바라며. 아니면 사건이 사건을 덮기를 바라며. 그것도 아니면 시간이 시간을 덮기를 바라는지도 모르겠다. 오래 전 그 순간엔 견디는 것이 최선의 방법 같아 보였다. 지금 이 순간, 시간으로 사건을 덮어버리기엔 그간의 시간이 너무 아깝다는 생각이 든다. 그 순간의 불미스러웠던 일은 평생 내 안에 머물게 할 만큼, 큰 의미가 없었다는 것으로 마음을 바꾸는 게 나을 것 같다는 생각이 든다.

지금 새삼 부드러워지려 해도 마음에 굳은살이 박인 듯하다. 그 일로 너무 많은 생각과 시간과 에너지를 썼다. 지울 수 없는 일에. 내가 죽을 때까지 문득이라도 생각날 수 있는 일에. 아무리 오래 지나도 고스란히 형태를 유지하고 있는 것에. 그 일은 내가 사라져야 비로소 사라질 수 있는 것인데. 또한 지금 이 순간의 감정이 그 순간과 크게 달라지지 않은 걸 보면. 결국엔 분별하는 지혜가 모자라서 일을 여기까지 끌고온 것이다.

냉장고에 오래된 사과가 있다. 선물로 받은 것이다. 사과는 숙성의 단계를 지나 파괴되고 있었다. 사과를 받은 그 순간엔 나눠먹어야지 했는데, 때를 놓쳤다. 적극적인 마음이 적어서였을 것이다. 사과 향 때문에 모두 냉장고에 차곡차곡 저장해두었는지도 모르겠다. 나는 풋사과가 막 익기 시작할 때의 향만큼 이 세상에 좋은 향도 없다고 생각한다. 50년도 더 된, 사과의 첫 향은 지금도 잊을 수가 없다. 내가 기억하는 가장 소중하고 달큰한 향이다. 풋내인 듯 단내가 났던 사과. 오래된 그 마음이 사과를 냉장고 안에 가둬놓았을 것이다.

꺼내보니 푸석하고 어떤 것은 썩어 있기도 하다. 향은 거의 날아갔고 남은 향도 냉장고 냄새와 뒤섞였다. 이 순간 고민이다. 잼을 만들까. 아니면 갈아서 먹을까. 두 행위는 사과를 한 입 베어물었을 때의 향을 느끼지 못하게 한다. 특히 잼은 더욱더. 본래의 것은 본래일 때 가장 빛나는 법인데, 나는 그들의 고유성을 상실케 하고 말았다.

창고 안에 풀지 않은 이삿짐도 늙고 있다. 다음 이사를 갈 때나 잠시 밖으로 나올 수 있다. 우리는 어쩌다보니 깡통 전셋집에 살고 있다. 재작년 그 순간에는 그런 집이라도 구할 수 있었던 것이 고마울 지경이었다. 올 겨울에 또 이사를 해야 하기에 웬만한 짐은 창고에 그대로 두었다.

베란다에 있는 아들의 오토바이도 이 순간 걱정이다. 우리 집의 짐은 역사가 다른 것들이 많다. 나와 남편이 결혼하기 전부터 가지고 있던 것부터 시작하여 결혼 후 우리가 장만한 것들이 있고 아이들이 자취를 하거나 기숙사 생활을 하면서 만든 짐도 있다. 최근에는 자취를 하던 아들이 코리빙하우스에 들어가면서 자신의 짐 대부분을 놓고 갔고 딸도 결혼하면서 꼭 필요한 것만 가지고 갔다.

역사와 쓰임이 다른 짐들. 또 쓰임은 다하였지만, 버리지 못하는 짐들. 나는 그것들을 볼 때마다 머리가 아프다. 그것들을 어떻게 정리해야 할지. 크게 한번 리모델링을 해야 하는데 엄두가 나지 않는다. 특히 커다란 액자들과 그 속의 가족사진들이 가장 골칫거리다. 우리는 바깥에서 나이를 먹고 있는데 사진들은 캄캄한 창고 안에서 바래지고 있다.

그 순간의 사건들과 감정들, 그리고 이 순간의 변화. 그것들이 새삼 어처구니없기도 새롭기도 아깝기도 안타깝기도 후회스럽기도 하다. 매번 맞는 순간과 순간이 이어져 지금 내가 살고 있는 순간이 된다. 이 순간이 금세 그 순간으로 전환되어 또 다른 생각이나 마음을 들게 하고. 결국엔 순간을 잘 살아야 평생을 잘 사는 것이 된다.

연둣빛 버드나무처럼 연하고 순하고 부드럽게 살아가면

좋을 텐데. 그리고 순간에 순간이 더해져 연초록에서 진초록으로 가듯 순리대로 삶이 이어지면 더욱 좋을 테고. 그러면 훗날 그 순간을 맞을 때 덤덤하고 가벼울 수 있을 텐데.

지나고보면 지나온 것에 매여 있거나 묶여 있는 것은 그 순간에 해야 할 무언가를 놓쳤거나 하지 않았기 때문이다. 순간을 지혜롭게 사는 혜안은 모든 순간에 필요하다.

3부
모서리의 마음

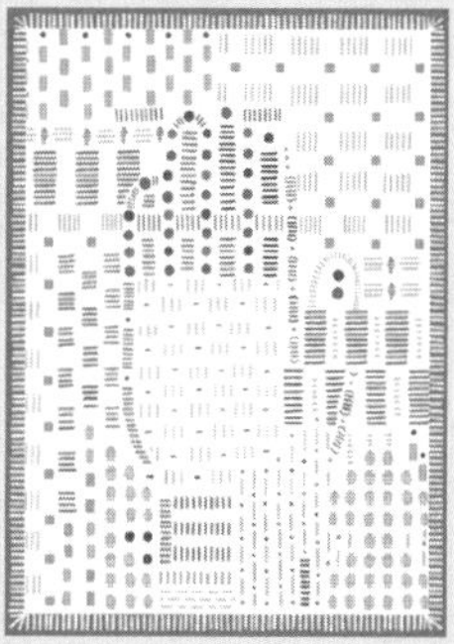

모서리엔 모서리가 없다

여섯 살 아이가 음식을 삼키지 못한다. 몸에 이상이 있는 것도 아닌데, 음식을 입에 문 채 어쩔 줄 몰라 한다. 식사 때마다 벌어지는 소동이다. 그리고 그 아이의 언니는 밤에 잠을 자지 못한다. 이 모든 이유는 자매의 엄마 때문이다. 아이의 언니는 유치원에 다닐 때 엄마가 자살하려는 장면을 목격하였다.

엄마의 자살사건은 그 아이가 두 살 때 그 아이의 언니가 일곱 살 때 일어난 일이었다. 언니는 자신이 자는 사이에 엄마가 또 그럴까봐 부모상실콤플렉스에 시달리고 있고 여섯 살 아이는 언니와 엄마가 불행한 것에 불안을 느껴 연하장애를 앓고 있는 것이다. 아빠가 없는 집에서 가장 의지처가 되어야 할 엄마가, 자매에겐 가장 불안한 대상이 되어버린 것이다.

종종 내 다리에 멍이 들어 있는 걸 보게 된다. 대부분 언제 생겼는지 모른다. 식탁이나 침대 모서리에 심하게 부딪혀 생긴 것은 기억하지만, 나머지 멍들은 생긴 내력을 모른다. 멍은 새까맣거나 시퍼럴 때도 있지만, 아프지 않으면 신경쓰지 않는다.

세상에는 많은 모서리가 존재한다. 나에겐 3월과 11월도 모서리로 다가온다. 3월은 겨울도 아니면서 새 생명에 대한 기척이 없고 새침하다. 11월은 그런 3월을 닮았다. 두 달 모두 살아 있는 것도 죽어 있는 것도 아닌, 모호하면서도 춥기만 한 계절이다. 그래서인지 나조차 삶과 죽음의 경계에 걸쳐져 있는 듯한 기분이 든다. 그런 날들엔 내가 다른 자아를 가진 사람으로 끝없이 분열되는 것처럼 아프다.

어둡고 밀폐된 공간도 나에겐 치명적인 모서리다. 오늘도 남편은 영화를 보러 혼자 갔다. 같이 가자며 몇 번을 졸랐지만, 어두운 공간에 오래 있어야 하는 것이 내키지 않았다. 영화가 무려 세 시간이 넘게 상영된다고 하니 나도 모르게 가슴이 갑갑해져 왔다. 캄캄한 곳은 아무것도 보이지 않아 어떤 위협적인 일이 나에게 닥쳐올지 예측이 되지 않는다.

교사 시절 학생들 야간자율학습 감독을 끝내고 어두운 밤길을 걸어와 자취집 방문을 열려는 순간, 컴컴한 내 방에서 한 남자가 나를 밀치고 나와 어둠 속으로 사라졌다. 남자는 검은 옷을 입었고 검은 모자를 썼으며 키도 컸다. 잠겨 있어야 할 내 방에 모르는 남자가 들어가 있을 거라고는 상상도 못했다. 그때 이후 나는 더욱, 새까맣게 어둔 공간과 시간을 무서워한다. 그리고 그 공간이 작고 밀폐되어 있을수록 더욱더.

나에게 가장 큰 모서리는 언제나 사람이다. 사람들은 누구나 자신만의 고유한 자아를 지니고 있다. 그것이 견고하고 날카로울수록 타인과 원만하게 지내기 어렵다. 모를 세우거나 날을 세우게 되면 서로에게 불편한 일들이 생긴다.

나는 비교적 다른 사람들과 잘 지내는 편이다. 상대가 날카롭든 뭉툭하든 둥글든 상관없이 두루 원만하게 지낸다. 그건 내가 나의 모서리를 감추거나 없앴기 때문이다. 주로 감췄을 것이다. 없애기는 매우 어려우므로. 문제는 둥근 것과 둥근 것이 만나면 잘 굴러가지만, 나는 둥근데 상대가 날카로우면 상대방도 모르게 내 마음에 멍이 들게 된다. 그 반대의 상황도 왕왕 일어났을 것이다.

몇 년 전, 마트에서 장을 보다가 지나가는 카트 모서리에 내 팔꿈치가 부딪히는 사건이 있었다. 아주 순식간에 일어난 일이었다. 나는 그때 비명을 지르며 그 자리에 주저앉았다. 팔꿈치에서 시작된 저릿하고 찌릿한 통증이 온몸을 타고 흘렀다. 마치 고압 전기에 감전된 것처럼. 상상도 못한 통증이었다. 아린 팔을 주무르며 그간 팔이 있어 내 몸통이 안전했겠구나, 하는 생각이 그 와중에도 스쳤다.

감정의 모서리로 생긴 멍 중 가장 깊은 상처는 죽음으로 이어지는 생각이다. 세상의 어떤 모서리와 부딪히면 그런 마음이 생길까. 사람마다 그 종류는 다를 것이다. 여섯 살 먹은 아이는 엄마와 언니가 느끼는 슬픔이 그러한 통증으로 다가왔을 테고, 언니는 엄마가 사라질까봐 두려운 마음이 통점으로 나타났을 테고, 그 자매의 엄마는 남편의 죽음으로 인한 상실감이 죽음에 대한 생각으로까지 이어졌을 것이다. 아빠가 기억나지 않아 슬픔의 정체가 모호한 여섯 살 아이는, 어리둥절한 슬픔을 계속 느껴야 한다. 음식을 삼킬 수 없을 만큼. 자매가 보내는 시간을 치유받지 못하면 끝내는 그들의 엄마처럼 부정적인 생각으로 치달을 수도 있다.

나 또한 한때 어떤 사람의 끔찍한 모서리에 부딪혀 죽음으로까지 생각이 이어진 적이 있다. 그때 날마다 하나의 나를 죽였다. 결국엔 모든 나를 죽이고 말 형국에 이르러서야, 정신을 차리고 멈출 수 있었다. 무수한 내 죽음이 검은 산을 이뤄도 상대방은 그것을 인지하지 못했다. 그래서 회복 불가능한 모서리는 자신을 연속적으로 살해하는 행위를 반복하게 만들기도 한다.

요즘 입을 둥글게 벌리는 연습을 한다. 동그란 입에서 나오는 동그란 말들을 몸 밖으로 내보내기 위해서이다. 나를 지키기 위한 것이라기보다는 타인에게 모서리가 되지 않기 위해서이다. 한때 나의 모서리를 감출 때와는 사뭇 다른, 능동적인 몸짓이다. 내가 누군가에게 부딪혀 아팠던 것들을, 상대가 나에게서 모서리로 느끼지 않았으면 해서이다. 내 마음이 둥글면 내 입에서 나오는 말도 원만하여 나와 내 주변이 한층 더 부드러워질 테니까.

사물의 모서리는 눈에 보여 무섭지 않다. 물체의 모서리를 확대해보면 선들이 아주 촘촘하거나 성근 채 동그랗게 이어져 있다는 걸 알 수 있다. 엄밀히 말하면 모서리는 어떤 모서리도 품고 있지 않다. 다만 그걸 대하는 사람이 부주의하여 흉기가 되는 것일 뿐이다.

그러나 사람의 모서리 즉, 말이나 폭력은 그 반대로 작동하는 경우가 많다. 어둠속처럼 예측이 되지 않아 무섭다. 누가 휘두르든 모든 폭력은 모서리가 된다. 사람이 만든 모서리와 모서리가 부딪히면 뜻밖의 새 모서리가 생겨나기도 한다. 그 모서리는 대부분 고약하다.

모서리는 그 자체로는 아름답다. 그 물체에 꼭 필요한 공간이기 때문에. 사람의 모서리 또한 잘만 공그르면 아름다운 공간이 될 수 있다. 그러고보면 세상에 존재하는 모든 모서리는 아름답거나 위험하다.

우리 사이의 공간

나와 가장 가까운 사람은 누굴까. 그리고 가장 먼 거리에 서 있는 사람은 또 누구이고. 어떤 사람을 찾는 게 더 어려울까. 가까운 사람은 아무래도 남편이겠지. 그와는 세상의 많은 걸 함께하고 있으니. 핏줄로 따져든다면 자식들이 더 애틋할 수도 있겠고.

우리 부부는 가끔 사람들로부터 얼굴이 닮았다는 말을 듣는다. 내가 보기엔 완전히 다른 얼굴인데. 부부가 오래 함께 살다보면 닮아보인다는 말을 듣게 된다. 생김새가 아니라 얼굴에 드러난 분위기 때문일 것이다. 희로애락의 세월을 함께 겪었으니 표정이 닮아보이는 건 당연한 일일 것이다. 그렇다면 나는 남편과 가장 가까운 사이일까.

고등학교 친구와 30여 년 만에 만났다. 각자 결혼한 후 한 번도 본 적이 없다. 나는 위쪽에 살고 그는 아랫녘에 살다보니, 그리되었다. 이 작은 나라에서 그건 어디까지나 말도 안 되는 핑계다. 우린 만나지는 못하였지만, 전화로는 소통하며 지냈다. 내가 약간의 비속어와 경상도 사투리를 섞어 수다를 떠는 유일한 친구다. 발가벗고 있어도 부끄럽지 않을 만큼. 우리 사이엔 조금의 위선과 가식도 없다. 우리는 마치 어제 만난 듯 다정하게 만나 밥을 먹고 이야기를 나눴다. 어색함이라곤 하나도 없이.

그와 달리 자주 보지만 일정한 거리를 유지하고 있는 사람들도 있다. 거기엔 나름의 이유가 있을 것이다. 상대가 나와 일정 이상의 거리를 트고 싶지 않거나 내가 그러고 싶지 않거나. 그리고 이 시대를 살아가는 사람들의 성향이나 습성이 그럴 수도 있고. 서로의 마음이 넘나드는 걸 피곤해하여 그럴 수도 있고. 매주 만나던 사람을 다시 보지 못하게 되었을 때 누군가 먼저 연락을 하지 않으면 인연이 끊어지고 마는 경우가 있다. 참 포슬포슬한 관계다. 분이 많이 나는 찐 감자처럼. 나는 이런 관계를 좋아하지 않는다. 언제든 안 만나도 그만인 관계는 싫다.

해외로 이민간 지인은 일 년에 서너 번 전화를 해온다. 그는 좁은 이민사회의 한인들에게 털어놓을 수 없는 이야기를 나에게 한다. 자신과 가족의 내밀한 이야기까지도. 한두 시간 이야기가 이어지지만, 거리가 멀게 느껴지지 않는다. 그건 그가 자신의 안을 나에게 적나라하게 보여주었기 때문이다. 나도 가끔 나의 속을 말갛게 보이기도 한다. 우린 서로에게 안전함을 느낀다.

남편의 나에 대한 평소 마음을 알기에 거리가 느껴지지 않는다. 그가 나보다 내 마음을 더 잘 알고 내 필요를 눈치채고 내 컨디션을 살펴준다. 본래 타고나기를 자상한 사람이다. 그는 내가 아닌 다른 여자가 아내여도 그렇게 할 사람 같다. 간혹 내가 놓치는 내 감정까지도 알아채어 보듬어줄 때면 또 하나의 나를 복제해놓은 느낌마저 든다. 그럴 땐 한없이 고맙다.

나는 결혼 상대로 아버지 같고 엄마 같고 오빠 같고 언니 같은 사람을 만나고 싶었다. 이런 상대를 원한 건 그들 모두가 내게 결핍된 상태로 존재했기 때문이다. 안전하고 따뜻하고 둥글고 너그럽고 포근하고 품이 넓은 사람을 만나고 싶었다. 내가 이런 말을 하면 친구들은 그런 사람이 어디에 있느냐며, 통박하였다.

남편은 나에게 그 모두를 합쳐놓은 사람 같다. 신의 축복이 아닐 수 없다. 그렇지 않고서는 내 소원이 이루어질 리가 있겠는가. 그러나 신은 그 선물 속에 교묘하게 나쁜 선물을 감춰두었다. 그건 얼마 지나지 않아 금방 들통나고 말았다. 신은 세상 모든 사람들에게 공평하다는 말을 무척이나 듣고 싶었나보았다.

나쁜 선물은 가끔 나와 남편 사이에 혼선을 일으켰다. 그럴 때마다 그에게서 측량할 수 없는 거리감이 느껴졌다. 세상에서 가장 먼 사람 같았다. 그가 보수적인 사고로 행동할 때 그런 느낌이 든다. 그럴 때마다 그 사람 안에 또 다른 사람이 살고 있는 것 같다.

내가 시어머니와의 일로 상담을 받을 때였다. 의사가 남편과 함께 상담을 받아야 한다기에 그와 같이 갔다. 의사는 내가 자신의 아내라면, 자신은 부모와 잠시 인연을 끊겠다고 하였다. 자신의 누이라면 이혼을 고려해보라고 권할 것이라고 했고. 남편에게 부모와 몇 년간만 오가지 말라는 솔루션을 내렸다. 효심이 깊은 남편에겐 그야말로 극약처방이었다. 나는 그날 두어 시간 오열하며 상담을 받았다.

눈이 퉁퉁 부은 얼굴로 상담실에서 나와 엘리베이터를 기다리는데 남편이 뜬금없이 시가에 가서 시부모님에게 대구 매운탕을 끓여주자고 했다. 그 순간의 절망감은 표현할 단어가 없다. 그가 지구 맞은편에 있는 사람처럼 느껴졌다. 세상의 끝에서 나의 실루엣만 보는 사람 같았다. 완벽한 타인이었다. 다른 언어를 쓰는, 먼 나라에서 온 이방인 같기도 했고. 그때 우리 사이에 만들어진 공간은 잊을 수가 없다.

남편의 나에 대한 다른 부분은 나무랄 데가 없다. 그러나 자기 집안이나 부모 일에 관해선 구시대적인 행태를 보일 때가 있다. 그것은 태어날 때부터 지니고 나온 본성 같다. 봄이 오고 여름이 가고 가을이 오고 겨울이 가듯 우리에겐 늘 계절이 다가온다. 그는 평소에는 나에게 더없이 좋은 계절이다. 그러나 부모의 일에선 나쁜 계절처럼 다가온다. 때로는 이해할 수 없는 이상기온처럼 느껴지기도 하고.

요즘 나는 그의 의식을 변화시키기 위해 종종 새로운 방법을 사용한다. 그러지 않고서는 견고한 틀을 깨뜨릴 수 없기 때문이다. 그 방법은 딸을 이용하는 것이다. 나의 상황을 딸에게 개입시켜 객관적으로 들여다보게 한다. 그러면 그는 도저히 있을 수 없는 일이라며, 펄쩍 뛴다. 자신의 딸이 시가에서 한 존재로 인정받고 귀함을 받지 못하는 걸 결코 받아들이지 못한다. 참으로 맹랑한 이중적 잣대다. 그래서 나는 '만약에 당신 딸이라면…' 하고 예를 들어 그를 곤잘 난처하게 만든다.

남편과 모든 거리가 가까울 수는 없겠지만, 그래도 서로에게 아픔이 되는 공간은 만들지 말아야 한다. 거리를 잴 수 없는 타인들과 거리가 먼 타인들은 보지 않으면 그만이다. 그러나 가족 관계에선 거리에 공간이 커지고 넓어지면 회복 불가능할 수도 있다. 나와 우리로 만난 사람들 사이는 기쁜 선물이 놓여 있는 볕 드는 공간 같았으면 좋겠다.

연필 깎기

사람들은 숨고 싶고 지우고 싶고 흐릿해지고 싶을 땐 어떻게 할까. 들키고 싶지 않고 남기고 싶을 땐 무얼 할까. 뾰족하고 싶거나 새롭고 싶거나 날카롭고 싶거나 깨끗해지고 싶을 땐 또 어떻게 할까.

나는 그럴 때 손톱이나 발톱을 깎는다. 손톱과 발톱을 깎다보면 여러 생각이 들어왔다가 나간다. 어떤 것들은 남은 손발톱 같고 어떤 것들은 잘려나간 것들 같다. 속을 시끄럽게 한 것들은 잘릴 때 사방으로 튀는 것과 닮았고, 튀었다가 결국 바닥으로 떨어지는 것처럼 상념도 들끓다가 임계점이 지나면 가라앉곤 한다. 속에서 우당탕하는 동안 질서를 찾아가는 것이다. 그러다보면 어느 순간엔가 가지런하게 깎아놓은 손발톱 같아진다.

감정이 더 요동칠 땐 연필을 깎는다. 연필을 깎을 땐 손발톱을 깎을 때보다 더 많은 생각이 오간다. 오가며 부딪혀 또 다른 것들을 만들기도 한다. 몇 자루 깎아 필통에 가지런히 담는 동안 감정과 생각들의 높이가 낮아지고 안정감을 찾아간다. 연필심처럼 남겨야 할 것들과 깎을 때 나온 쓰레기처럼 버려야 하는 것들로. 깎으려는 마음 자체만으로 한결

정돈될 때도 있다.

학교를 졸업한 후 주로 볼펜을 쓰다보니 연필 살 일이 많지 않았다. 문구점에 갈 때마다 펜의 종류가 많아 고르느라 애를 먹는다. 글씨가 매끄럽게 잘 쓰이는 것을 사고 싶을 때가 있고 또박또박 눌러쓰고 싶은 것을 사고 싶을 때가 있다. 똥이 나오지 않거나 번지지 않는 것도 고려해야 하고, 또 용도에 따라서 색이 다르고 굵기도 다른 것이 필요하기도 하다. 집안 테이블마다 두세 개씩 펜이 놓여 있어야 필요할 때 쓸 수 있다. 그러다보니 생각보다 자주 사게 된다.

그러던 어느 날 연필의 매력에 빠졌다. 호주의 한 박물관에서 빨간 심이 들어 있는 연필을 샀는데 쓰기에 좋았다. 부드러우면서도 번지지 않고 잘 지워지지도 않았다. 그 다음에 또 그곳에 가서 다른 색들을 사왔다. 그 이후엔 볼펜만큼 연필도 즐겨 쓴다.

연필은 펜에 비해 선택의 고민이 적다. 요즘은 연필도 다양하게 나오긴 하지만, 볼펜보다는 고르기가 쉽다. 심이 굵거나 가늘거나 진하거나 연하거나 색이 있거나 없거나, 이 선에서 선택해도 무방하다.

연필을 사는 주된 이유는 책에 줄을 치고 메모를 하고 책갈피로 쓰고 싶어서이다. 책을 읽을 때 빼곡하게 메모하고 줄을 치고 동그라미를 그리는 습관이 있다. 펜으로 그렇게 해놓으면 다시 볼 때 거슬린다. 소설책이나 수필집은 좀처럼 두 번 이상 읽지 않지만, 시집이나 철학이나 인문학 책은 여러 번 읽는 경우가 있다. 그래서 펜으로 무언가를 해놓으면 나중에 다시 읽을 때 마뜩잖다.

이상하게도 시집을 읽을 때 내 사고가 말랑해지고 확장된다. 저절로 메모할 일이 많아진다. 처음 읽었을 때와 그 이상 읽었을 때 다가오는 것들이 다르다. 산문과 달리 시는 봄 날씨 같다. 내 마음에 따라 나를 움직이는 시구나 시어가 다르게 다가오는 걸 보면. 그럴 땐 연필로 덧쓰거나 지우거나 새로 메모한다.

책을 읽다가 연필심이 닳아 깎아야 할 땐, 잠시 눈도 쉬고 뇌도 쉬고 마음도 쉬게 된다. 나는 책을 단숨에 읽지 않는다. 보통 두세 권을 같이 읽어나간다. 집안 테이블마다 책을 올려두고 그 자리에 앉을 때마다 그 책을 읽곤 한다. 시간마다 다른 과목의 수업을 받는 것처럼. 그렇게 읽으면 재밌다. 책마다 주는 기쁨이나 사유할 거리가 달라서 좋다. 일상이 늘 비슷하다보니 책 속의 인물이나 작가의 사상이 내 속에 파문을 일으켜줘서 순간순간 즐겁다.

가끔은 햇살 좋은 날 마루에 앉아서 다른 사람의 연필도 깎아주고 싶다. 그런 마음이 생기는 데엔 두 가지 이유가 있다. 하나는 내 마음에 모처럼 여유가 찾아와서이다. 바쁘게 사는 내 생활에 간혹 그런 틈이 찾아올 때가 있다. 그것은 내가 기쁘고 안정되고 가볍고 평온한 상태라는 의미다. 그럴 땐 다른 사람을 위해 무언가를 하고 싶다.

나만 그럴까. 마음이 온전하게 잠잠한 상태가 어쩌다 오는 것이. 움직일 때마다 풀썩이는 먼지처럼 나는 수많은 생각들로 들썩거릴 때가 많다. 바람이 거친 날의 하늘 같다. 구름이 모였다 흩어졌다 밀려갔다 밀려왔다 짙었다 옅었다 하는 것처럼.

또 하나의 이유는 내가 가지고 있는 오지랖과 연민 때문이다. 두 가지는 분명 다른 개념인데 나에게선 둘은 종종 같은 의미로 사용된다. 내 상황이 그들보다 나아서가 아니다. 내가 이러하니 다른 사람들도 이러하여 힘들 거라며, 넘겨짚는 버릇 때문이다. 그런 마음속엔 나도 그들과 함께 일어서고 싶은 마음이 내포돼 있다.

나는 유독 나물 다듬는 걸 좋아한다. 나물을 살 때 가능하면 다듬어놓지 않은 걸로 사온다. 뿌리째 혹은 흙이 묻은 것으로. 또는 겉잎이 그대로인 것을 사와서 천천히 그리고 깨끗하게 다듬는다. 단순한 행동의 반복이 의외의 평온을 가져다준다. 절에서 하는 백팔배와 별반 다르지 않다. 물론 그 행동엔 기도가 들어 있긴 하지만.

어제도 쪽파를 다듬었다. 다발이 큰 걸로 세 단이나. 다듬는데 두어 시간 걸렸다. 처음엔 여러 생각 속에서 시작하였지만, 어느 순간 무념의 경지에 이르러 있었다. 하나하나 깨끗이 다듬는 것에만 골몰하고 있었다. 어쩌면 이 행위가 나에겐 기도인지도 모르겠다. 종교를 가지고 있지만, 웬만히 기도해선 이런 상태에 이른 적이 없으니.

무언가를 다듬고 준비하는 밑작업은 본 행위로 들어갈 때보다 더 큰 기쁨을 준다. 결혼도 그렇다. 연애하고 결혼 준비를 하는 동안의 기쁨이 더 크다. 막상 결혼생활이라는 걸 시작하게 되면 기쁨과 설렘만 있지 않다. 생활이 주는 민낯의 것들이 툭툭 튀어나와 그 전에 가졌던 생각이나 마음을 흔들거나 깨뜨린다.

오늘 같은 날은 내 연필도 깎고 다른 사람의 연필도 깎아 주고 싶다. 봄비가 이틀째 내리면서 기온이 뚝 떨어지고 바람까지 세차게 불어 꽃잎을 다 떨구다보니, 따뜻한 곳에서 조용히 연필을 깎아 나란히 늘어놓고 싶다. 누구든 가져가서 쓰게. 이것은 앞에 언급한 두 번째 이유에 가깝다.

잠깐 들른 서점에선 온통 봄노래가 흘러나왔다. 안의 봄과 바깥의 봄이 너무도 다르게 다가왔다. 시집 한 권과 소설책 한 권을 사왔다. 잘 깎은 연필 두 자루로 소설책에 줄을 치고 시집에 메모하며 읽을 생각을 하니 으스스 춥던 몸에 온기가 돌았다. 어떤 문장에 줄을 치고 멈추고 생각하고 메모하고 또 어떤 문장이 내 속을 건드려 재배열하고 꺼내놓게 할지 궁금하였다.

내 메모는 비밀스럽고 사적이어서 다른 사람들에게 내 책을 빌려줄 수가 없다. 연필로 그림도 그려놓고 낙서도 한다. 끝없이 나아가고 싶은데 그럴 수 없을 때엔 읽고 있는 페이지에 동그라미를 크게 그려놓기도 한다. 한 열 개쯤. 별을 한없이 그려놓기도 하고. 빈 공간이나 글자 위에.

다시 시집을 읽을 때 전에 해두었던 메모 근처에 새로운 이야기를 써놓는다. 주로 영감이 떠오른 것들을 메모하고 다른 장르로 확장하고 싶은 것도 구체적으로 써놓는다. 그 모든 것이 나중에 나에게 유용하게 사용되거나 쓰이진 않는다. 보통 책 한 권에 단어 한두 개 건지거나 감정 하나 정도를 얻는다. 그렇게 내게로 온 것은 연필로 책의 제일 앞 페이지에 따로 메모해둔다. 글씨 크기나 글자체만 보아도 책을 읽었을 때의 내 호흡이 느껴진다. 나에게 연필은 자유롭고 여유로운 또 다른 나의 자아다.

흐릿한 흔적도 내 마음이고 지우고 싶은 것도 내 마음이고 감추고 싶은 것도 내 마음이다. 그래서 연필이 좋다. 부드럽고 선이 굵은 연필이. 때론 거칠고 때로는 가는 연필이. 확정적이지 않은 내 마음 같아서.

두부와 당근의 시간

나는 폐쇄공포증이 있다. 특히 캄캄하고 닫힌 좁은 공간을 못 견뎌한다. 가끔 해 질 무렵에 청소하다가 무심결에 방문을 닫는 경우가 있다. 그때 생각지도 않게 캄캄한 곳에 놓이게 된다. 그런 행동은 거의 무의식적으로 일어난다. 처음부터 어두운 곳에 들어갈 땐 불을 켜는데.

캄캄한 공간에 있으면 심장이 멈추는 것 같다. 빨리 문을 열거나 불을 켜야 한다. 어떤 것을 먼저 하든 빛의 속도로 해야 한다. 그런데 둘 중 어느 것도 할 수 없는 상황에 놓이게 될 때 나는 고장이 난다. 공포가 극대화된다.

마트에서 두부와 당근을 사왔다. 두부는 요모조모 쓸모가 많아 떨어지지 않게 사놓는다. 된장찌개나 김치찌개, 김칫국이나 북엇국에도 넣고 두부구이도 하고 두부조림도 하고 데쳐서 볶은 김치와도 먹는다. 만두와 동그랑땡을 만들 때도 넣고. 우유처럼 냉장고에 항시 있는 식재료다.

두부를 다 먹은 줄 알고 사온 것이다. 장 봐온 걸 정리하다보니 김치통 뒤에 커다란 두부가 한 모 있다. 부침을 하고 찌개에 넣으려고 일부러 큰 걸로 사왔던 기억이 그제야 난다. 며칠간 바빠 찌개를 끓여 먹지 못했고 더군다나 보이지 않는 곳에 있어 있는 줄도 몰랐다.

당근도 마찬가지다. 양파나 파처럼 야채실에 상비돼 있다. 당근은 색을 내기 위한 고명으로 주로 쓴다. 김밥을 할 때만 당당히 맛과 색을 내는 데에 쓰인다. 고기볶음이나 콩나물을 무칠 때에도 주인공이 되지 못한다. 야채실을 정리하다보니 지난 번에 사놓고 풀지도 않은 당근 봉지가 있다. 바닥에서 두부처럼 그런 시간을 보내고 있었다. 어쩌면 두부보다 더 오래 방치되었을지도 모른다. 두부는 가끔 유통기한을 확인하지만, 당근은 그조차도 하지 않으니. 늘 있는지 없는지만 확인하게 되는 존재다.

장을 보러 가기 전에 야채실을 꼼꼼히 살펴보았더라면 이런 일이 없었을 텐데. 내 머릿속에는 이미 그 재료들은 사용한 것으로 입력돼 있었다. 몇 년 전까지만 해도 이런 오류가 드물었는데, 요즘은 잦다. 책장에는 같은 제목의 책이 세 권인 것이 있고 두 권인 것도 몇 권 있다. 두 권은 이해가 되지만, 세 권은 볼 때마다 벽에다 머리를 찧고 싶다. 아마 너무 오래 전에 읽어 잊어버렸거나 찾지 못해 또 샀을 것이다.

나는 일 년에 세 번 정도 냉동실을 정리한다. 모든 음식을 꺼내놓고 다시 분류하여 넣는다. 오래되어 버릴 것은 버리고 새로 공간 배치를 한다. 생선과 건어물과 양념들과 떡 그리고 찧어놓은 마늘과 가을에 사서 넣어둔 청양고추와 각종 가루들과 만들어 얼려놓은 만두와 삶아서 저장해둔 나물들….

정리할 땐 칸칸이 기억할 것 같아 야무지게 안쪽부터 차곡차곡 채워넣는다. 그러나 새로운 물건들이 그 위로 자꾸 쌓이다보니 어느 순간, 내가 만들어놓은 공간의 질서는 깨지고 만다. 냉동실을 열 때마다 시스템에 오류가 생겨 버벅거리게 된다. 그런 일이 몇 번 반복되다보면 깊숙하고 높고 낮은 곳에 있는 것들은 빙하기에 들어가게 된다. 요즘은 온난화로 극지방의 얼음도 녹는다는데 우리 집 냉동실의 음식은 더 꽁꽁 얼고 있다.

안미옥 시인은 「가드너」라는 시에서 '냉장고 안엔/ 죽은 것들만 들어 있다// 검은 봉지에 담겨/ 오랫동안 얼어 있었던 것// 가장 낮은 칸엔/ 가장 무거운 것이 들어 있다'고 했다. 이 표현들이 나를 찌르는 것처럼 다가온다. 나는 냉동실에 매번 죽은 것들을 채워넣고 차례차례 파먹는다. 냉장실엔 그마나 다시 살 수 있는 것들이 있다. 뿌리째 있는 파와 양파, 그리고 싹이 난 감자. 그러나 냉동실은 점점 시간을 역으로 거슬러 올라간다. 시대를 읽을 수 없을 만큼 되어야 밖으로 나오는 것도 있다.

냉동실의 음식만 그럴까. 나는 그릇도 가장 무거운 도자기 그릇과 큰 접시들은 제일 아래에 둔다. 그리고 그 위에 점점 가벼운 것들을 올려놓는다. 그것도 차곡차곡. 맨 아래에 있는 그릇을 꺼내야 할 땐 망설이게 된다. 위에 있는 것을 다 들어내고 꺼내어 쓸 것인가 아니면 쓰지 말 것인가를 두고. 쓰지 않는 쪽으로 택할 때가 많다.

오늘, 내 마음 가장 깊숙한 곳에 놓아둔 것을 꺼내 남편에게 보여주었다. 저녁 어스름처럼 또 산안개처럼 늘 바닥에 깔려 있던 것이었다. 또는 냉동실의 얼음처럼. 아무에게도 말한 적이 없는 것이었다. 45년도 더 묵은 이야기다. 왜 그 이야기를 꺼냈는지는 모르겠다. 두부와 당근 때문이었을까. 살아오면서 누군가에겐 말하고 싶었지만, 말할 수 있는 상황이 무르익지 못했었나 보았다. 나는 그때 그 일로 사람을 무서워하게 되었다. 지금도 집에 혼자 있을 땐 낯선 사람을 들이지 않는다. 아주 작은 일이었지만, 나는 그때의 기억 때문에 평생 트라우마에 시달렸다.

유통기한이 임박한 두부부터 먹어야겠다. 들기름에 부쳐 볶은 김치와 막걸리와 함께. 내일은 당근 두 개를 볶아 김밥을 싸먹고. 그들의 시간에 문을 열어주고 싶다. 잘못 사온 것들의 시간에도 마찬가지로 숨통을 트이게 해주는 것이 좋을 듯하다.

맨 아래의 것은 무겁고 성가시지만, 애써 꺼낼 필요가 있다. 번거롭고 귀찮고 힘들다고 방치하면 그것들 또한 오래 묻히게 된다. 닫혀 있는 곳에서 꺼내어주는 것이 시간을 놓아주는 것이다. 그러지 않으면 어마한 시간을 거슬러올라가 유물이 될 수도 있다.

양말의 반대말

이슬람 세밀화가가 빨간 색을 만드는 과정을 보면 경이롭다. 그들은 빨간 색을 얻기 위해 인도에서 가장 더운 지역에 사는 최상품의 빨간 색 벌레를 사온다. 말린 벌레를 절구에 찧어 고운 가루로 만든다. 냄비에 비누풀과 염료와 물을 끓이다가 빻아놓은 가루를 넣어 섞은 다음 다시 끓인다. 이때 농도를 잘 맞추어야 최상의 빨간 색을 얻을 수 있다. 끓인 것은 깨끗한 천에 부어 거른다. 거른 것을 다시 끓이는 과정을 두 번 더 반복한다. 마지막으로 거기에 백반을 넣어 찬 곳에서 식히면 진빨간 색이 만들어지게 된다.

귀하다는 빨강을 얻기 위해선 수많은 빨간 색 벌레가 필요하고 공정에서도 몇 번의 반복을 거쳐야 한다. 조그마한 것도 여럿 모이면 엄청난 것이 되고, 반복 또한 놀라운 결과를 만들어낸다. 사람 사이의 벽도 그렇다. 부정적인 몸짓과 말의 수없는 반복이 쌓여 서로의 사이를 가로막고 가두게 된다. 그래서 벽은 크든 작든 높든 낮든 마주하는 사람에게 막막함을 안기게 된다.

벽은 누군가 무너뜨리지 않으면 깨뜨릴 방법이 없다. 벽이 스스로 무너지는 일은 드물다. 만든 사람이 깨든지 벽이라 느끼는 상대가 깨든지 그도 아니면 제삼자가 깨뜨리든지. 어쨌든 누군가는 그 작업을 해야 벽은 사라질 수 있다. 그러지 않으면 그 벽과 부딪치는 사람은 매번 무력감에 휩싸이게 된다.

오늘 내가 느낀 벽은 양말이다. 양말은 나에겐 거대한 벽이다. 그것도 30년이나 된. 남편의 양말은 오래 전부터 나에겐 벽이었다. 그는 처음엔, 운동할 때 미끄럽다며 등산용 면양말을 신기 시작했다. 그 양말은 두껍고 투박하고 색도 얼룩하다. 시간이 지날수록 운동할 때만 신는 것이 아니라 매일 신고 다녔다. 평상복엔 어느 정도 용납 가능하지만, 정장차림에는 어울리지 않는다. 공들여 산 양복과 구두가 그 양말로 인해 보람이 없을 때가 많다. 양복에 맞는 신사용 양말을 신지 않음으로써 공적인 자리에서 품위 없거나 격식을 갖추지 않는 사람으로 오해받을 수도 있다. 상대에게 정중한 예를 갖춰야 하는 사적인 자리에서도 마찬가지다.

친구 중에 늘 화장을 곱게 하는 이가 있다. 그런데 이상하게도 매번 눈썹은 그리지 않았다. 그것이 궁금하여 친구에게 물었다. 그의 대답이 놀라웠다. '한번도 눈썹을 그려야 한다는 생각을 해본 적이 없어.' 그렇구나. 그럴 수도 있는 거구나. 누군가에게는 이상한 일도 당사자는 전혀 모르거나 의식하지 못할 수도 있는 거구나, 하는 생각이 들었다. 화장할 때 코나 귀에 무엇을 특별히 하지 않는 것처럼, 눈썹을 그리지 않아도 된다고 생각할 수도 있는 거였다.

'그럴 수도 있겠구나'와 '그래서는 곤란하다' 사이에는 엄청난 갭이 있다. 그것은 타인의 수용 여부에 따라서도 다를 수 있겠지만, 설령 수용 가능하더라도 격식이나 품위 부문에서 따지고 들면 또 다른 문제를 야기할 수 있다. 정장에 얼룩덜룩한 양말은 그래서는 곤란한 경우에 해당한다. 나는 그간 양말과 관련하여 남편과 수없이 이야기를 나눴다. 그때마다 둘 중 하나가 포기해야만 상황이 종료되었다. 오늘은 아주 중요한 날이다. 예비 사위의 부모님과 상견례가 있는 날이다. 가장 예의를 갖춰야 하는 날이다.

며칠 전부터 남편의 셔츠와 넥타이를 사고 양복도 최근에 산 것 중에 가장 좋은 것으로 준비해놓았다. 양말도 양복과 어울리는 신사용으로 준비해뒀다. 그런데 상견례 장소로 가려고 현관에서 구두를 신는 남편의 모습에 나는 그만 숨이 턱, 막히고 말았다. 그는 등산용 양말을 신고 있었다. 내가 바꿔 신기를 바랐지만, 그는 별문제가 되지 않는다며 그냥 집을 나섰다. 우리는 가장 좋은 날, 아파트 마당에서 험악하게 다퉜다. 약속장소로 가는 두 시간 동안 아무 말도 하지 않았다.

상견례 식사 자리에선 서로의 발을 볼 수 없어 다행이었다. 문제는 식사 후 카페에서였다. 의자에 앉자마자 남편의 양말이 적나라하게 드러났다. 양복과 너무 다른 재질과 색감이 민망했다. 나와 달리 남편은 그것에 전혀 신경쓰거나 개의치 않아 보였다. 사돈댁 식구들도 모두 예를 갖춰 입고 나왔는데.

만남을 모두 끝내고 집으로 돌아올 때도 우린 한마디도 하지 않았다. 이참에 길고 긴 양말과의 전쟁을 어떻게든 끝내고 싶었다. 나는 며칠간 침묵했다. 침묵은 우리 부부에겐 가장 무서운 전쟁이다. 내 마음이 이성적인 상태가 될 때까지 기다렸다가 남편에게 부탁했다. 이건 싸워서 무너뜨릴 벽이 아니었다. 그도 며칠간의 냉전을 통해 생각한 바가 있었던지, 나의 부탁을 흔쾌히 받아들여주었다.

우리 부부는 정말 사소한 양말로 결혼생활의 최대 위기를 맞을 뻔했다. 벽은 거대해야만 힘든 게 아니다. 때론 아주 작은 것의 반복도 엄청난 무게로 다가온다. 강렬한 빨간색처럼. 나와 남편 사이에서 오랜 벽이었던 양말. 그가 때에 맞게만 신는다면 벽의 반대말이 될 수도 있다. 무한히 열려 있는 파란 가을하늘이 될 수도 있다. 불쑥 서늘한 생각이 스친다. 남편이 느끼는 가장 커다란 벽은, 양말을 트집잡는 내가 아닐까 싶어서.

소란

나는 지금 소란스럽다. 내 생애에서 가장 그러한 상태이다. 이 소란은 나로부터 시작되었지만, 일이 커지게 된 데엔 여러 상황이 꼬이고 얽히면서부터다. 그 와중에 폭우로 온 국토는 물바다가 됐고 나라는 정치권의 온갖 이슈로 어지럽기 그지없다.

고통의 소용돌이 속에 있을 땐, 세상에는 두 종류의 사람만 존재하는 것처럼 느껴진다. 내게 고마운 사람들과 나를 아프게 하는 사람들로. 다른 걸 살필 여력이 없어 이분법적 사고에 갇히고 말아서다.

그런 사고에 빠지는 건 위험한 일이다. 세상에 존재하는 다양한 색깔과 소리와 모습과 웃음과 계절조차 분별하지 못할 테니까. 매일 신는 양말이 다르고 매일 먹는 밥이 다르고 거실로 들어오는 햇볕의 따사로움이 다른데. 요즘 나는 모든 것들이 통째로 느껴진다.

계속된 폭우로 나라는 쑥대밭이 되었고 수재민도 많이 생겼다. 심지어 목숨을 잃은 이도 있다. 나는 비를 무서워한다. 정확하게 말하면 홍수를 무서워한다. 2년 연거푸 가을장마에 집이 몽땅 잠기는 피해를 본 적이 있다. 며칠 만에 들판과 우리 집은 오간 데 없었다. 마치 황하를 옮겨다놓은 것 같았다. 모든 걸 휩쓸고 간 황토물은 잊을 수 없는 폭력으로 남아 있다. 물이 빠진 집은 각종 쓰레기와 진흙으로 뒤덮여 건질 만한 게 없었다.

눈앞이 캄캄하다는 관용어는, 그럴 때 정말 실감이 난다. 말 그대로 속수무책인 상황에 놓이게 된 것이다. 완벽한 절망 상태다. 절망은 나에겐 희망의 반대말이 아니다. 희망조차 가질 수 없는 상태를 말한다. 그런 상황에서 사람이나 세상에 바라는 건 커다란 것들이 아니다. 옴짝달싹할 수 없는 마음과 상황에 누군가 숨구멍을 열어주는 것이다. 가식이나 위선이 끼어들지 않은, 작고 소박한 위로가 필요하다. 바쁘고 힘든 세상에 타인을 살펴 공감해주기란 쉽지 않다. 그래서 아픈 사람들이 점점 더 고립되어 가나보다.

습하고 춥고 빛조차 들지 않는 반지하에 사는 사람들의 바람 또한 거대한 것들이 아닐 것이다. 햇살과 따뜻한 바람과 이웃의 웃음만으로도 숨이 쉬어질 것이다.

두 평짜리 셋방에서 가족 넷이 산 적이 있다. 네 사람의 짐이 방의 반이나 차지했다. 그 방에선 몸을 편히 뉘어 잘 수 없었다. 그보다 더 힘들었던 건, 주인아주머니가 하는 잔소리였다. 화장실을 많이 쓰면 변소를 자주 퍼야 한다며, 눈치를 줘 제때 볼일을 볼 수가 없었다. 잠은 몸을 구겨서라도 잘 수 있었지만, 생리적 현상은 참을 수 있는 게 아니었다.

그때 숨통을 틔워준 사람이 있었다. 주인아저씨였다. 그는 자기 아내가 외출하면 우리에게 알려주었다. 편히 화장실을 사용하고 수돗물을 쓰라며. 우리는 그때 밀린 빨래를 하고 볼일을 봤다. 아저씨가 직장을 다녀 쉬는 날에나 집에 있었고 그때마다 아주머니가 외출을 하는 것도 아니었기에 그런 날은 많지 않았다. 그러나 아저씨의 그 호의가 얼마나 고마웠는지 모른다.

물이 빠진 집에 들어갔을 때, 눈에 들어온 건 두 가지였다. 잠긴 우리 집과 잠기지 않은 높은 지대의 이웃집. 이질적인 두 풍경은 나와 가족들을 더 막막하게 했다. 마치 우리 가족만 세상 끝에 놓인 기분이었다. 숟가락 하나 쓸 수 없고 쌀 한 톨을 건질 수 없는 우리에게 따뜻한 밥 한 끼를 건네준 이웃의 손길은, 우리 가족에게 빛을 향해 나아갈 길을 터준 거나 다름없었다.

똑같은 고난을 경험해보지 않은 이상 고난에 처한 사람의 아픔을 온전히 공감하기란 쉽지 않다. 그러나 인간으로서 기본 심성을 지닌 사람이라면 가여운 걸 가여워하고 안쓰러운 걸 안쓰러워할 줄 안다. 누군가 곤경에 처했을 때 하지 말아야 할 것은 어설픈 충고다. 그것은 힘들어하는 사람에게 또 다른 상처를 입힐 수 있다. 충고는 상대가 그걸 수용 가능할 때에나 해야 할 행동이다.

이번 수재로 반지하에 살던 사람이 죽었다. 그래서 반지하를 모두 없앤다고 한다. 그게 상책일까. 그런 곳이 필요한 사람은 늘 있게 마련인데. 그런 곳을 무조건 없애는 것보단 사람이 온기를 느끼고 살 만한 공간으로 만드는 작업이 우선일 텐데. 스무 살 때 두 평짜리 방은 우리에겐 안성맞춤이었다. 더 이상 넓은 건 우리 능력으론 감당할 수 없었다. 좁은 공간이더라도 인간답게 살 수 있으면 되는 것이다. 쪽방이든 반지하든 원룸이든 고시원이든 옥탑방이든 수요는 늘 존재할 수밖에 없다. 그들에게 필요한 건 이웃과 함께한다는 연대감과 사회적 안전장치 같은 것들이다.

정치권의 바람 잘 날 없는 일들과 폭우로 온 국민이 심란한데 유례없는 태풍까지 겹쳐 온 나라를 할퀴고 지나갔다. 수런수런한 마음을 조금이나마 잠재우고 위로해준 건, 폭우 속에서 배수구의 쓰레기를 빼내고 반지하에 물이 차 절체절명의 위기에 처한 사람을 구해낸, 이웃들의 헌신과 따뜻한 마음이었다.

소란을 잠재우는 건 의외로 사소한 것들이다. 아무리 큰 것으로 소란하였더라도. 나는 지금 완벽한 절망 상태다. 그리하여 위로가 필요하다. 누군가 나를 향해 손을 흔들어주고 말을 걸어주었으면 좋겠다. 조금만이라도. 그러면 이 소란이 점차 잠잠해지기 시작할 것이다.

목소리의 공간성

깊이 생각할 게 있고 글도 쓰고 싶어 카페로 갔다. 자주 갔던 몇몇 카페를 떠올린 후 그 안에 느껴졌던 분위기를 생각하여 한 곳을 택했다. 오늘 가는 공간은 공부하러 오는 사람들이 많은 곳이다. 설령 점심모임을 끝낸 팀이 온다 해도 주변 분위기에 맞게 대화를 나눈다면 별 문제가 되지 않을 듯했다. 동네 카페들이 대부분 규모가 작기 때문에 목적에 따라 신중하게 선택하는 편이다.

오후 한 시, 내 예상대로 혼자 공부하는 사람들만 몇 테이블 있었다. 다행이었다. 커피를 한 모금 마시고 글을 쓰려는데 바로 옆 테이블에 중년 여성 여섯 명이 우르르 몰려와 앉았다. 그들은 차를 시키는 것부터 시작하여 단 한순간도 차분하지 않았다. 중간 톤의 목소리로 대화를 나눠도 카페 안이 조용하여 소통엔 문제가 없을 텐데, 서로 경쟁하듯 큰소리로 떠들어댔다. 마치 장터 같았다. 여섯 명이 목청껏 웃어대는 소리 또한 카페를 뒤흔들고도 남았다. 심지어 테이블을 내리치고 박수까지 쳐가며 웃었다. 다른 테이블에서 공부하던 사람들과 내 눈이 여러 번 마주쳤다. 그러곤 우리들은 동시에 시끄러운 테이블의 그들을 바라보았다. 분명 우리와 눈이 마주친 사람이 있었는데도 그들은 조용해지지 않았다. 공부하던 사람들이 하나둘 책을 정리하여 카페를 나갔다. 그 후에도 여섯 명 중 그 누구의 톤도 낮아지지 않았다.

카페가 조용할 거라는 기대를 하고 간 건 아니었다. 웅성웅성 백색소음과 카페에서 흘러나오는 노래 정도면 좋겠다고 생각하였다. 여러 테이블에서 도란도란 말하는 소리는 오히려 집중이 잘 되고 온기마저 느껴져 좋다. 그래서 나는 도서관보다 카페를 선호한다. 그런데 오늘처럼 바로 옆에서 카페를 들었다놓았다 할 정도로 시끄러우면 보통 난감한 일이 아니다. 이런 경우, 못 견디는 사람이 카페를 나가야 하고 남은 사람들도 마주 앉은 사람의 말소리가 잘 들리지 않아 더욱더 큰소리로 말해야 하는 상황에 처하게 된다.

나는 목소리가 작은 편이다. 초등학교 4학년 음악시간이었다. 실기시험이 있는 날이었다. 큰소리로 박자와 음정에 맞게 노래를 불러야 좋은 점수를 받을 수 있었다. 안 그래도 목소리가 작은 나는, 시험이라 긴장하여 더욱 작아졌다. 선생님은 그런 나를 자꾸만 혼내었다. 선생님이 원하는 소리를 내지 못할 때마다 선생님의 목소리는 커지고 거칠어졌다. 반 아이들은 그런 내 모습을 숨죽이며 모두 지켜보았다. 그날은 초등학교에 입학한 후 처음으로 선생님에게 야단을 맞은 날이었다. 그것도 아주 호되게. 내 목소리는 끝내 커지지 않았고 음악 점수는 형편없었다. 그때 이후로 나는 사람들 앞에서 노래를 부르지 않는다. 가끔 노래방에 갈 일이 생겨도 탬버린만 친다.

며칠 전 도서관에 갔다가 깜짝 놀랐다. 조용한 공간에 갑자기 핸드폰 벨소리가 시끄럽게 울려 퍼졌다. 책을 보던 사람들의 시선이 일제히 소리나는 쪽을 향했다. 전화의 주인은 큰소리로 전화를 받으며 복도로 나갔다. 복도에서 통화하는 소리도 되울려 다시 열람실로 들어왔다.

몇 년 전에 외국에서 인상 깊은 장면을 본 적이 있다. 빌딩과 빌딩 사이 좁은 골목에 카페 겸 바가 있었다. 평일에는 커피를 팔고 금요일 다섯 시 이후엔 술을 팔았다. 커피를 마실 때의 골목은 조용했다. 그러나 술을 마시는 금요일 저녁에는 사람도 바글바글 소리도 와글와글했다. 얼마나 시끄럽던지 머리가 흔들릴 지경이었다. 그들은 술잔을 들고 한 무리씩 모여 하나같이 서서 이야기를 나누었다. 궁금했다. 저렇게 시끄러운 데에서도 대화가 가능한지가. 그러나 그들은 웃음을 띠었고 고개를 끄덕여가며 기분 좋은 시간을 보냈다. 즐거운 소란이었다.

오늘 카페에서의 일은 남의 일만은 아니다. 나 또한 가끔 무리지어 음식점이나 카페에 간다. 여럿이 어울리다보면 주변을 미처 신경쓰지 못할 때가 있다. 살면서 조심해야 할 것들이 많지만, 그 중에서 목소리를 때와 장소에 어울리게 내는 것도 중요하다는 생각이 든다. 알맞은 소리는 공간을 살려 아름답지만, 그렇지 못한 소리는 모두 소음이다.

깊이의 강요

파트리크 쥐스킨트의 작품 중에 「깊이에의 강요」라는 단편소설이 있다. 내용은 아주 단순하다. 젊은 화가의 전시회를 본 한 평론가가 '그녀의 그림에는 깊이가 없다'라는 비평을 하였고 그것이 신문에 실렸다. 화가는 그 기사에 오랜 시간 번민하며 평론가가 말한 '깊이'를 찾으려 애를 썼다.

깊이라는 걸 찾아 어떻게 그림에 넣을지를 궁리하고 또 궁리했다. 숙련도, 삶의 지혜, 어떤 정신, 재능, 노력, 진지함, 태도, 테크닉, 표현, 시간의 무게…. 아무리 애를 써도 그녀는 무엇으로 자신의 그림에 깊이를 더해야 할지를 알아내지 못했다. 몸과 마음이 피폐해진 그녀는 더 이상 그림을 그릴 수 없게 되자 자살하고 만다.

나는 채 열 살이 되기도 전부터 '속이 깊다'는 말을 들었다. 그 말은 지금도 심심찮게 듣고 있다. 어느 날, 나는 그 말에 의문을 품기 시작했다. 타인들이 내 속의 상태를 어떻게 알며 깊이는 또 어떻게 느껴지는지가. 내가 어떤 번민에 사로잡혀 있고 내 안에 어떤 격랑이 소용돌이치는지, 내가 누구를 미워하고 또 누구를 좋아하는지는 어떻게….

사람들은 대체적으로 나를 내성적이고 조용하고 말수 적

고 정적인 사람으로 본다. 내 안에 흥이 있고, 춤이 있고, 음악이 있고, 끼가 있다는 걸 모른다. 내가 좀처럼 그것들을 밖으로 꺼낸 적이 없어서일 것이다. 나 또한 남들처럼 사계절이 주는 기운과 운율을 지니고 있다. 살아오는 동안 그런 것들을 적재적소에 표현할 용기가 없었고 여건 또한 형성되지 못하였기 때문에 안에만 머물러 있었을 뿐이다.

속이 깊은 사람처럼 살아온 데에는 주변 사람들의 영향도 한몫했다. 그들이 나를 일찌감치 그런 사람으로 정의해버렸기에 그 기대치를 충족시키느라 애쓰면서 살았는지도 모르겠다. 그리고 나의 위치가 음으로 양으로 나를 그런 사람으로 살게 했을지도 모르고. 어느 정도는 태생적으로 속이 깊을지도 모른다. 내가 처했던 자리가 버겁거나 위태롭거나 억울할 때도 그렇게 살아온 걸 보면.

그러나 깊이 들어가보면 순간순간 누르고 참으며 살아온 날이 많다. 깊은 곳엔 누덕누덕하고 딱딱한 것이 가라앉아 있다. 게다가 시간의 더께까지 무겁게 뒤집어쓰고 있고. 내 안에는 타인들이 모르는 방이 여럿 있고 그 방마다 다른 아이가 살고 있다. 그 아이들은 가끔 몸 안 여기저기를 돌아다니며 제때 부리지 못했던 말썽을 부리곤 한다. 그 말썽조차 타인들은 눈치채지 못하는 것 같다. 나에 대한 식구들의 평가는 외부 사람들과 달리 박하다. 예민하고 약하고 깨질 듯한 모습을 시시각각 보고 듣고 느끼며 살고 있기 때문이다.

화가가 자살을 하자, 그 평론가는 '그녀의 그림에는 깊이가 있었다'라는 비평을 새로이 내놓았다. 도대체 깊이란 무얼까. 지극히 주관적인 깊이라는 한마디에 한 작가는 생명까지 버렸는데. 똑같은 그림을 두고 언제는 깊이가 없다, 또 언제는 깊이가 있다고 말할 수 있는 걸까. 평론가는 무얼 기준으로 깊이의 부족을 느꼈고 또 무엇을 새롭게 보았기에 깊이를 느꼈을까. 사물이나 사람을 대하는 시각은 보는 이의 위치나 상황에 따라 얼마든지 달라질 수 있다. 그러기에 영향력 있는 사람이 어떤 이의 단면만을 보고 그에 대한 평을 세상에 내어놓는 건 매우 위험한 일이다.

나도 누군가를 단정하고 정의할 때가 있다. 저 사람은 인정머리가 없어, 저 사람은 이기적이야, 저 사람은 속이 야무져, 저 사람은 인품이 훌륭해, 저 작품은 수준이 높아, 저건 발연기야, 저런 인성으로 어떻게…. 그 사람의 어느 한 부분만을 보고 총평을 해버리는 것이다.

오래 전부터 나를 알고 지낸 사람들과 최근에 만나 알게 된 사람들 또한 나에 대한 평가가 다를 것이다. 설령 지금의 나를 철없는 사람으로 본다 해도 나는, 최소한 나 자신에게 깊이를 강요하고 싶지는 않다. 내 속이 깊어 나에게 유익하고 타인에게도 유익한 것이라면 고려해볼 일이겠지만. 이젠 타인에게 해가 되지 않는다면 내 본성대로 살고 싶다. 나와 우리 가족만이 아는 나의 깊이대로.

비유로 남은 인연

이사를 자주 다니다보니 짐을 점점 줄이게 된다. 다른 것들은 버리거나 나눔을 할 수 있지만, 앨범은 그럴 수가 없어 늘 갖고 다닌다. 예전의 앨범들은 대부분 부피가 크다. 그걸 정리해볼까 싶어 책장에서 앨범들을 꺼냈다. 한 앨범을 넘기다보니 낯선 사진 한 장이 유독 눈에 들어온다. 사진 속에는 사촌오빠와 얼굴이 가물가물한 청년이 함께 있다. 그 옆에 꽂힌 사진 속에는 중학생인 내가, 또래보다 웃자란 모습으로 수줍게 웃고 있다. 철이 일찍 들어 애어른 같아 안타깝다던, 어느 선생님의 말도 문득 생각난다.

어렸을 때, 이웃에 풍채가 좋으면서도 무서운 할아버지가 계셨다. 할아버지는 동네에서 가장 부자이며 자식도 아홉이나 두었다. 마을의 여러 집들은 할아버지네 농토를 빌려 농사를 지었다. 그러는 과정에서 시끄러운 일들이 적잖이 일어나곤 했다. 그래서 할아버지는 동네 사람들에게 좋은, 또는 좋지 못한 평판을 같이 듣고 있었다. 그 무렵, 우리 집도 할아버지네 땅을 빌려 농사를 짓고 있었다.

웬만한 어른들도 할아버지를 어려워했기에 아이들은 감히 근처에 얼씬도 못했다. 나 또한 할아버지에게 말은커녕 인사조차 한 적이 없다. 어떻게든 할아버지와 부딪히지 않으려 그 집 앞을 지나칠 때면 죽을힘을 다해 내달렸다.

내가 다닌 중학교는 잰걸음으로 한 시간 이상을 걸어야 도착할 수 있다. 그날도 여느 날처럼 가방을 메고, 손에는 단어장을 들고 친구들과 가파른 고갯길을 오르고 있었다. 뜻밖에도 고갯마루에 할아버지가 앉아 계셨다. 바짝 긴장한 모습으로 인사를 하고 재빨리 그 앞을 지나려는데, 할아버지가 내 곁에 바싹 붙어 걸었다. 몹시 당황스러웠다. 게다가 할아버지는 나에게 이것저것 자꾸 말을 걸어왔다. 끝까지 경계심을 늦추지 않은 채 묻는 말에만 짧고 공손하게 대답했다.

그 다음날에도 할아버지는 나의 등교길에 함께했다. 말을 시킬 때도 있었지만, 유심히 내 일거수일투족을 관찰할 때가 더 많았다. 잊어버릴 만하면 할아버지는 내 앞에 나타나곤 했다. 몹시 신경쓰였지만, 어찌할 도리가 없었다. 무엇 때문에 호랑이 같은 할아버지가 나에게 그러는지, 아무리 생각해도 짚이는 게 없었다.

그렇게 일여 년이 지난 어느 날, 어머니는 이웃에 사는 아주머니로부터 이상한 이야기를 들었다며, 노여워 어찌할 바를 몰라 했다. 할아버지가 나를 막내며느리로 삼고 싶어 한다는 거였다. 나 또한 당혹스럽긴 마찬가지였다. 그간의 할아버지 행동이 한순간에 이해가 되었지만, 중3인 나에게도 엄마만큼이나 날벼락 같은 이야기였다.

도시로 공부하러 나간 할아버지의 막내아들은 방학 때마다 고향으로 왔다. 사촌오빠 친구이기도 한, 그와는 말을 나눠본 적이 없다. 그는 대학 1학년생이었다. 공교롭게도 그 전까지 무심하던 그가 나에게 관심을 보이기 시작했다. 길을 가는 나를 막아서며 말을 걸기도 했고, 내가 가는 곳에 따라오기도 했고, 말없이 나를 지켜보기도 했다. 나는 그때 누구라도 사랑할 수 있을 만큼 사춘기의 정점을 지나고 있었다. 대학생인 그는, 그런 내 마음을 흔들어놓을 수도 있었지만, 나는 그에 대한 어떠한 감정도 만들지 않기 위해 다짐했다.

방학이 끝나고 도시로 간 그는, 사촌오빠와 함께 찍은 자신의 사진과 함께 나에게 편지를 보내왔다. 별다른 친분도 없는 사람의 편지를 받으니 기분이 묘했다. 그런데 이상하게도 그때까지 익숙하게 보였던 주변의 모든 것들이 다소 낯설게 느껴지고 심지어 약간의 멀미까지 나게 했다.

그 다음해 봄, 나는 17년을 살던 고향을 떠나왔다. 그때까지도 나에 대한 할아버지의 관심과 관찰은 계속되었다. 고등학생이 된 후, 오랫동안 고향에 가지 않아 더 이상 할아버지를 만날 수 없었다. 그 일은 시간의 흐름 속에 자연스레 묻혔다.

그런데 내가 대학 2학년 때, 느닷없이 할아버지 막내아들이 내게 연락을 해왔다. 군복무를 끝내고 복학했다며. 나도 어엿한 숙녀가 돼 있었다. 만나자는 말에 특별한 감흥 없이 남산에 있는 커피숍으로 갔다. 단짝 친구와 함께. 5년 만에 만난 그는 더욱 낯설었다. 그가 어떤 마음으로 그 자리에 나왔는지 알 수는 없었지만, 우리 셋은 일상적이고 형식적이며 서로에게 무해한 대화만 나누다 헤어졌다. 그게 그와의 마지막 만남이었다.

내가 2학년이고 그가 3학년이니 충분히 아름다운 인연을 만들 수도 있었지만, 내 속에는 인연을 만들 수 없는 오래된 감정 하나가 있었다. 내가 여덟 살 무렵, 우리 오빠는 할아버지의 딸이 씌운 누명 때문에 아버지에게 죽을 만큼 맞았다. 오빠의 억울함과 아버지의 분노와 어머니의 슬픔이 내 깊은 곳에 옹이로 박혀 있어, 평소 그의 가족들을 우호적으로 대할 수 없었다. 지금도 그 순간을 떠올리면 명치끝이 저릿하다. 그때 오래 앓던 오빠가 죽는 줄 알았다. 할아버지가 나에게 관심을 보이고 어이없는 청혼을 넣었을 때도, 그때의 상처가 빨갛게 되살아났다.

할아버지도 그도 나에게 그런 아픔이 있는 줄을 모른다. 그는 외지에 나가 공부했고, 할아버지도 집안 일을 둘째아들에게 맡기고 타지에 있는 다른 아들에게 가 있을 때가 많았다. 그래서 그들은 인연을 만들려 애를 썼지만, 나는 한번도 묶어놓은 마음을 풀지 않았다. 그 후 두어 번 더 그가 연락을 해왔지만, 나는 더 이상 인연을 이어가지 않았다.

인연이라는 건 오묘해서 맺고 싶다고 맺어지는 것도 아니고, 끊겠다고 하여 끊어지는 것도 아니다. 인연은 맺어지는 그 순간의 것이 아니라 맺어지기 이전의 시간이기도 하고 그 이후의 길어지는 시간이기도 하다. 뒤돌아보면 그와의 인연은 오래된 사진이나 편지 같다. 보관은 하였으되, 일부러 꺼내보지는 않는. 그렇다고 버리지도 못하는.

기쁨의 형식

나는 오늘 낮에 기쁜 순간과 지점을 찾으려 애썼다. 집안과 바깥에서. 가족과 친구들에게서. 그리고 나 자신에게까지. 요즘 들어 내가 느끼는 감정의 실체가 모호할 때가 많아서이다. 주로 기쁨이 그렇다. 슬픔과 아픔은 매번 자신의 존재를 명확하게 드러내어 행세하는데 기쁨은 좀처럼 몸을 드러내지 않는다.

내가 평소에 느끼는 몇몇 기쁨은 각기 다른 듯하지만, 비슷한 형식을 지닌다. 오후 두 시쯤 커피를 마실 때, 산채나물을 곁들인 보리밥을 먹을 때, 온실 안에서 따스한 겨울 볕을 쬘 때, 누군가 소국을 선물해줄 때, 여행에서 지친 몸으로 집에 돌아왔을 때, 모처럼 한가한 시간에 친구와 오래 수다를 떨 때, 누군가에게서 손편지를 받을 때, 이럴 땐 매번 기쁘다. 그러나 이것은 이미 일정한 형식을 갖추고 있어 그 기쁨이 확장되거나 새롭거나 오래가지 않는다.

특별한 것들이 기쁠 때도 있다. 다른 사람들은 내가 특별하게 여기는 걸 그렇게 생각하지 않을 수도 있겠지만. 호박잎이 알맞게 쪄졌을 때, 맑은 물김치를 담글 어린 열무를 만났을 때, 착용감이 좋으면서 부드러운 양말을 신었을 때, 값

싼 펜이지만 똥이 나오지 않을 때, 책을 읽다가 오타와 비문을 발견하였을 때, 김장김치가 맛있어 누군가에게 주고 싶을 때, 읽고 있는 책에 나를 각성시키는 문장이 많을 때, 기차를 타고 낯선 곳을 지나는데 문득 익숙한 풍경이 겹쳐보일 때, 여행지에서 들른 백반집의 밑반찬이 정갈하고 맛있을 때, 주문한 책이 막 도착하였을 때, 마음 길이 통하는 벗을 만났을 때, 자주 가는 카페에 내가 즐겨 앉는 자리가 비어 있을 때, 그리고 학교라는 공간을 마주할 때마다 나는 매번 다른 기쁨을 느낀다. 이런 특별한 감정은 이미 형식을 갖추고 있는 것과 미세하게 다르다. 반복되어도 늘 내 마음에 새로운 변주가 일어나고 또 그 행위가 끝나거나 그 일이 일단락될 때까지 즐거운 상태가 오래 유지되기 때문이다.

저녁이 되어서야 나는 남편과 매우 기쁜 시간을 맞았다. 원주 토토미로 지은 밥과 삭힌 홍어와 수육과 신김치의 삼합 조화가 훌륭했기 때문이다. 새우젓도 식감이 달았고 쌈장도 칼칼하니 맛있었다. 거기에 치악산 막걸리까지 곁들였더니 최고의 밥상이 되었다. 우리는 잔반 하나 남기지 않았다. 맛있어서도 남기지 않았지만, 또 적당한 양이라서 그랬다. 홍어를 선물로 받는 바람에 수육을 삶았고 알맞은 묵은지가 있어 더없이 흡족한 식사였다.

언젠가부터 작고 소소한 것들에게서 설렘을 느낀다. 크게 기쁠 일이 없어서이기도 하지만, 평온했던 나와 주변사람들의 일상이 깨지는 걸 자주 겪게 되면서부터이다. 기쁜 일들은 언덕 너머에서 오는 것이 아니라는 것도 깨달았기 때문이고. 내 생일에 받은 꽃다발이 점점 시들어 마지막 소국 한 송이만 꽃병에 꽂혀 있을 때도 미소가 지어진다. 사과 한 박스를 잘 골라 겨우내 감탄하며 먹을 때도, 테라스에 있는 대봉이 홍시가 되어가는 것도, 문장에 들어갈 적확한 단어를 찾았을 때도, 시래기가 파랗게 말라가는 것에도 흐뭇한 마음이 생긴다.

이영광 시인의 「사랑의 발명」에는 이런 시구가 있다. '나는 너무 놀라 번개같이,/ 번개같이 사랑을 발명해야 했네'라는. 이에 대해 신형철 평론가는 "한 사람이 더는 살 방법이 없거나 살 이유가 없을 때, 이 세상의 한 인간은 그런 사람을 향한 사랑을 발명해낼 책임이 있다"고 주장한다. 죽으려는 사람을 살게 하려면 커다란 사랑을 만들어 그의 마음을 움직여야 한단다. 그리고 그런 사랑은 새로 발명하는 것이 아니라 이미 있는 사랑을 재발명하는 것이라고도. 기존의 사랑을 더 크게 만들어 상대방으로 하여금 충분히 느낄 수 있게 해주어야 한다는 말일 것이다.

하루하루가 복사하여 붙여놓은 것처럼 권태로울 때가 있다. 사랑처럼 기쁨도 재발명해야 한다. 도처에 희미하게 존재하는 그것들을 낚아채어 선명한 형식으로 만들어야 한다. 형식으로 만들어진 것들은 틀을 유지하려는 관성을 지닌다. 점점 파편화되고 분리되고 격리되어 가는 세상이다. 기쁨 또한 희미해져 놓치기 십상이다. 각각의 사물과 사람과 일들과 관계와 생각 속에는 행복한 것들이 존재한다. 그것을 정교한 시선과 마음으로 캐치해야 한다. 나는 오늘 낮 동안 그것들을 놓쳤지 싶다. 내일은 서점에 다녀오는 길에 멍게를 사와야겠다. 멍게 향에선 기쁨이 난다.

얼마나 많은 우리

오늘 하루 누군가는 우리라는 관계를 만들고 또 우리라는 공동체를 깨뜨리기도 했을 것이다. 우리는 매 순간 수많은 우리들 속에서 살아가고 있다. 우리라는 관계망 안에 들어와 있는 사람들은 서로가 정겹기도 미덥기도 피로하기도 위험하기도 할 것이다. 우리는 쉽게 만들어지기도 쉽게 깨지기도 한다. 나 또한 얼마나 많은 우리를 갖고 또 우리들 속에 살고 있는지 모른다. 그 모든 우리가 건강하고 안녕한지와는 별개로.

우리 엄마 우리 아빠 우리 딸 우리 아들 우리 손주 우리 고모 우리 이모 우리 조카 우리 삼촌 우리 선생님 우리 친구 우리 집 우리 동네 우리 가게 우리 학교 우리 나라…. 우리는 우리를 좋아한다. 심지어 남편과 아내를 놓고도 우리라는 수식어를 붙일 정도다. 그만큼 우리는 우리 속으로 들어가고 싶고 또 타인을 우리 안으로 끌어들이려 한다.

이 아름답고 좋은 어휘도 가끔은 짐승을 가둔 '우리'처럼 느껴질 때가 있다. 우리라는 교집합을 악용할 때가 그렇다. 가족이라는 이름으로 부모라는 이름으로 친구라는 이름으로 상사라는 이름으로 연인이라는 이름으로 자식이라는 이름으로 서로에게 상처를 줄 때가 그러하다.

잘 나가던 우리의 모임 하나가 깨진 적이 있다. 회원들 모두 따뜻하고 정답고 친밀하고 웃음도 많았다. 노래도 자주 부르러 갔고 차와 밥도 종종 마시고 먹었다. 오래갈 거라 생각했는데 한 사람의 사소한 행동으로 우리 모임은 깨지고 말았다. 한순간에 우리를 둘러싸고 있던 울타리가 사라져 버렸다. 견고할 것 같았던 우리의 세계가. 우린 서로 타인이 되었다. 우리는 두부 같고 계란 같았다. 무르고 부서지고 깨지기 쉬운. 함께 여행간 추억도 함께 탬버린을 치며 춤을 춘 시간도 각자의 기억에 파편으로만 존재하게 되었다.

결혼한 딸이 휴가 기간 동안 집에 와서 쉬었다. 결혼한 지 6개월 남짓 되었으니 30년을 살았던 우리 집이 그 아이에게 더 편할 수도 있겠다는 생각이 들었다. 휴가 내내 나와 같이 카페에 다니며 커피도 마시고 디저트도 먹으며 많은 이야기를 나누었다. 맛있는 음식도 해먹고. 그런 딸이 자신의 집으로 돌아갈 때가 되자, 그 아이의 입에서 자연스레 '우리 집'에 간다는 말이 나왔다. 나와 같이 있는 여기가 아닌, 서울에 있는 자신의 집을 우리 집이라 칭했다. 순간, 묘한 서운함과 낯섦이 혼재했다.

딸이 결혼하고 한 달쯤 되었을 때 서울에 볼일이 있어 갔다가 함께 저녁을 먹은 적이 있다. 저녁을 먹고 딸은 자신의 집으로 나는 원주로 오기 위해 헤어져야 했다. 전에는 늘 같이 원주로 왔는데. 나 혼자 터미널로 향해 가는데 마음이 먹먹했다. 뒤돌아 딸아이의 모습을 바라보았다. 딸도 뒤돌아 보았다. 이렇게 각자의 우리 집으로 가는 거구나, 우리 엄마도 내가 결혼하였을 때 나한테서 이런 기분을 느꼈겠구나, 하는 마음이 들면서 울컥하였다.

우리여서 좋은 것들도 많다. 그럴 땐 힘이 생기고 세력이 만들어지고 국력이 커지고 애국심도 발휘된다. 그런데 그 많던 우리의 연대가 점점 약해지고 있다는 느낌이 든다. 가정마다 낳는 자녀의 수가 적다보니 가족 사이의 관계도 좀처럼 만들어지지 않는다. 우리 고모 우리 이모 우리 삼촌 우리 오빠 우리 언니 우리 동생 우리 조카…. 이런 말과 관계와 문화가 사라지고 있다. 도시에서 태어난 아이들에겐 고향이라는 개념도 없고 직장도 이직이 잦다보니 우리 회사라는 애사심이 생길 시간이 없고 각종 경쟁에 시달리며 공부하다보니 학생들은 학교에 대한 자긍심을 품을 여유가 없다.

내 핸드폰 연락처엔 몇 백 명의 전화번호가 있고 카톡에도 수백 명이 있다. 그들은 모두 나와 어떤 모양으로든 우리라는 범주에 들어와 있는 사람이다. 깊이는 각기 다르지만. 요즘은 관계를 정리해야 할 것 같아 일부러 연락을 하지 않는 이들도 있다. 조금씩 시간이 흐르다보면 자연스레 우리라는 묶음이 풀어지겠지 싶어서이다. 너무 많은 우리와는 잘 지내기가 버겁다. 그럴 에너지가 점점 줄어들고 있다. 꼭 필요한 우리와만 잘 지내는 것도 훌륭한 일이라는 생각도 들고.

우리 엄마의 자리라는 것도 그렇다. 자녀들이 결혼하면 자신의 아내나 남편이나 자식들이 우선순위에 들면서 절대적일 것 같던, '우리 엄마'의 자리에서 밀려나게 된다. 당연한 이치다. 맛있는 것이 있으면 가까이에 있는 사람에게 먼저 주게 되는 것이 인지상정이니까.

봄이다. 아파트 정원에 가지치기가 한창이다. 어떤 나무는 몸뚱이만 남기고 가지를 모조리 잘라내버렸다. 너무 적나라하게 잘라버려 내 몸이 아픈 것처럼 느껴진다. 아무리 그래도 팔다리는 남겨두지 하는 생각이 든다. 그렇게 해놓아도 여름이 되면 거짓말처럼 잎이 무성해진다. 그러니 해마다 그렇게 잘라내나 보았다.

나도 저 나무처럼 '우리'를 확 쳐내야 할 때이다. 아깝고 안타까워 붙들고 있으면 여름이 되었을 때 우거진 잎들에 파묻혀 나를 찾을 수 없을지도 모른다. 각 잎들이 우리라는 단어로 한꺼번에 나에게 들이닥친다면 도망치고 싶을지도 모르고.

그러는 동시에 우리 밖의 사람들에게도 안의 사람들처럼 문을 열어두고 싶다. 자유롭게 드나들 수 있도록. 안과 밖의 사람들은 모두 우리라는 관계망에 속해 있다. 우리라는 틀은 단순하면서도 융통성이 있어야 하고 두터우면서도 얇아야 한다. 단단하면서도 물러야 하고 또 때로는 명확하되 배려가 깊어야 한다. 우리에게 우리는 끝없이 만들어지고 소멸되는 생물이므로.

나이 넘기

사람이 살면서 가장 외로운 순간이 자신이 설정한 목표를 이뤘을 때와 죽음을 앞뒀을 때라고 한다. 성공 이후엔 걷잡을 수 없는 막막함이 찾아오고 죽음 앞에서도 무원의 고독감이 밀려든다고 한다. 그럴 때 또 다른 목표를 만들거나 생각을 전환하지 않으면 그 감정에서 빠져나오기 어렵다.

사람은 몇 살쯤 되어야 안정감을 느낄 수 있을까. 그런 나이가 있기나 할까. 나는 지나온 모든 나이에서 균열을 느꼈다. 그 틈이 클 때가 있었고 작을 때가 있었고 미세할 때도 있었지만, 없었던 적은 없다. 다음 나이를 갈망하는 마음으로 그 해를 보낸 적도 많았다. 다가올 나이가 무슨 선물이라도 되는 양.

나는 마흔다섯을 푯대처럼 세워놓고 살았다. 꿈이 아니라 나이를. 그 나이가 되면 나는 어른이 되어 있을 테고, 아이들도 웬만히 컸을 테고, 남편도 직장에서 자리잡았을 테고, 경제적으로도 안정되어 있을 테고, 나 또한 웬만한 시련쯤은 견뎌낼 만큼의 체급을 가졌을 거라 생각하였다. 그리고 무엇보다 간절히 바란 건 그때까지 남편이 내 곁에 존재하는 것이었다. 남편의 건재에 대해선 스무 살 이후부터 줄 곧 가져온 생각이다.

폭대를 정해놓고 나니 다른 나이에서 흔들리거나 무겁거나 아파도 그때를 위해 견딜 수 있었다. 울창한 숲 속을 거닐며 기울어졌거나 삐딱했거나 서툴렀거나 아팠던 것들을 바로잡을 여유를 상상하며.

막상 그 나이가 되자, 마흔다섯 살이 가장 위험했다. 여전히 불안하고 불완전하고 막막하였다. 내가 가장 두려워한 건 가장의 죽음이다. 공교롭게도 마흔다섯에 남편이 암 진단을 받았다. 신은 나의 오랜 기도에 그렇게 응답했다. 이해할 수 없는 사건이고 받아들일 수 없는 시간이었다. 살아오면서 가장 외로웠던, 두 구간 중 하나로 기억된다.

그날 대학병원의 숨 막히던 공기, 수많은 환자들, 진단을 내리던 의사의 입술, 길었던 우리 부부의 침묵, 무작정 걸었던 탄천. 세상의 모든 소리가 제거되고 모든 움직임이 정지된 것처럼 느껴졌다. '암'이라는 단어 외엔 모든 어휘가 사라져버린 것도 같았고. 지독한 외로움이었다. 남편은 남편대로 나는 나대로.

내가 기억하는 나의 첫 나이는 다섯 살이다. 그때부터 지금까지 한 해도 쉬이 먹거나 질러서 온 해가 없다. 징검돌 하나하나 모두 디디며 건너오다가 가끔 물에 빠지기도 했다. 날씨가 좋을 땐 가끔 건너뛰기도 하고 가로질러가도 좋으련만. 아슬아슬할 때도 많았다. 내가 내 나이를 잘못 사는 건지, 아니면 다른 사람들도 그러한지.

가끔 생각나는 두 장면이 있다. 하나는 인동꽃을 따던 열 살 무렵의 나다. 새벽에 이슬을 머금고 있는 인동꽃을 따다 보면 그 향에 취해 다른 감각은 사라진다. 향기만 남는다. 그런데 그 향기를 표현할 길이 없다. 재스민이 가진 여러 향 중 가장 좋은 것만 취했을 때 그런 향이 날까. 아니면 플루메리아 향 중 미세한 부문에서 그런 향이 날까. 그도 아니면 난에서 날까. 맡을 때마다 이 세상 꽃 같지 않게 느껴진다. 분당의 공원에서도 서울의 한 대학병원에서도 호주의 어느 집 울타리에서도 그 꽃을 보았다. 얼마나 반가웠는지 모른다. 울컥했던 기억이 세 곳 모두에 있다. 그때마다 어린 나의 새벽이 떠오른다.

인동꽃을 따러다닐 때에는 나도 여름 새벽처럼 청청했다. 꽃향기가 몸에 배인 듯 내 나이조차 아름다웠다. 부모도 젊어 집안의 어려움이 그대로의 무게로 나에게 전해오지 않았고. 나는 날마다 자라는 기분이었다. 그때 이후의 나이에선 내가 자라는 느낌을 잘 받지 못했다.

또 하나는 내가 다녔던 대학의 인문대학 건물로 올라가던 층층계단이다. 스무 살이었다. 계단은 끝없이 이어져 한 칸 한 칸 쳐다보면 높고 아스라했다. 그래서 자주 갔다. 마음이 힘들면 그곳에 가서 혼자 계단을 올랐다. 그 계단이 지금까지도 문득, 또 무심코 생각날 때가 있다. 그 계단을 오를 때마다 막막한 안개에 갇힌 기분이었다. 산 정상에서 발 아래의 운무를 내려다보듯. 아무것도 보이지 않던 시절의 상징적 공간으로 존재한다.

해마다 나이를 먹고 있지만, 번번이 내 나이가 아니기를 바라는 건 왜일까. 왜 매번 가벼워지고만 싶을까. 왜 자꾸 안고 있는 현실을 지극한 체온으로 문지르면서도 지나온 것들에 매몰되는 걸까. 각 나이가 주어진 데엔 그만한 이유가 있을 텐데. 나는 왜 내 나이를 유기하고 유예하고 싶을까.

나는 소년 같고 싶다. 하얀 머리카락이 이미 나를 장악하였지만, 소년처럼 살고 싶다. 하루하루 자라기만 하는 소년이고 싶다. 그 나이도 마냥 즐겁지만은 않다는 걸 알지만, 그래도 자라지 않았던가. 요즘 들어 내가 멈춘 것 같은 느낌이 자주 든다.

쉰이 넘고 예순이 되면서 이젠 나이와 역할로 인한 쓸모는 그만하고 싶다. 나는 쓸모를 할 만큼 했다. 이젠 한 생명체로서 존중받고 사랑받고 싶다. 온전하게 귀하디귀한 존재로만. 내 소망을 위한 쓸모만 하고 싶다.

그래서인지 자꾸만 어딘가로 가고 싶다. 어디든 가고 싶다. 그런데 그곳이 어딘지를 모르겠다. 사람들이 다녀가지 않은 곳에 가보고 싶다. 그런데 그런 곳은 외로울까봐, 두렵다. 그래서 선뜻 나서지 못하고, 아는 사람은 없지만, 익숙한 곳에서 차를 마시고 책을 읽고 와야겠다는 생각에 그친다.

나이에 흔들리지 않으며 살고 싶은데 감기를 한 달째 앓고 있다. 아프지 않던 이가 아프고 무릎도 아프다. 몸은 정직하게 나이를 먹고 있다. 마음이 조금씩 안정감을 찾아가니 몸이 따라오지 않는다. 이 느낌은, 몸이 하루가 다르게 나이드는 것을 느끼는 사람만이 아는 기분이다.

앞으로 남은 각 나이마다 만날 사람들과 골목들. 팔십이 넘어 돌아보았을 때, 그땐 지나온 나이가 무겁지 않고 더불어 외롭지도 않았으면 좋겠다. 모든 나이엔 그 나이가 주는 기쁨이 있고 쓸쓸함이 있고 설렘이 있고 고됨이 있는 것 같다. 그리고 외로움도 있고. 다만 그것을 생짜로 고스란히 앓지 않는 지혜가 생겼으면 좋겠다.

문득 궁금하다. 방탄소년단이나 손흥민 선수나 가수 임영웅은 자신에게 다가오는 외로움을 어떻게 감당하고 해결해 나가는지가. 나이가 주는 외로움만큼이나 정상에 섰을 때의 고독함도 클 텐데. 나는 지금 사람들이 많은 카페에 와 있다. 그들 모두는 모르는 사람이다. 커피를 마시며 시집을 읽고 있다. 조금 외롭지만, 행복하다.

나쁜 생각

나는 자신에 대해선 다소 염세적이어도 타인을 향한 나쁜 생각은 좀처럼 품지 않는다. 그런데 몇 차례의 위경련을 겪고 또 갑자기 의식을 잃고 쓰러지는 일이 생기면서, 작정하고 나쁜 생각을 하였다. 또한 그 생각이 계획대로 성공하기를 바랐다.

타인과 타인은 의지적으로 노력해야 좋은 관계를 유지할 수 있다. 자신의 자리를 갑의 위치로 아는 사람에겐 어불성설의 논리일 수도 있겠지만. 나는 〈상처를 보여주는 그리스도〉라는 작자 미상의 그림을 한 사람에게 보여주고 싶을 때가 있다. 내 마음이 아프다고 아무리 말하여도 그가 모른 척하니. 그리스도가 의심하는 도마에게 스스로 손을 넣어 자신의 상처를 헤집어가며 보여주었듯, 나도 구멍난 내 마음을 그렇게라도 그에게 보여주고 싶을 때가 있다.

나는 그에게 조금 남아 있는 연민을 이번 겨울에 모조리 없애기로 했다. 그에게 안부 전화를 하지 않고 명절에도 가끔 가지 않았다. 명절음식을 해가지 않거나 해보내지 않을 때도 있다. 그래서 조금만 더 노력하면 이참에 나의 역할을 지우고 그에 대한 연민도 없앨 수 있다.

고야의 〈모래에 묻히는 개〉의 그림에서도 가끔 내 모습을 본다. 몸통이 모래에 다 묻히고 얼굴만 남은 개. 머지않아 얼굴마저 모래 속으로 빠져들고 말. 결혼 후 오랜 시간 내 삶의 한 부분은 그가 쏟아부은 모래에 서서히 묻혔다. 그럼에도 나는 내 아이들에게 그와 똑같은 생각과 행동을 하는 사람이고 싶지 않아, 참고 견뎠다. 지금은 그게 옳은 결정이고 행동이었는지는 잘 모르겠다. 내 몸의 알록달록한 상처가 오히려 아이들에게 독이 되지나 않았을지, 걱정이 된다.

알베르토 자코메티는 사는 동안 여러 죽음과 맞닥뜨려야 했다. 반복되는 죽음을 목격하면서 그는 무력감과 두려움에 휩싸였고 그것은 종내 그에게 트라우마로 자리잡았다. 그런 마음을 그는, 인간을 가늘고 앙상한 상태로 조각하는 것으로 표현했다. 그가 조각한 〈걷는 사람〉을 보면 뼈만 남았다. 그 외의 모든 것은 제거된 채. 살과 감정과 생각과 마음이 철저히 배제된 것처럼 느껴진다.

그런데 철사 같은 몸은 누워 있거나 앉아 있지 않다. 서 있거나 걷고 있다. 그건 그의 안간힘의 또 다른 표현 같다.

간신히 남은 뼈에 힘을 주기 위한 애씀 같고. 위험한 자신을 지탱하려는 마지막 의지 같기도 하고. 나도 그와의 관계에서 그랬던 것 같다. 무너지지 않기 위해 밤마다 뼈를 세우고 아침마다 걸으려 애썼다. 벗어날 수 없는 굴레에서 무너지지 않기 위해. 그러나 이젠 생각이 바뀌었다. 숙명도 반복되는 풍경 앞에선 몸을 바꿀 필요가 있다는 것으로. 서 있고 걷되, 가감하게 방향을 돌릴 필요가 있다.

그가 아프단다. 아무래도 작정하고 한 나쁜 생각은 실패로 끝날 듯하다. 아무렴, 나쁜 생각이 이길 리가 없지. 그러나 그의 나쁜 생각이 계속되는 건 나의 나쁜 생각보다 더 위험하다. 지나간 아픔을 되새김질하지 않고 앞으로 나아가기 위해선, 나는 더 나쁜 생각을 해야 할는지, 아니면 기막힌 좋은 생각을 해내야 할는지. 아무튼 나는 이제 내 존재의 가치를 그에게 맞추지 않을 생각이다. 나는 나 자체로 귀한 사람이니까. 오늘 밤에 첫눈이 온단다. 온 세상이 새하얘지겠지. 처음 태어난 사람처럼 눈을 맞이하고 싶다.

사는 건 그림 같은 것이다. 좋은 생각도 한 편의 그림이고 나쁜 생각도 한 편의 그림이다. 일어서고 걸으려는. 의지 같은 또는 생명 같은.

나의 질서

일어나니 낮 두 시였다. 집안은 조용했다. 어제 점심 이후 식사를 하지 않았는데도 배가 고프지 않았다. 거실로 나와 핸드폰을 충전하고 바깥을 내다보았다. 비는 그쳐 있었지만, 날씨는 흐렸다. 무엇을 해야 할지 아무것도 손에 잡히지 않아 충전기를 놓아둔 테이블 옆에 하염없이 앉아 있었다.

남편이 곁에 와 앉았다. 갑자기 허기가 느껴졌지만, 식욕은 없었다. 침묵해야지 했는데, 오늘 새벽까지 하다가 중단된 이야기를 다시 꺼냈다. 우리 부부의 이야기는 여전히 출구를 찾지 못한 채 도돌이표처럼 제자리로 오곤 했다.

우리는 미로에 갇힌 기분이었다. 남편도 아침과 점심을 먹지 않은 눈치였다. 어버이날을 맞아 아들이 저녁을 사주러 온다는 것도 오지 말라고 했다. 딸과 사위가 그제 사준 카네이션은 활짝 펴 있었다.

남편은 앞으로 4년만 더 일하고 그 다음부턴 여행을 다니며 살자고 했다. 다니다가 마음에 드는 곳이 있으면 한 달 살기도 해보자고 했고, 우리는 다가올 노후를 그 기대감으로 기다리고 있었다. 아이들도 스스로를 책임질 나이가 되었고 직업도 가졌기에 육십대 후반부터 우리만의 삶을 즐기기로 계획하고 있었다.

그러나 갑자기 양가 부모를 간병해야 할 일이 생기면서 남은 우리의 시간이 위험해졌다. 나 못지않게 남편 또한 그 상황이 갑갑하고 힘들긴 마찬가지인가 보았다. 평생 일만 해온 사람이라, 일에서 놓여날 때를 기다리고 있었는데 더 힘든 일이 기다리고 있었다. 노노老老케어를 해야 할 상황이다. 부모를 어떻게 요양원에 보내, 라는 생각이 우리를 이틀째 망연하게 만들었다. 아무리 묘책을 짜봐도 뾰족한 수가 없었다.

우리의 모든 의무를 끝내고 맞을 시간이었는데. 그 귀한 시간을 부모를 케어하는 데에 쓰고 나면 우리에게 무엇이 남겠는가. 우리가 만들어놓은 모든 질서가 깨지는 것처럼 혼란스러웠다. 부모가 아프면 당연히 돌보아야 하지만, 우리가 덜 아프면서 보낼 마지막 시간을 부모를 간병하는 데에 써야 한다고 생각하니, 가슴이 막막하다 못해 슬펐다.

어느새 오후 네 시. 두어 시간 이야기해봐도 아득하긴 마찬가지다. 이런 상황을 알고 있는 딸이 재밌는 드라마를 보라며 전화를 해왔다. 이 와중에 무슨 드라마. 그런데 우린 넷플릭스로 어제 못 본 드라마를 보았다. 한 번도 낮에 그런 적이 없었는데. 아마도 그 드라마가 유쾌한 내용이어서 보지 않았을까 싶다.

몸이든 감정이든 위로가 필요했다. 웃고 싶었다. 현실을 잊고도 싶었고. 그 드라마에선 갖가지 유형의 삶이 나온다. 죽음을 앞둔 사람과 건강이 나아질 가망이 없는 사람과 해결하기 어려운 상황에 처한 사람들이. 그런데 그것들을 코믹하면서도 유연하게 잘 풀어나간다. 마치 나의 현실도 그럴 것 같은 착각을 불러일으킬 정도로. 드라마를 보는 동안 잠시 생각에서 놓여날 수 있었다.

각 나이를 살아오는 동안 어느 한 구간을 간절히 기대한 적은 없다. 아이들을 키우느라 앞만 보며 달려왔다. 주체적으로 자신을 위해 살기로 마음먹은 건 다가올, 그나마 건강한 노년의 시간이 처음이다. 그것은 이 세상에서 생명이 있는 동안의 마지막 여유로움이고 희망이다. 그런 시간이 깨진다고 생각하니 오래 사귄 연인과 이별하는 것처럼 아릿아릿하다.

그간 살아오면서 내가 세워놓은 질서가 깨진 적은 수도 없이 많았다. 오늘같이 어버이날인데도 종일 굶은 것처럼. 생일날에 멋진 파티를 기대하였지만, 밥조차 먹지 못한 상황이 있었던 것처럼. 딸의 돌잔치를 준비해놓았지만, 정작 돌잔치를 치르지 못했던 것처럼. 문집 한 권 분량의 원고가 넘기기 직전 삭제 버튼을 누르는 바람에 모두 날아가버렸던 것처럼. 소소하고 또 크게 깨져버린 상황은 부지기수다.

질서는 본디 깨지라고 있는 것일 수도 있겠지만, 이번 상황은 아무리 생각해도 당혹스럽기만 하다. 딸아이가 보라고 한 드라마는 새드엔딩이다. 다음 회에는 반전이 있을 것이다. 자살 시도를 했던 젊은 남자가 다시 웃음을 되찾은 것처럼.

집안 청소를 하고 따뜻한 점심을 해먹고 도서관에 가서 커피를 마시고 글을 쓰고 돌아오는 길에 산책을 하고 장을 봐와서 저녁을 하고 책을 읽고 스트레칭을 하는, 그런 루틴이 며칠째 깨진 상태다. 앞으로도 이 모든 것들은 시도 때도 없이 깨질 것이다. 아니 어쩌면 아무런 계획을 세우지 못할지도 모른다. 노부모의 건강은 예측할 수 없기에.

그러나 전쟁 상황에서도 꽃이 피어나고 아이들이 태어나듯, 나도 새로운 질서를 만들어야 할 것 같다. 그래야만 내가 하루라도 제대로 살아갈 수 있을 것 같다. 나는 한시라도 빨리 나를 살게 만들어야 한다. 어떤 방법으로든. 오지 말라는 아들은 극구 서울에서 내려오겠단다. 아들이 사주는 저녁을 먹어야 어버이날이 어버이날다워지겠지.

새로운 질서는 어떻게 만들어야 할까. 아들이 도착하기 전까지 생각해야 한다. 화분에 물을 주면서 생각하고 또 생각했다. 날씨가 풀려 거실에 있던 화분을 테라스에 내어놓았더니 한 화분의 잎이 세 장이나 병들어 있었다. 강한 햇빛 때문인 것 같아 보름 전에 다시 거실에 들여놨다. 자세히 보니 잎이 떨어진 자리에 여린 속잎이 올라오고 있었다. 그래, 바로 이거야! 내 마음의 위치를 바꾸는 거야. 그리고 다섯 개든 열 개든 출구를 여기저기 만들어놓는 거야. 언제 어디서건 새싹이 올라올 수 있도록.

무너진 질서를 새로이 만들 결심이 생기고 나서야 식욕이 생겼다. 아들이 사준 보쌈과 메밀국수와 파전과 회무침이 맛있었다. 아들의 얼굴을 바라보았다. 20년 후면 아들도 지금 우리 부부가 처한 상황에 놓이겠지. 저 아이도 오늘의 우리 부부처럼 자신의 일상이 깨지는 것에 두려움을 느낄 테지. 나는 코다리회무침을 오래오래 씹었다.

4부
생의 저점

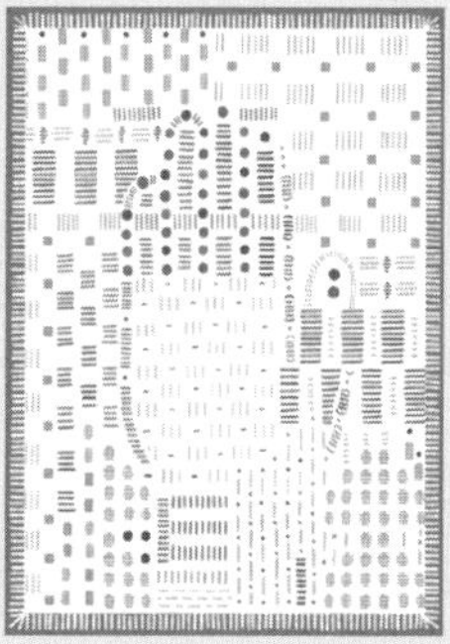

생의 저점

사람들은 언제 날고 싶을까. 왜 날고 싶을까. 나는 지금, 그 어느 때보다 간절히 날고 싶다. 한 사람이 평생 스스로 날아오를 수 있는 시간은 길어야 10년이란다.

요즘 날씨가 참 좋다. 이런 가을날은 일 년에 며칠 안 된다. 하늘은 파랗고 높으며 구름은 잘 핀 목화솜 같다. 바람은 알맞은 온도로 불어오고 볕은 기분 좋을 만큼 따끔하다. 날씨가 아까워 시간만 나면 도시 밖으로 나간다. 대도시에 살 땐 코스모스를 보기 어려웠다. 원주로 이사 온 후로부턴 가을에 야외로 나가면 어디서든 코스모스를 볼 수 있다.

아이들이 어렸을 때 파란 풍선을 불어 하늘 높이 날린 적이 있다. 풍선은 바람을 타고 언덕을 넘어 보이지 않는 곳으로 날아갔다. 어디까지 날아갔을까. 새파란 가을하늘을 보노라면 문득문득 내가 날려보낸 풍선 생각이 난다. 하늘빛이 마치 풍선이 터지면서 쏟아놓은, 파란 물 같아서. 내가 날려 보낸 풍선은 따가운 햇볕이나 사나운 바람이나 날카로운 나뭇가지, 그도 아니면 날고 날다가 삭아서 터졌을 것이다.

사람은 한평생 몇 번이나 날아오를 수 있을까. 그때는 언제이고 또 난 채로 얼마나 멀리까지 가서 무엇을 볼 수 있을까. 내가 가장 높이 날아오른 때는 등단 파티가 있던 날이다. 그날도 햇살은 손으로 만져보고 싶을 만큼이나 투명하고 눈부셨다. 많은 문우들이 나를 축하해주었고 하루를 온통 나와 함께해주었다. 그 장면은 지금 생각해도 마음이 두둥실해진다.

그리고 신부엄마가 되었던 날도 좋았고, 다리를 건너 미술관에 갔던 날들도 좋았다. 가마 타고 오는 작은엄마를 기다렸던 정오 무렵도 설렜고, 교생선생님을 짝사랑했던 때도 풍선을 탄 것처럼 울렁거렸다.

인생에서 생명력이 가장 낮은 지점에 이르면 누구든 웅크리게 된다. 뭉크가 그린 니체의 초상화를 보면 그가 그린 〈절규〉가 절로 연상된다. 둘은 생전에 서로 만난 적도 없는데 뭉크는 왜 그런 풍으로 니체의 초상화를 그렸을까. 두 사람 모두 어린 시절부터 가족의 죽음을 봐오며 자랐다는 것에, 뭉크가 자신도 모르게 니체의 영혼에 공명해서일까. 그들의 의식과 무의식에는 죽음에 대한 공포가 늘 따라다녔을 테고, 어떤 형식으로든 그것을 발현해야 했을 것이다. 니체는 그것을 철학으로 뭉크는 그림으로 표현하였을 것이다.

뭉크는 자신과 니체의 생의 저점을 비슷한 색감으로 표현하여 서로의 영혼을 위로하고 싶었는지도 모르겠다. 그러는 한편, 오랜 시간 아주 낮게 움츠려야 했던 그들은 무척이나 날아오르고 싶었을 것이다. 그래서 니체는 어느 날 염세주의자를 그만두는 것으로, 뭉크는 강렬한 색감으로 그림을 그리는 걸로, 날아오르려는 몸짓을 대신했을는지도 모르겠다.

아이들과 풍선을 불어 날렸을 때가 내 나이 마흔 언저리였다. 그 무렵 나는 또 한번 인생의 저점을 지나는 중이었다. 다시 날아오르는 것 말곤 어떤 특효약도 듣지 않을 시기였다. 그래서 글을 쓰기 시작했다. 그 덕분에 등단의 기쁨을 안고 높이 날아오를 수 있었다. 그때 나는 최대한 숨을 많이 불어넣어 풍선을 크게 만들었다. 그 숨에는 세상에서 내가 최고로 여겨진 순간의 기쁨과 나이를 먹어도 달라지지 않는 슬픔과 조금씩 모습을 바꾸는 고뇌와 점점 가까이에서 찾는 행복과 가장 좋은 나이에 깨져버린 꿈과 첫아기를 만졌을 때의 몽글거림과 오래 함묵했던 비밀과 일몰처럼 사라지기를 바란 절망과 시월 오후 두 시의 빛 같은 따스함이 들어 있었을 것이다. 그것들이 하나로 섞여 날다가, 어느 순간 터지면서 하늘을 파랗게 물들였을 테고. 또한 그것이 때로는 멍으로, 때로는 기쁨으로 퍼져 지금까지 가을이면 파란 색으로 나에게 다가오는 것일 테고.

며칠 전, 전원주택에 사는 친구가 봄부터 여름 내내 키운 꽃들을 가위로 쑥덕쑥덕 잘라 나에게 주었다. 백일홍, 바늘꽃, 색이 각기 다른 달리아, 국화…. 나는 꽃이 잘리는 게 안쓰러워 그냥 두고 보라며 말렸지만, 친구는 꽃은 예쁠 때 보아야 한다며 극구 한 다발을 내게 안겼다. 친구는 내가 지금, 또 한번 생의 저점을 지나는 중이라는 걸 알고 있었다. 친구의 마음씀씀이에 가을이 통째 내게로 온 것 같았다.

가을은 그런 풍경이고 마음인 것 같다. 누구든 풍선을 타고 날고 싶은. 키 큰 코스모스처럼 하늘거리고 백일홍처럼 붉고 하늘처럼 파랗고 국화처럼 소박하고 구름처럼 보드라운. 마음이 바닥에 가라앉은 사람이 있다면, 가을하늘에 빨간 풍선 하나 날려보라고 말하고 싶다. 그리고 그 풍선 위에 올라타 같이 높이높이 날아오르라고도. 나도 거기에 함께 하겠다고.

올리브나무에 대한 이해

오후 한 시, 한지공원 사거리 길모퉁이 카페에 와 있다. 창가에 자리잡은 나에게 갑자기 어마한 경관이 객관적인 풍경으로 펼쳐진다. 달리는 차들과 멈춰선 차들. 인도를 걷는 사람들과 건널목을 건너거나 건너려고 기다리는 사람들. 빨간 신호와 푸른 신호. 좌회전, 우회전, 직진, 정지. 모든 것들이 일사분란하게 지켜지고 있다.

하늘의 먹구름만 자유롭게 움직인다. 구름에 갇힌 해는 어디에 숨었는지 가늠조차 되지 않는다. 바로 길 건너 베트남커피를 파는 카페는 남편과 6년째 즐겨 찾는 곳이지만, 오늘은 새로 오픈한 곳에 혼자 들어와 사거리의 풍광과 마주하고 있다. 내가 앉은 테이블 옆에는 천장에 닿을 듯한 올리브나무와 야자수를 심은 화분이 나란히 놓여 있다.

작은 책방에서 주최하는 지역 시인의 시낭독회에 가는 길에 시간이 일러 카페에 들렀다. 전혀 모르는 시인이다. 따뜻한 카페라테를 시켰는데 아메리카노가 나왔다. 2월 중순, 밖에는 바람이 거세고 날씨는 희끄무레하다. 카페 안은 감쪽같이 평온하고 따뜻하다. 꼭 숨바꼭질하고 있는 것 같다. 밖은 고요한데 안은 시끄러운 나와.

어제와 그제 1박 2일로 묵호항에 다녀왔다. 남편과 함께. 내가 강행한 여행이었다. 남편의 침잠이 생각보다 깊었기 때문이다. 오래 전부터 묵호항에 가보고 싶었지만, 여태 가보지 못했다. TV에서 묵호항에 위치한 언덕 위의 예쁜 산동네를 보여줄 때마다 그곳에 가보고 싶었다. 바람의 언덕길을 천천히 걸어보고 싶었다. 거기에 가면 지친 마음이 위로받을 것 같은, 막연한 기대감이 있었다. 그걸 남편에게 선물하고 싶었다.

좁고 가파른 언덕길을 오르다보니 이름에 걸맞게 바람이 많았다. 담벼락에는 시가 쓰여 있었고 그림도 걸려 있었다. 우리 인생의 축소판을 보는 듯했다. 내가 지금껏 걸어온 길에도 시가 있고 그림이 있고 음악이 있고 바람이 있고 오르막이 있었다.

골목마다 만나는 소박한 집들은 각기 다양한 얼굴을 하고 있었다. 나는 집들이 품고 있는 이야기가 궁금하여 집집마다 멈춰 섰다. 기와와 담장과 꽃밭과 녹슨 대문과 작은 마당을 하나하나 눈여겨보았다. 집과 어울릴 주인들도 상상해보며. 거칠고 차가운 바람 속에서도 땅 위엔 간혹 파릇한 생명들이 고개를 내밀고 있었다. 고것들이 곧 봄을 불러올릴 것 같아 반가웠다.

언덕 위에서 바라본 동해바다는 무서웠다. 해변 없이 바로 시퍼렇게 넘실거리는 바다는 보호막 없이 낭떠러지에서 있었던 젊은 날의 나를 보는 것 같았다. 망망한 바다가 두려워 전망대에서 멀찌감치 떨어져 바라보았다. 난간 끝에서 바다를 잠연히 바라보는 남편의 옷자락을 잡아 안전한 곳으로 데려왔다. 검푸른 바다는 수평선과 가까울수록 회색 하늘과 같은 빛깔을 띠었다.

수평선 너머가 궁금하지 않았다. 늘 끝 너머를 궁금해한 나였는데. 참으로 이상한 일이었다. 서해바다에선 그렇지 않았는데. 먹빛으로 출렁이는 물빛 때문일까, 아니면 해변이 없어서일까. 무한대로 펼쳐진 시커먼 바다가 그 너머의 풍경을 삼켜버린 것 같아 눈길을 거두어버렸다.

묵호가 한눈에 보이는 전망대 카페에 앉아 작은 배들이 하나둘 항구로 들어오는 걸 지켜보았다. 나도 모르게 안심이 되었다. 멀리 망망대해에서 나비의 날개처럼 언뜻언뜻 보이던 배들이 점점 항구에 가까워질수록 선장과 선원의 안전한 귀환이 고마웠다. 그리고 그들 가족들의 마음도 생각나 나도 모르게 안도의 숨이 쉬어졌다. 문득 곁에 있는 남편이 고맙고 미안했다. 망망한 곳에 수없이 혼자 서 있었을 그가.

늘 긍정적인 남편이 이번 겨우내 힘들어했다. 예순다섯이라는 나이가 주는 고단함이 그럴 만도 할 것이다. 생업을 놓아야 하나 더 붙잡고 있어야 하나, 그 갈등이 그를 옥죄고 있었을 것이다. 연로하신 양가 부모와 아직 자리잡지 못한 자식들을 생각하면 쉬이 결정이 내려질 것 같지 않았다. 그래서인지 그의 마음이 바닥 모르게 가라앉고 있다는 느낌이 들었다.

그가 그런 건 처음이다. 언제나 나무처럼 묵묵하게 서 있던 사람이었는데. 사나운 파랑을 바라보는 내내 그의 마음이 저렇게 떠 있거나 일렁이었을 것 같아 안쓰러웠다. 가장의 짐이 얼마나 무거웠을지, 배 안에 있을 선장의 모습과도 오버랩되었다. 무사히 돌아온 작은 배처럼, 그도 여행에서 돌아왔을 땐 조금이나마 평안해졌길 바랐다.

전망대에서 항구로 내려오는 내리막길에서, 동해바다는 가급적 멀리서 보아야겠다는 생각을 했다. 바다에 대한 낭만을 느낄 수 있는, 고운 모래사장만큼의 안전한 거리나 해변이 그곳에는 없었기 때문이다.

사거리에서 멈추고 질주하는 차들과 멈추고 걷는 사람들처럼, 우리의 삶도 멈추고 나아가는 때가 있다. 때로는 뒤로 몇 걸음 물러서야 할 순간도 있고. 묵호항에 있는 수산시장에 들렀을 때 활기찬 장터의 풍경을 보는 순간, 스무 살의 내가 생각났다. 나는 그때 시간만 나면 남대문시장과 광장시장을 찾았다. 시장이 주는 활기가 필요한 날이 많았기 때문이다. 남편도 그때의 나처럼 시장이 주는 생기를 받아와 일상을 회복했으면 좋겠다. 남편이 좋아하는 아바이순대와 말린 양미리도 사왔다.

오늘 만날 시인이 궁금하다. 그의 시집에 따뜻한 계절이 들어 있었으면 좋겠다. 다시 갖다준 라테가 맛있다. 야자수와 올리브나무 옆에 붉은 꽃망울을 매단, 작은 동백나무 화분이 놓여 있다. 그런데 야자수와 올리브나무가 전혀 이국적으로 느껴지지 않는다. 올리브나무가 왜 이곳에 있는지 깊이 생각하거나 설명이 필요치 않다. 우리 또한 어디에라도 놓일 수 있기에.

불안을 편애하다

살면서 편애만큼 해서는 안 되는 일도 드물 것이다. 편애는 하는 쪽이나 받는 쪽에선 별 문제가 되지 않을 수도 있겠지만, 당하는 쪽에선 크나큰 상처를 입을 수 있다. 그런 상황에 처하게 되면 누구든 아연해질 것이다.

평생 사람을 편애하지 않고 살긴 어렵겠지만, 그 행위를 노골적으로 할 경우엔 간접살인에 이르는 불행을 초래할 수도 있다. 지독한 편애에 시달려본 사람으로서, 나는 사람을 편애하지 않으려 애쓴다.

나는 차분하면서도 속 깊은 사람을 좋아한다. 그런 사람은 다른 사람들도 좋아할 테지만. 목소리가 크거나 수다스럽거나 들뜬 사람은 좋아하지 않는다. 반대로 너무 작은 목소리로 말하거나 감추는 게 많은 사람도 좋아하지 않는다. 상대의 말에는 귀 기울이지 않고 자신의 말만 하는 사람은 더욱이. 앞이 당당하고 뒤가 너그러운 사람이 좋다. 그렇다고 하여 그런 내 마음을 그 누구에게도 내색한 적은 없다. 그러는 데엔 악의는 없다. 사람들 앞에서 누군가를 편애하는 것만큼 비겁하고 불편한 일도 없기 때문이다.

하고많은 꽃 중엔 소국을 좋아한다. 그것도 들에서 핀.

화려한 꽃은 요란한 치장을 한 사람 같아 선호하지 않는다. 누군가가 나에게 탐스런 꽃을 선물할 때면 내 속에선 무덤덤한 호르몬이 나온다. 자기 땅에서 자기 성정대로 핀, 작은 꽃들을 좋아하기 때문이다. 이건 내가 좋아하는 사람의 유형과도 닮았다. 자연스럽고 소박한.

내가 그런 사람과 꽃을 좋아하는 것은 나도 그런 사람이고 싶어서이다. 나는 가끔 주변 사람들에게 '이 사람 참 진국이야'라는 평을 듣는다. 그 말이 고마우면서도 내가 답답하거나 미련해 보이는 건 아닐까 싶어 민첩하고 지혜롭게 행동하려 애를 쓴다. 그러나 그건 오래가지 못한다. 타고난 성정이 아닌 모양이다. 스스로 진국이 되었든 상황에 의해 그리 되었든, 그 말 속에는 많은 것들이 농축되어 있다. 성분 중 가장 많은 부분을 차지하는 건 불안이다.

불안은 평소 내가 가장 많이 느끼는 감정이다. 이것은 태생적이기보다는 환경적 요인이 크다. 어느 날 느닷없이 평화가 깨졌고 안정감이 사라졌고 누군가가 죽었다. 그러는 과정에서 저절로 생긴 감정이다. 평온하고 안정된 상황을 되찾기 위해 애쓴 것들이 고이고 고여 타인들에겐 진국으로 느껴졌을지도 모르겠다.

감정을 좀처럼 밖으로 표출하지 않아서인지는 몰라도 내겐 한쪽으로 치우치는 행동과 마음이 있다. 김치를 담그는 일이 그 중 하나다. 몇 년 전까지만 해도 나는 김치로 담글 수 있는 웬만한 건 다 김치로 만들었다.

결혼 후 김장김치를 얻어먹을 데가 없어 시작한 후론 제철에 나오는 재료들로 담갔다. 밤이든 낮이든 시간에 구애받지 않았고 또 좋은 재료를 보면 지나치지 못했다. 마음이 불편한 날은 일부러 담그기도 했다. 담근 후 이삼 일이면 맛있게 익은 김치를 먹을 수 있어 곧바로 성취감을 느낄 수 있다. 그러나 그 행위의 밑바닥엔 불안이 숨어 있다. 나도 모르게 몸을 많이 움직여 그런 상태에서 벗어나려는, 동물적 본능이 작동하고 있었던 것이다.

초여름의 해가 막 진, 그 무렵의 시간을 좋아하는 것도 같은 맥락이다. 덥지 않으면서 하루의 일과가 끝나 느슨한, 그 시간의 여유롭고 차분한 공기를 좋아한다. 그 시간이 나에게 처음 인지된 건 스무 살 때다. 대학에 자퇴서조차 내지 못하고 학업을 중단하고 고향에 내려갔을 때, 나는 가족들의 생계를 위해 관광식당에서 일했다. 내 업무는 카운터에서 일하는 거였지만, 단체손님을 받는 곳이라 카운터에 서 있을 일이 별로 없었다. 한꺼번에 이삼백 명씩 들이닥치는 관광객을 받기 위해선 홀 청소와 테이블 세팅은 물론이고 주방에 들어가 음식 만드는 것도 도와야 했다. 손님들이 돌아가면 잔반처리와 빈 그릇을 나르고 설거지까지 해야 했고.

그러던 어느 하루, 모처럼 저녁 손님이 없었다. 느긋한 마음으로 밖을 내다보았다. 어스름이 몰려오기 직전의 시간이 그렇게 평온하고 고요할 수가 없었다. 마치 평화의 나라가 나에게 찾아온 느낌이었다. 해는 졌지만 어둡지는 않은, 그런 시간이었다. 어떤 물체도 명암이 느껴지지 않았고 그림자도 만들어지지 않아 세상이 한 가지 톤으로 느껴졌다. 그 모습은 내 안에 요동치는 앞날에 대한 불안을 잠시 희석시켜주었다. 스무 살의 좌절은 어스름 빛깔 그 자체였다. 조금도 희망적인 색채가 스며져 있지 않은. 그래서일까, 그게 위로가 되었다.

또 하나 편애하는 것이 있다. 연민이다. 이 부문은 내 의지로도 컨트롤이 안 되는 감정이다. 편애라기보다는 본성에 가까운 감정이다. 생명을 가진 것들이 아프거나 불편한 것을 보게 되면 나는 그것들을 곧바로 나의 통증으로 느낀다. 이것의 근원 또한 불안이다.

서른 중반쯤에 상담공부를 한 적이 있다. 유난히 사람들이 내게 고민을 많이 털어놓아 봉사할 생각으로 시작한 공부였다. 서너 달쯤 되었을 때 교수님이 나를 불렀다. 나는 상담을 하기에 적절하지 않은 마음을 지녔다며, 공부를 그만하는 게 좋겠다고 하였다. 타인의 고통에 일일이 반응하여 그것을 자신의 아픔으로 느끼는 사람은 상담가로 알맞지 않다는 것이 그 이유였다. 타인의 고통에 민감한 건 그만큼 내 안에 불안이 많아서이다. 여유 있게 그들을 품을 완충지대가 없어 곧바로 나의 아픔으로 수용하고 말아서이다.

결혼 후 지금까지 주말과 공휴일엔 남편과 밖으로 나간다. 맛있는 점심을 사먹고 커피 맛이 좋은 카페로 이동한다. 카페에서 두세 시간을 보내다가 집으로 돌아온다. 그 시간은 나에게 숨 같은 시간이다. 다음 한 주를 살아갈 에너지를 얻어서 오기 때문이다.

남편과 집안 일이나 세간의 화두로 떠오른 것들에 대해 이야기하고 그때그때의 정치적 이슈에 대해서도 토론한다. 한두 시간은 같이 보내다가 나머지 시간은 각자 하고 싶은 걸 한다. 책을 읽거나 글을 쓰거나 영화를 보거나. 풍광이 좋은 공간에서 그런 시간을 보내다보면 팍팍한 현실에서 한 발 빠져나와 있는 것처럼 말랑하고 여유로워진다. 조금의 비용으로 매주 그런 시간을 보내고 있다. 일주일간 마음에 품었던 불편한 감정이나 걱정을 꺼내 최대한 해결하거나 해결 방안을 찾아서 집으로 돌아오면 마음이 한결 편안해진다. 그만큼의 불안이 내게서 빠져나간 까닭이다.

그리고 스스로에게 세뇌시키는 단어가 있다. 장수長壽다. 이것은 평생의 소망이고 주문이기도 하다. 거의 강박적으로 간구하는 수준이다. 나의 장수를 바라는 게 아니다. 오로지 가족의 장수를 바라는 것이다. 그 누구의 죽음도 보고 싶지 않아서이다. 어리고 젊은 나이에 가까운 이의 죽음을 몇 번이나 겪었다. 그러다보니 남겨진 사람들이 겪는 부재의 고통과 슬픔을 자주, 그리고 오래 보아왔다. 이 영역은 내가 가진 불안 중 가장 큰 비중을 차지한다. 어쩌면 나의 대부분의 불안이 여기에서 비롯되었는지도 모르겠다.

또 바라는 건 평화다. 나는 누구하고든 어떤 상황이든 불화한 상태를 몹시 힘들어한다. 그래서 마음의 평화와 몸의 평화와 관계의 평화를 바란다. 그 중에서도 관계의 평화를 간절히 바란다. 그것은 나 혼자만으로는 불가능한 것이기에 쉽지 않은 부문이다. 마음과 몸과 관계가 모두 조화로운 상태에 이르기란 쉽진 않지만, 늘 그 상태를 갈망한다.

편애 중에 가장 편애하는 건 나 자신이다. 때론 가장 편애하지 않는 것도 나 자신이다. 그래서 나를 무작정 방치할 때가 있다. 그 방치 속에는 불안이 가득하다. 불안 속에 또 불안이 들어 있을 때가 많다. 두 겹의 불안은 종종 평정심을 잃게 한다. 그 증상들은 대체로 나와 가족의 생사가 달린 경우에 나타난다. 그 고통을 극복한 후 찾은 일상은, 그만큼 깊고 평화로워진다. 그럴 때 남들은 나에게 '진국' 같다고 말하는 것 같다.

어쩌면 나는 역설적으로 지독한 불안을 편애하고 있는지도 모르겠다. 그것이 나를 지탱하고 긴장케 하고 살아가게 하는 힘인 걸 보면. 생명을 가진 모든 존재는 근원적인 불안감을 안고 살 수밖에 없다. 나는 다만 남들보다 조금 더 불안한 상태일 뿐이다. 어쩌겠는가. 나를 점거하고 있는 성분이 그러한 걸.

여기는 목요일

나는 지금 낯선 카페에 들어와 있다. 다분히 즉흥적인 행동이다. 지나가며 들여다본 가게의 의자가 눈에 들어와서이다. 노란 색 보라색 빨간 색 파란 색 주황색 초록색 검정색 흰 색 크림색…. 각각의 원색 의자에 마음을 빼앗겼다.

나는 본래 원색을 선호하지 않는다. 내 옷장의 옷은 대부분 무채색이다. 신발도 스카프도 비슷한 컬러다. 선명한 것들에 대한 거부감을 태생적으로 가진 사람인 양. 어떤 물건을 사든 톤이 낮고 색이 드러나지 않은 것들을 고른다. 성격이 성향을 만들어놓았지 싶다. 하나의 옷에 여러 색이 섞이는 것도 좋아하지 않는다. 그래서 대부분의 옷 또한 단색이다.

묻히고 싶은 모양이다. 있는지 없는지. 나는 내 존재가 어디서건 확연히 드러나는 것을 원하지 않는다. 물처럼 어딘가에 스미길 바란다. 카키색 옷을 사기 시작하면 카키색 가방과 신발과 스카프를 살 정도다. 한 가지 색에 묻히고 싶은 것도 그런 성향의 일종일 것이다.

남편은 내가 늘 같은 옷을 사는 줄 안다. 언뜻 보기엔 비슷해 보이겠지만, 미세하게 모두 다른 옷이다. 옷감이 다르고 디자인이 다르고 계절에 따라 기능성에 따라 채도에 따라 모두 다르다. 한 색이더라도 얼마든지 다를 수 있다.

나는 요일로 치면 목요일 같은 사람이다. 일요일에 쉬었다가 출근해야 하는 월요병이 있는 월요일도 아니고 월요병이 사라지기 시작하는 화요일도 아니고 일주일의 반이 지나가 마음이 한층 홀가분한 수요일도 아니고 마지막 근무날인 즐거운 금요일도 아니다. 그냥 목요일. 그러니까 누구에게도 특별한 의미가 부여되지 않는, 그런 날 같다.

나는 왜 묻히고 싶을까. 둘째로 태어난 까닭일까. 한 살 위인 오빠는 맏이고 아들이라 모든 농사일과 집안 일에서 제외되었다. 다섯 살인 내가 눈치가 생기고 말귀를 알아듣고 일손을 거들 수 있게 되면서 나는 집안에서 요조조모 쓰였다. 여동생은 언니인 내가 있다는 이유로 자유로웠고 막내인 남동생은 어리다는 이유로 또 예외가 적용되었다. 어디까지나 나의 관점에서 바라본 생각이지만.

나는 매번 부모의 기대에 부응했다. 하나를 시키면 둘을 찾아했다. 그러면 부모에게 칭찬받을 수 있었다. 오빠와 막내와 여동생은 아무것도 하지 않아도 칭찬받을 수 있었지만, 나는 무언가를 빛나게 해야만 칭찬받을 수 있는 위치였다. 칭찬은 나를 존재케 하는 힘이었기에 스스로 내 행동을 강화시켰다. 책임감과 의무감까지 덧씌워가며.

집안 일의 대부분을 내가 했다. 엄마는 새벽에 나를 깨워

놓고 일하러 갔다가 캄캄해서야 돌아왔다. 밥을 하고 빨래를 하고 청소를 하고 소를 먹이고 소꼴을 베고 쇠죽을 끓이고 물을 길어놓고 마당을 쓸고 막내를 업어주고, 친구랑 산에 가서 나무도 하고, 그러고도 시간이 나면 밭일과 논일도 거들었다.

내가 나를 유지하고 만들어나간 나날이었다. 내가 나를 키우고 내가 나를 자라게 하고 내가 나를 극복하고 이기게 한 날들이기도 했다. 그 당시 나 같은 시골아이들이 더러 있긴 했지만, 나만큼 애쓰며 산 아이도 드물 것이다. 나는 있으면 표가 나지 않지만, 없으면 표가 나는 그런 사람이었다. 내 옷장의 무채색의 옷들처럼.

오늘은 목요일. 나는 나를 힐링시켜주러 밖으로 나왔다. 길 양쪽에 끝없이 피어 있는 벚꽃은 나를 이계異界에 데려다 놓은 것 같은 착각을 불러일으키게 했다. 햇살은 아른아른 눈이 부셨다. 커피가 맛있는 카페로 가던 길이었다. 거기서 시를 읽고 싶었다. 그런데 원색의 의자에 마음을 빼앗겨 엉뚱한 곳에 들어와 앉아 있다. 카페 안은 원색의 실타래로 장식을 해놓았다. 카페지기의 감성이 컬러플한 것을 좋아하나보다.

집으로 돌아오는 길에 옷가게에 들러 노란 양말을 샀다. 순전히 색깔 때문에. 노란 양말과 맞는 신발이나 옷이 없기 때문에 누군가에게 선물해야 할 것 같다. 아니면 이참에 양말 하나로 무채색의 세계를 깨뜨려보든가.

저녁밥도 왕돈가스로 포장해갈 생각이다. 여유를 부리는 김에 하루를 온통 나에게 선물하고 싶다. 매일 남편의 점심을 준비해야 한다. 일터가 집 근처라서 집에 와서 점심을 먹는다. 정말로 점심밥이 짓고 싶지 않을 때가 많다. 그러나 귀찮음을 이기고 한 밥 덕분에 나도 매일 따뜻한 점심을 먹는다.

오늘은 오롯이 나를 위한 날이다. 큰일 하나를 무사히 끝내고 찾은 오랜만의 여유다. 싱크대 앞에 서고 싶지 않다. 설거지는 더더욱. 달콤하고 부드러운 조각 케이크로 하루를 마무리하고 싶다. 내가 나를 온전히 대접하는 날은 그리 많지 않기에. 완벽한 목요일이다. 밤에 좋은 꿈만 꾼다면 더 없이.

골목 끝 장미꽃

한때 내가 품은 소망은 크게 세 가지였다. 하나는 경건한 결혼식을 올리는 것이고 또 하나는 엄마가 되는 것이고 마지막 하나는 선생님이 되는 거였다. 그러나 내 결혼식은 아수라장이 되었고 벽에 걸 만한 사진 한 장 남기지 못했다.

두 번째 꿈 또한 펴보지도 못하고 무너졌다. 나는 결혼 적령기가 되기 전부터 좋은 엄마가 되고 싶은 마음을 품어왔다. 어떤 아이가 태어나 나를 '엄마'라 부를지, 수없이 상상해보았다. 아이가 태어나는 순간 세상을 다 얻은 것 같은 행복감을 맛볼 거라 기대했다. 그러나 아이는 태어나자마자 열이 오르며 아팠고 밤낮까지 바뀌어 나를 만성피로와 수면부족 상태로 만들었다. 게다가 직장을 그만두어 고립감까지 더해져 산후우울증에 시달려야 했다.

그 무렵 내 소원은 첫째도 잠이고 둘째도 잠을 자는 거였다. 서너 시간 내리 자는, 숙면을 취하고 싶었다. 밤낮 없이 두 시간마다 우유를 먹어야 하는 아이 때문에 그럴 수가 없었다. 밤에 남편과 번갈아보는 것에도 한계가 있었다. 그도 출근하려면 잠을 자야 하기에.

내가 수없이 상상했던 엄마의 모습은 없었다. 결혼과 동시에 낯선 지방에 가 살게 된 데에다 아이까지 태어나 장거리 외출은 엄두도 못 낼 상황이었다. 그땐 우리 집엔 차도 없었다. 나는 온몸이 묶인 것 같았다. 사람과의 만남에서 에너지를 얻는 나로서는 직장이나 친구나 지인들과의 단절은 나를 늦가을 풀처럼 시들어가게 하였다. 그래서 아이들이 어린 날들은 기쁘기보다 팍팍했다.

살면서 가장 오랜 시간 꿈꾼 건 선생님이 되는 거였다. 교단에 설 날을 수천 번도 더 손꼽으며 기다렸다. 그러나 부임한 지 일주일도 안 되어 나의 환상은 와장창 깨졌다. 나보다 두 살 적은 고2 남학생 때문에. 그는 수업시간에 밤을 치고 사과를 깨물어먹고 심지어 도시락까지 달그락거리며 먹었다. 두 다리를 책상 위에 올려놓고 몸을 흔들거리며 수업하고 있는 나를 불량스럽게 쳐다보았다. 다른 여선생님의 시간엔 의자까지 집어던지는 일도 서슴지 않았다.

나는 그 학생과의 전쟁을 반 아이들 앞에서 선포했다. 교사로서의 자존감을 지키고 학생도 학생답게 만들어야겠다는 오기가 발동했다. 그 당시엔 그걸 사명감이라 생각하였다. 초등학교 1학년 때부터 꿈꿔왔던 국어선생님의 자리에 당당하게 서고 다른 학생들도 제대로 가르치려면 그 과정을 거치고 넘어가야 했다. 오랜 전쟁 끝에 마침내 내가 이겼다. 그 학생이 학생다워지기까지 전쟁은 험난하고 길었다. 대신 교사라는 직업에 대한 환멸감이 자부심으로 어느 정도 바뀌긴 했지만.

환상과 환장 사이의 거리가 멀수록 낙폭의 충격은 크다. 환상을 품었다는 건 그 당시의 상황이 녹록지 않았거나 미래에 대한 기대치가 높았기 때문이다. 그것이 무너지는 것 또한 현실이 만만치 않아 기대감이 절망으로 바뀐 탓일 테고. 현실에 상상을 가미하고 꿈을 키워갈수록 그 반대의 상황에 처하게 되면 비참함은 이루 말할 수 없게 된다.

요즘 청첩장과 부고가 들어오는 빈도가 비슷하다. 모바일로 받은 청첩장을 클릭하여 신랑 신부의 모습을 유심히 들여다본다. 그들에게서 완벽한 행복감이 느껴진다. 내가 신이라면 그들의 사랑스러운 모습을 오래 지켜주고 싶다. 연이어 도착한 동창 어머니의 부고. 94세란다. 아흔넷을 살다 가신, 얼굴도 모르는 그 분의 모습을 상상해본다. 그는 아흔네 번의 봄을 보내고 그만큼의 겨울 또한 보냈을 것이다. 그 계절 사이엔 수많은 일들이 있었을 테고.

딸아이의 혼수 준비를 하며 놀란 게 있다. 아이는 나처럼 막연한 꿈을 꾸고 있지 않았다. 환장할 일이 언제고 일어날 테니 큰 환상은 품지 않길 바랐지만, 그렇다고 너무 현실적이지 않은가. 인생이란 게 꿈과 사랑만으로 덤벼들어도 곤란하지만, 낭만이 적은 아이의 현실이 안타깝기도 했다. 환상과 환장은 손바닥의 앞뒤 같다. 언제고 뒤집힐 수 있는. 꿈은 꾸는 자체만으로도 행복감을 주고 퍽퍽한 현실에 천창 하나 달아준 것처럼 트이는 일이다. 미리 살아보기라도 한 것처럼 많은 것을 알고 있는 아이를 보니 여러 생각이 든다.

나는 여전히 리마인드 웨딩을 꿈꾼다. 스물일곱의 신부는 아니더라도 웨딩드레스를 입은, 제대로 된 사진 한 장이 갖고 싶어서. 결혼 후 5년이 되던 해에 할 예정이었지만, 여태 하지 못했다. 그게 삶이다. 삶이란 그랬다. 가을이면 색색의 소국을 사서 집안에 들여놓고 싶었지만, 한 가지 색깔의 것도 사지 못한 채 넘어간 해가 많았듯. 환상과 환장 사이를 오가느라 좀처럼 여유를 가질 수 없었다. 그럼에도 '아내'와 '엄마'와 '선생님'으로 불린 건 환상과 기대와 꿈의 산물이고, 지금 행복하게 살고 있는 것도 그 덕분이다. 비록 많은 대가를 치르고 얻은 것들이긴 하지만. 꽃샘추위가 아무리 유난스러워도 5월이면 담장마다 덩굴장미꽃이 지천이다.

시인 안희연은 「고트호브에서 온 편지」라는 시에서 '장미를 이해하기 위해 우리에겐 얼마나 많은 담장이 필요한 걸까요'라고 표현했다. 담장마다 핀 장미가 모두 다를 것이기에 아무리 많은 담장을 만날지라도 각 장미들을 이해한다는 것은 환상에 불과하다. 그럼에도 담장 근처를 지나가는 사람들은 붉은 장미의 유혹에 빠져들 테지.

네모의 비밀

한동안 소식이 뜸하던 친구가 전화를 해왔다. 그간 힘든 일이 있었단다. 친구는 두어 시간 자신의 어려웠던 속내를 눈물을 섞어가며 털어놓았다. 나는 친구의 이야기를 들으며 백지에 별을 그렸다. 별은 수백 개가 넘었다. 다른 사람들이 힘들다며 전화를 해올 때에도 나는 별을 그린다. 종이가 새까맣도록 빼곡히.

별을 그리는 데엔 두 가지 이유가 있다. 첫째는 묵묵히 상대방의 이야기를 경청하기 위함이다. 고통스럽다며 전화를 걸어온 사람들 대부분은 어떤 해결책을 바라는 게 아니다. 아프고 속상한 마음을 이야기하여 위로받고 싶은 것이다. 그들의 마음을 깊이 위로해주기 위해선 집중해서 들어야 한다. 물론 더러는 해결방안이 듣고 싶어 전화하는 이들도 있다. 별을 그릴수록 나는 그들의 이야기에 깊숙이 빠져들기 때문에 이야기가 끝날 때까지 그런 행위를 반복하는 것이다.

두 번째 이유는 그 별들을 그들에게 주고 싶어서이다. 캄캄한 마음에 빛을 비춰주고 싶은 마음이 간절하다. 그리고 내가 그린 그 많은 별은, 그만큼이나 그들을 걱정하고 있다는, 내 마음의 표현이기도 하다.

별을 그리기 시작한 건 오래 전 나의 특별한 경험 때문이다. 나는 한동안 우울증을 앓았다. 세상의 모든 것이 부정적으로 보였고, 세상을 돌리는 시계침조차도 나와는 반대로 움직이는 것 같았다. 그리고 만사가 공허하게 느껴져 아무것도 할 수 없었다. 그때 유일하게 떠오른 단어가 '죽음'이었다. 그것만이 유일한 희망이고 대안이었다.

더 이상 버틸 수 없는 한계상황이 왔을 무렵, 상담전문가를 찾아갔다. 그분에게 죽고 싶은 이유와 가족이 마음에 걸려 실행에 옮기지 못하고 있는 상황까지 털어놓았다. 그분은 두어 시간 내 이야기를 잠자코 듣더니 백지에 커다란 네모 하나를 그려주었다. 그러고는 자신이 그려준 네모의 의미가 이해되는 날, 다시 찾아오라고 했다. 죽는 얘긴 그때 하자며.

명쾌한 해답을 기대하고 간 나에게 그는 엉뚱하게도 네모 하나 달랑 그려주었다. 그 처방이 황당하면서도 실망스러웠다. 혹 하나를 더 달고 온 것처럼 답답하기까지 했다. 깨어 있는 시간, 그러니까 의식이 작동하는 모든 시간에 네모의 의미를 생각해보았다. 그러나 생각을 하면 할수록 더 오리무중이었다.

그런데 이상하게도 네모에 골몰해 있는 동안 죽어야겠다는 생각에서 점차 벗어나 있는 나를 발견할 수 있었다. 마음의 평온과 일상적 리듬도 서서히 되찾아갔고. 더 이상 그분을 찾아가지 않아도 되었다. 지금도 그분을 가끔 만나지만, 우리는 그 일에 대해 서로 언급하지 않는다.

그때 내가 가려고 했던 그 길에 대해 다시금 생각해본다. 살다보면 누구나 여러 갈래의 길 앞에 설 때가 있다. 어떨 땐 그 앞에서 망설이고 또 어떨 땐 서슴없이 발을 들여놓기도 하고 또는 아예 그 길을 외면하기도 한다. 어느 길이 더 좋은 길이었는지는 오랜 시간이 지나봐야 아는 것도 있고 처음부터 가서는 안 되는 길도 있다. 나에게 죽음이라는 길은 가서는 안 되는 길이었지만, 그 당시에는 그것만이 유일한 희망이었다.

야베스의 기도 중에 '천국에 가니 선반에 잘 포장된 상자가 쭉 진열되어 있어 궁금하여 열어보았더니, 그 안에는 사람들이 구하거나 기도하지 않아 하나님이 주시지 않는 것들로 가득 차 있더라'는 부분이 있다.

나는 아직도 상담사가 그려준 네모의 비밀은 알지 못한다. 어쩌면 그 네모는 처음부터 빈 도형일 뿐 아무런 뜻을 지니지 않은 것일지도 모른다. 그러나 그 의미를 알아내려고 노력하는 동안 삶의 기쁨을 되찾은 걸 보면, 네모는 야베스의 기도에 나오는 선물상자일지도 모르겠다.

나에게 하소연을 하는 사람들은 그 순간, 어떤 갈등에 심각하게 시달리고 있는 상태일 것이다. 남에겐 하찮은 일일지 몰라도 본인에겐 무겁고 버거운 상황일 수 있다. 나는 그들에게도 별을 그려보라고 말하고 싶다. 아니면 네모를 그려보든가.

나는 마음이 접히거나 꺾이는 일이 생길 때면 정육면체 도형을 그리거나 집을 그리거나 꽃을 그린다. 물론 한번에 한 가지만 그린다. 마음이 아주 복잡한 날은 정육면체 도형을, 조금 덜 힘들 땐 단순한 집을, 위로가 필요할 땐 수백 송이의 꽃을 그린다. 그러는 사이 올무에서 빠져나오고 미로에서도 탈출할 수 있다.

내가 선택하지 않은 길 끝에 설령 찬란한 무지개가 웃으며 손짓한다 해도 그것은 한 폭의 아름다운 그림에 지나지 않는다. 가지 않은 길은 자의에 의해서든 타의에 의해서든 선택하지 않은 길이다. 그 길에 낭만이 생기거나 궁금증이 남아도 어쩔 수 없는 일이다.

갈림길에 선 친구가 부디 현명한 선택을 하길 바라며, 통화하는 내내 내가 그려놓은 별을 보내주고 싶다. 그 별들이 친구의 마음 구석구석을 훤히 밝혀, 어려운 시기를 잘 지났으면 좋겠다. 세상에는 두 갈래의 길 외에도 새로운 길들이 얼마든지 있다는 것도 알았으면 좋겠고.

장미꽃 아래서 죽다

오늘은 한 번쯤 말을 걸어볼까. 아니야, 저렇게 열중해 있는데 어떻게 말을 붙여. 그 다음날도 그 다음날도 말을 걸어볼까 망설이다가 그냥 지나쳤다. 매일 오후 여섯 시는 탄천을 산책하는 시간이다. 저녁 준비를 일찍 끝내놓고 틈새 시간을 이용하여 운동하는 중이다.

어느 날부턴가 내가 사는 아파트 담장 아래에 할머니 한 분이 앉아 있었다. 늘 그 시간이면 어김없이 앉아 있었다. 무언가를 열심히 줍고 있었다. 보도블록을 깔아놓은 길에서 무언가를 주워 손에 꼭 쥐었다. 산책이 끝나고 집으로 돌아오는 길에 그곳에 가보았다. 할머니는 이미 돌아갔고, 그곳엔 아무것도 없었다. 지푸라기 몇 조각과 고운 모래만 있을 뿐이었다.

그 다음날도 맞은편 길로 지나가며 할머니를 보았다. 할머니는 그 길에서 또 무언가를 줍고 있었다. 할머니가 거기에서 그러기 시작하면서부터 나는 맞은편 인도를 이용하여 탄천으로 갔다. 그렇게 한 달이 지날 무렵, 할머니가 보행기를 끌고 돌아가는 모습을 보게 되었다. 얼른 할머니가 앉았던 곳에 가보았다. 아무것도 없었다.

내 호기심에 한계가 와서 다른 날보다 일찍 운동을 끝내고 할머니가 앉아 있는 곳으로 가보았다. 할머니는 여느 날처럼 보행기에 의지하여 무언가를 열심히 줍고 있었다. 아뿔싸, 할머니가 줍고 있는 건 고운 모래였다. 모래를 소중히 주워 한 줌이 되면 다시 바닥에 흩뿌렸다. 그러곤 보행기를 끌고 그곳을 떠났다. 매일 한두 시간을 그 길에 앉아서 그런 것이다. 아파트 담장은 5월이라 덩굴장미가 흐드러지게 피어 있었고, 그 아래에선 노인이 시간을, 찬란한 오월을 그렇게 죽이고 있었다.

나는 늘 시간에 쫓기며 산다. 집안 일, 교회 일, 아이들 가르치는 일, 부모 노릇, 자식 노릇 하느라 시간을 쪼개어 쓴다. 때로는 부족하여 고무줄처럼 길게 늘여 쓰고 싶을 때가 있다. 내 몸을 몇 개 더 복제하든가 아니면 시간이 덤으로 주어졌으면, 하고 바란 적도 있다.

나도 한때 할머니처럼 시간을 잘게 세며 산 적이 있다. 그때는 하루라는 시간이 너무 길었고 나 자신이 젊다는 게 형벌처럼 느껴졌다. 언제 그 시간을 다 살아내나 하는 생각에 내 앞에 놓인 시간이 굴속 같았다. 그때 누군가 내 시간을 끊어주었으면 했다. 다른 호흡으로 흐르도록. 스스로는 도저히 시간을 컨트롤할 수 없었기에.

혹 할머니의 지금 시간이 그때 나와 같은 건 아닐까. 죽기 전에 건너가야 하는 마지막 터널 같은. 시간이 얼마나 더디

가면 모래를 주웠다가 버리는 시간을 보내고 있을까. 오랜 시간 쪼그려앉아 힘들게 주운 것을 손에 꼭 쥐었다가 한꺼번에 땅바닥에 흩뿌리는 걸 보니, 평생 살아온 생을 한순간에 확 놓아버리는 듯하여 허망하게 느껴진다. 할머니에게는 하루하루가, 날이 저물었는데도 끝나지 않는 소풍 같은 것일지도 모르겠다.

할머니와 교차하는 그 길 위에서, 시간이란 놈에게 한 사람은 왜 그리 더디 가느냐고, 또 한 사람은 왜 그리 빨리 가느냐고 불평을 늘어놓는다면, 시간은 피식 웃겠지. 하긴 해마다 5월이면 어김없이 덩굴장미가 피는 것만 봐도 시간을 탓할 일은 아닌 것 같다

화사하다 못해 농염하기까지 한 장미꽃. 할머니에게도 장미꽃처럼 화려한 시절이 있었겠지. 한 생애라는 시간, 다시는 주어지지 않는 그 시간들의 마디마디를 어떻게 살아내야 할까. 장미꽃 아래서도 진흙더미 속에서도 쏜살같이 날아가는 빛 속에서도 시간은 한결같은 속도로 존재할 텐데. 나는 나한테 주어진 시간을 어떻게 살아내야 후회하지 않을지 두려운 생각이 든다.

갓 칠순을 넘긴 외삼촌이 편찮으셔서, 서울에 있는 대학병원에 왔다기에 안부 전화를 드렸더니, "야야, 우리 나이가 되면 산에 묻혀 있으나 집에 있으나 매한가지 아이가. 그러니 너무 걱정마라" 하신다. 시간이란 놈은 각 사람에게 다르

게 스며드는 요술쟁이 같다. 나에게는 바쁘기만 하고 늘 모자라는 시간이 할머니에게는 부담스럽게 남아돌고, 외삼촌에겐 더 이상 활동력을 잃은 걸 보면.

보행기에 의지해 천천히 걸어가는 할머니의 모습을 뒤로 하고 나는 두 손을 꼭 쥔 채 집으로 돌아왔다. 언젠간 맞이하게 될 노년, 그때 장미꽃 아래서 즐거운 노래를 흥얼거리며 지나가려면 지금 한 톨의 시간도 새어나가지 않게 움켜쥐어야 할 것 같다.

저녁 햇살을 받은 장미꽃이 묘한 웃음을 짓는다. 서로 다른 길을 향해 서로 다른 보폭으로 걸어가고 있는 할머니와 나를 번갈아 바라보며. 사람은 누구나 자기 몫의 장미를 바라볼 수밖에 없을 테지.

내 이름의 은유

내 이름은 수풀 속의 두 그루 소나무다.

내 이름은 자라는 뼈다. 내 이름은 중의적 곡선이다. 내 이름은 4월의 연초록 비행기다. 내 이름은 벽을 타고 오르는 담쟁이 얼굴이다. 내 이름은 흔들리는 오색 램프다. 내 이름은 나쁜 버릇이다. 내 이름은 장미공원의 안젤라 장미다. 내 이름은 위로 흐르는 장면이다. 내 이름은 멈춘 속도다. 내 이름은 올바른 방향이다. 내 이름은 사라진 말의 껍데기다. 내 이름은 구름 위의 선물이다. 내 이름은 길 가의 개암나무 열매다. 내 이름은 그레고르 잠자가 갇힌 방이다. 내 이름은 동심원 한가운데다. 내 이름은 모퉁이 빨간 벽돌집이다.

내 이름은 은폐된 왼손이다. 내 이름은 미지의 얼굴을 한 겨울 노을이다. 내 이름은 도로시와 함께 먹은 점심이다. 내 이름은 쓸모없는 날의 화창한 날씨다. 내 이름은 유리 꽃병이 올라가 있는 테이블이다. 내 이름은 곧 필 목화솜이다. 내 이름은 여름 어스름을 삼킨 첨탑의 그림자다. 내 이름은 외포리 바다다. 내 이름은 오리가 없는 연못이다. 내 이름은 하늘색 플레어스커트다. 내 이름은 말린 인동꽃이다. 내 이름은 과수원을 삼킨 가을장마다.

내 이름은 소금쟁이 노는 작은 우물이다. 내 이름은 절멸이다. 내 이름은 소나기 온 뒤의 쌍무지개다. 내 이름은 주문을 외는 허공이다. 내 이름은 엄마의 공단치마다. 내 이름은 마음이 둥근 남자의 아내다. 내 이름은 채송화가 피고 방앗간이 있는 집의 딸이다. 내 이름은 계절과 계절 사이에 흐르는 온도다. 내 이름은 쓰다듬는 송아지다. 내 이름은 해바라기가 그려진 우산이다. 내 이름은 개미가 집안으로 숨어드는 스톰이다. 내 이름은 꽃이 없는 풀잎 목걸이다. 내 이름은 산달을 앞둔 엄마를 닮은 박이다. 내 이름은 한여름 점심 반찬이다. 내 이름은 쌓아올린 탁구공이다. 내 이름은 호박빛 눈을 가진 고양이다. 내 이름은 자아가 분열된 날 산 스카프다.

내 이름은 오른손에 쥔 초록색 양파다. 내 이름은 피고 지는 8월의 하얀 무궁화다. 내 이름은 숨겨놓은 눈깔사탕이다. 내 이름은 작은 아이를 잊을 수 없는 선생님이다. 내 이름은 깎은 손톱이다. 내 이름은 여름버섯처럼 자라는 비밀이다. 내 이름은 번호를 가진 터널이다. 내 이름은 한 가닥으로 묶은 상념이다. 내 이름은 파도처럼 다가오는 약속이다. 내 이름은 놀이터로 오는 친구다. 내 이름은 해피와 이쁜이다. 내 이름은 금성에서 만들어진 멍이다. 내 이름은 매해 떠나는 가을손님이다. 내 이름은 가지런히 깎아놓은 색연필이다. 내 이름은 꼬부라진 길 끝에서도 오지 않는 아버지다.

내 이름은 풀지 못한 네모다. 내 이름은 유통기한을 잊은 두부와 당근이다. 내 이름은 지극하고 지독한 마흔다섯 살이다. 내 이름은 슈레드 치즈 빵이다. 내 이름은 목요일 오후의 노랑 양말이다. 내 이름은 표백해놓은 시간이다. 내 이름은 뒷산의 마른 솔방울이다. 내 이름은 땅에 떨어진 감꽃이다. 내 이름은 켜켜이 쌓인 낙엽 속의 풋사과다. 내 이름은 7월의 잔디 씨앗이다. 내 이름은 발신자 없는 편지다. 내 이름은 집과 집으로 이어지는 그리움이다. 내 이름은 신발장에 나란히 놓여 있는 구두다. 내 이름은 봄소풍에서 먹지 않고 가져온 바나나다. 내 이름은 호주머니에 들어 있는 그 아이 이름이다.

내 이름은 입추의 헛헛함이다. 내 이름은 11월 13일 네 시의 회색빛이다. 내 이름은 태풍 사이의 반짝 햇살이다. 내 이름은 매일 자라는 봄나무다. 내 이름은 겨울 끝에 데려온 봄비 내음이다. 내 이름은 갖가지 김치다. 내 이름은 도라지밭의 쨍한 가을볕이다. 내 이름은 기호로 풀어야 하는 미소이다. 내 이름은 내재율과 외형률로 만들어진 시다. 내 이름은 길어지는 지금이다. 내 이름은 흩어지는 내일이다. 내 이름은 떠나온 문간방이다. 내 이름은 마지막 인사를 건넨 기차역이다. 내 이름은 시들지 않는 프리지어다. 내 이름은 산초나무 근처에 핀 소국이다. 내 이름은 케언즈의 산호초다. 내 이름은 귀인을 부르는 소문이다.

내 이름은 하얀 운동화다. 내 이름은 하얀 블라우스다. 내 이름은 하얀 고무신이다. 내 이름은 새벽 두 시의 나무시계다. 내 이름은 아버지의 하얀 치아다. 내 이름은 하얀 사과꽃이다. 내 이름은 거짓말이 자라는 우물이다. 내 이름은 형광색을 싫어하는 무채색이다. 내 이름은 끝없이 이어지고 끝없이 사라지는 길이다. 내 이름은 하얀 산안개다. 내 이름은 하얀 무덤이다. 내 이름은 납작납작한 시냇가의 동무들이다. 내 이름은 평평한 모래땅이다. 내 이름은 삼백 년 된 당산나무 그늘이다. 내 이름은 썩지 않은 모과다. 내 이름은 스무 번째 겨울이다. 내 이름은 우리 개들에게로 가는 사다리다.

내 이름은 연착륙하는 불안이다. 내 이름은 새로 나온 분홍 손톱이다. 내 이름은 성근 모서리다. 내 이름은 소멸 직전의 질서이다. 내 이름은 식탁 위의 히비스커스 차다. 내 이름은 트윙 빌리지 카페에서 파는 츄러스다. 내 이름은 타국에서 내달린 빨간 차다. 내 이름은 왕관이 숨어 있는 장소다. 내 이름은 둥글고 낮은 풍경이 있는 강 건너다. 내 이름은 우산이 없는 날에 하는 기도다. 내 이름은 더운 날에 자라는 언어다. 내 이름은 비밀을 쌓아놓은 모래다.

내 이름은 무수한 접속사의 몸이다. 내 이름은 골목과 골목 사이의 겨울바람이다. 내 이름은 아카시아 꽃향기를 따라가는 언덕이다. 내 이름은 오래된 언니다. 내 이름은 아흔아홉 개의 양말을 가진 서랍이다. 내 이름은 77번 버스다. 내 이름은 내가면 고천리의 코스모스다. 내 이름은 행당 언덕이다. 내 이름은 한겨울 고구마다. 내 이름은 까만 새벽의 콩밭이다. 내 이름은 자주감자다. 내 이름은 캄캄한 부엌의 쥐다. 내 이름은 다음 생애를 기다리는 다섯 살이다. 내 이름은 나비가 그려진 카페라테다. 내 이름은 사람과 사람의 따뜻한 간격이다. 내 이름은 10월 첫날 아침이다. 내 이름은 노란 살구다. 내 이름은 보랏빛 자두다. 내 이름은 풍뎅이처럼 뒤집어진 가을하늘이다.

내 이름은 매일 짓는 밥이다. 내 이름은 물 긷는 아이다. 내 이름은 존재하지 않는 며느리다. 내 이름은 새로운 영토를 찾는 왕이다. 내 이름은 북쪽으로 달려가는 첫사랑이다. 내 이름은 무수한 얼굴을 한 타자다. 내 이름은 스물아홉 개의 하부인격이다. 내 이름은 검은 개가 앉아 있는 소실점이다. 내 이름은 망설이는 침묵이다. 내 이름은 비오는 날의 균열이다. 내 이름은 환상 속 자카란다다. 내 이름은 숭고해지려는 형식이다. 내 이름은 벽과 벽 사이의 장미다. 내 이름은 뱉지 않은 울음이다. 내 이름은 맛있는 밥을 먹고 자는 단잠이다. 내 이름은 나에게서 나에게로 떠났다가 돌아오는 순례다.

내가 숨쉬고 먹고 자고 생각하고 만나고 말하는 모든 행동이 나의 은유다. 또 다른 내 이름들이다. 나와 인연이 닿고 눈길이 머물고 마음이 머문 모든 것들도.

엄마 안의 엄마

나는 나이기도 하면서 엄마이기도 하고 자식이기도 하다. 요즘은 나로 사는 시간과 엄마로 사는 시간과 자식으로 사는 시간 중, 나로 사는 시간이 제일 많다. 이렇게 된 지는 몇 년이 안 된다. 아이들이 성인이 되면서 생긴 시간이다. 점점 나로 살아가는 시간이 많아질 것이다. 그렇대도 오롯이 나로만 살았던 어린 시절로는 되돌아갈 수 없다. 그때 느꼈던 봄비의 보람과 한여름의 나른함과 가을 햇살의 따끔거림과 눈 덮인 앞산의 청량함과 해 질 무렵의 아련함은, 다시는 맛보지 못할 것이다.

오늘 봄비가 왔다. 나는 테라스에서 맞은편 아파트 마당에 내리는 비를 하염없이 바라보았다. 낮은 조도와 저음의 비가 어린 시절의 봄날을 생각나게 했다. 해마다 꽃밭에 꽃씨를 때에 이르게 뿌리곤 하였다. 그러곤 매일 그것들이 싹을 틔우기를 기다렸다. 오늘 창 밖에 보인 날씨가 딱 그맘때의 분위기와 닮았다.

보름 전부터 아이 때문에 속이 시끄러웠다. 아이와 나 사이에 생긴 사소한 오해 때문이었지만, 파장은 생각보다 컸다. 그래서 엄마의 자리에 대한 생각으로 골몰해 있었다. 엄마의 자질을 갖추지 못한 상태에서 엄마가 되었고 아이들은 해마다 자랐고 나는 그런 아이들이 매번 낯설고 버거웠다. 아이들처럼 나도 내가 사는 모든 시간이 처음이다. 자식은 결코 시행착오를 겪으며 키울 대상이 아니다. 농사와 같다. 농사를 한번 망치면 그해 소출은 그걸로 끝이다. 성장하는 시기에 미세하게 또는 크게, 아이를 살피지 못한 구석이 있으면 그것들은 언젠가 구멍으로 드러나게 돼 있다. 결정적인 순간에 고약하거나 삐딱한 모습으로. 나는 요즘 내가 그 아이를 키울 때 놓친 게 무엇인지 곰곰이 되짚는 중이다.

그런 생각에 빠져 있는 와중에 편찮으신 친정엄마를 돌봐야 했다. 결혼 후 오롯이 엄마와 단둘이서 일주일을 보낸 건 처음이다. 내 아이들에게 하듯 맛있는 음식을 해 드리고 청소를 하고 간식을 챙겨드렸다. 엄마 혼자서는 하지 않을 카페의 커피를 사다 드리고 평소 시켜먹지 않는 음식을 배달시켜 맛보여드리기도 했다. 엄마는 그럴 때마다 오늘 봄비를 바라보는 나처럼 설레 보였다. 엄마는 일주일 내내 나에게 이야기보따리를 풀어놓았다. 그 이야기의 대부분은 당신의 어린 시절 것이었다. 팔순의 나이는 오간 데 없는, 어린 계집아이 같았다.

엄마는 이제 자식에 대한 짐을 지기엔 너무 늙었다. 자식에 대한 걱정은 달고 살지만, 그 외의 것은 모두 당신 능력 밖이다. 나 또한 엄마처럼 그런 감정이 요즘 불쑥 들곤 한다. 그건 무엇이든 감당할 수 있을 것 같았던 자신감이 떨어졌음을 의미한다. 마음은 물론 몸도 그걸 느낀다. 몸과 마음 중 무엇이 먼저 꺾여 그런지는 모르겠다. 그래서인지 자꾸만 어린 시절이 그리워진다. 그건 분명 퇴행이다. 현실로부터 도망치고 싶은 비겁함이고.

나이를 먹을수록 '나잇값'을 못하는 어른들에게 실망하는 일이 잦다. 사회적으로 명망이 높던 사람들의 가치관이나 인격의 몰락은 상대적으로 더욱더 큰 충격으로 다가온다. 그런데 굳건해보이던 그들의 세계가 한순간에 무너진 이유를 이젠 알 듯도 하다. 그들은 아마도 자신의 내적 균열로 무너졌을 것이다. 건강했을 땐 감지하지 못했던 아주 오래되고 내밀한 상처로. 어느 한 지점에서 더 이상은 자신의 밖을 품지 못하는 그릇이 되고 만 것이다. 본인은 인지하지 못하거나 인정하지 않을 수도 있겠지만.

엄마는 다섯 살 때 당신의 엄마가 죽었고 아홉 살 때 6·25를 겪었다. 오랜 시간 지독한 가난과 싸웠고 마흔엔 남편과도 사별했다. 추억은 시간이 흐르면 미화되게 마련인가보다. 엄마가 몇 안 되는 좋은 순간을 되뇌며 홀로 그 시간을 살고 있는 걸 보면.

외삼촌을 낳은 지 몇 달이 안 돼 외할머니가 죽었고 엄마는 외삼촌을 동생처럼 자식처럼 생각하며 돌보았노라 했다. 동생을 업고 젖동냥하러 다니던 시절과 한동네에 살았던 사촌들과의 추억이 가장 많이 생각나는 모양이었다. 새외할머니와 연락이 끊긴 것도 가슴 아픈 듯하고. 엄마의 아름다운 시간은 많지 않아 보였지만, 엄마의 마음은 그 시절로 돌아가는 것만으로도 즐거워 보인다.

나는 나이면서 엄마이고 또 엄마의 자식이다. 세 자리에 모두 있어 보았다. 각 자리마다 모양과 색깔과 무게가 달랐다. 나로만 살았던 어린 시절은 동화 속 같았다. 이 구간은 엄마의 기억방식과 비슷하게 작동하는 것 같다. 어려운 시절이었지만, 아름답게만 기억되는 걸 보면. 모든 일들의 결말이 해피엔딩으로 끝났을 것만 같은.

엄마로 사는 시간은 장편소설 같았다. 장편소설을 한 편 쓰고 나면 생명이 2년쯤 단축되는 느낌이 든다. 소설 속에 개연성을 넘어 핍진성이 느껴지도록 플롯을 짜야 하고 각 인물마다 생생하고 독특한 캐릭터도 입혀야 하므로. 그러나 현실은 개연성이 없는데도 소설보다 더 리얼하다. 거기다가 드라마틱하기까지 하고.

자식으로 산 시간은 알록달록했다. 부모에 대한 생각은 부모의 나이에 따라 달랐고 또 내 나이에 따라서도 달랐다. 어릴 때 커다랗게 보였던 학교 운동장이 어른이 되어 찾았을 때 작게 보였듯, 부모도 내게 그렇게 다가오는 것 같다. 이제는 작다 못해 사그라지고 사라질까봐 두려울 지경이다.

나는 엄마처럼 너무 많이 되돌아가고 싶진 않다. 엄마의 세상은 밝은 색 물감 서너 개만으로 칠한 수채화 같다. 군데군데 선명하지만, 조화롭지는 않은. 나에겐 아직 조화롭고 아름다운 그림을 그릴 빈 공간이 남아 있고 다양한 색감의 물감도 있다. 단단한 내 안의 것들을 찾아, 지금 이곳을 예쁘게 색칠할 때이다.

흠 없는 기억

한 남자가 헤어진 여자에 대한 기억을 지우러 병원을 찾았다. 힘들고 우울한 기분에서 벗어나기 위해서였다. 기술자는 남자의 뇌 곳곳에 박혀 있는 여자에 대한 기억들을 밤새 샅샅이 찾아내 지웠다. 홀가분해진 남자는 아침 출근길에 무작정 바닷가로 향한다. 그곳에서 한 여자와 마주치고 금세 사랑에 빠진다. 이 이야기는 영화 〈이터널 선샤인〉의 내용이다.

치매환자가 아닌 이상 사람의 기억을 완벽하게 지울 수는 없다. 설령 어떤 기억을 잊는다 해도 몸은 기억에 대한 감정을 간직하고 있다. 치매환자도 특정한 사람을 기억하지는 못하더라도 그 사람에 대한 감정은 가지고 있다. 그 감정은 때에 따라 호의나 적대감으로 정직하게 표현된다.

나는 어둠에 대한 공포가 있다. 그 공포는 다섯 살 때 처음 생겼다. 어머니는 다섯 살밖에 안 된 나를 파란 어둠이 걷히지도 않은 새벽에 깊은 산 속에 혼자 두고 가버렸다. 콩밭을 지키라는 이유로. 꿩은 어둑한 새벽에 심어놓은 콩알을 빼먹으러 밭으로 내려온다. 나는 그 꿩을 쫓아야 했다. 아버지 없이 혼자 농사를 지어야 했던 어머니에겐 다섯 살인 내 손도 필요하였을 것이다.

사방이 짙푸른 새벽. 넓은 콩밭. 무서움에 온몸이 똘똘 뭉쳐질 무렵, 산속에서 퍼드덕, 꿩들의 날갯짓과 서늘한 울음소리가 들려왔다. 나는 눈을 감고 밭고랑에 바짝 엎드렸다. 간신히 힘을 내어 훠이, 소리를 질러보았지만, 그 소리는 내 몸 안에서만 맴돌았다. 콩잎이 제법 자랄 때까지 나는, 매년 봄 어머니에게 끌려 새벽에 콩밭으로 가야 했다.

그때 생긴 공포 때문에 지금도 혼자 영화관에 가지 못한다. 그런데 어머니는 나와는 달리 그때의 일을 기억하고 있지 않았다. 지금까지 나를 휘감고 있는 공포를 어머니가 모르고 있었다는 사실이 내겐 충격이었다. 내 머릿속에 박혀 있는 콩밭의 기억을 완벽하게 지운다면 어둠이 주는 공포로부터 벗어날 수 있을까.

전쟁이나 사고로 사랑하는 사람이 죽는 모습을 보게 된다면 그 사람은 어떻게 살아갈 수 있을까. 한 지인은 20여 년 전에 어머니가 스스로 목숨을 끊는 장면을 보았다고 한다. 오랜 시간이 지났는데도 여전히 그 악몽에서 벗어나지 못하고 있다. 그에게 각인된 기억은 그는 물론 가족의 삶까지 장악하고 있다. 아무리 애를 써도 잊을 수 없다는 그의 울부짖음에, 곁에 있는 사람들이 해줄 수 있는 게 없다. 영화에서처럼 아픈 기억을 지울 수 있는 시술이 현실에도 있었으면 좋겠다.

한 사람이 성숙하고 여물어지는 데엔 아프고 힘들고 슬픈 것들이 통과의례처럼 거쳐간다. 화창한 날씨만 계속되는 곳에 사는 사람들의 자살률이 더 높은 것만 봐도 그렇다. 좋은 것들의 연속이 결코 이로운 것만은 아니다. 살다보면 하루에도 여러 사건과 수많은 감정에 휩싸이게 된다. 하물며 한평생이면 오죽하겠는가.

영화에서 기억을 지우던 남자는 무의식 속에서 필사적으로 기억 지우는 작업을 멈춰달라고 애원하지만, 기술자에겐 전달되지 않는다. 여자에 대한 기억을 지워가던 중 어린 시절에 상처받았던 것을 여자를 통해 따뜻하게 치유받았던 장면이 되살아났기 때문이다. 남자의 몸부림에도 남자는 여자에 대한 모든 걸 지운 채 아침을 맞는다. 그럼에도 몸은 여자를 처음 만났던 바닷가로 향한다. 그곳에서 첫눈에 반한 여자가 자신이 그토록 지우고 싶어했던 여자라는 걸, 그는 모른다. 여자 또한 마찬가지다. 여자도 남자에 대한 기억을 모두 지웠기 때문이다. 그럼에도 둘은 다시 사랑에 빠진다.

기억보다 강한 건 감정이다. 그러기에 어떤 기억을 삭제한다고 해도 그 감정까지는 어쩌지 못한다. 어떤 생명체도 흠 없는 기억이나 감정을 가질 수는 없다. 그러기에 지나간 나쁜 기억을 견디려면 좋은 감정을 많이 갖는 수밖엔 없다. 나 또한 콩밭의 기억 때문에 생긴 어둠에 대한 트라우마에서 벗어나려면 더 밝고 따뜻한 기억과 감정을 많이 만드는 수박엔 없다. 가끔은 그런 생각도 한다. 새벽의 콩밭을 밝은 노란 색으로 칠해보면 어떨까, 하는.

납작한 시간

엄마의 시간이 다시 납작해졌다. 들기름에 갓 볶은 도라지나물과 노릇하게 구운 자반고등어와 나박김치로 밥상을 차려주고 싶은데, 갈 수가 없다. 그래서 감자탕과 케이크를 배달시켰다. 그래도 엄마의 시간이 불안하여 그림책을 보냈다. 색연필도 함께. 엄마는 눈이 어두워 예쁘게 그릴 수 있을지 걱정이 된다고 하였다. 색칠할 것을 걱정하는 걸 보니 엄마의 시간에도, 엄마를 걱정하는 나의 마음에도 숨통이 트이는 기분이다.

유진목의 시 「반송」에는 '언제는 살아가는 일이 싫다가도 또 언제는 살아봐서 좋았다고 생각합니다. 그러면 마치 내가 죽은 사람 같아서 웃음이 납니다. … 다만 계속해서 살아가보려고 합니다. 엄마는 내가 제일 처음 떠나온 주소입니다. 나는 잘 지내고 있습니다'라는 구절이 있다. 이 시의 전문을 좋아하지만, 특별히 이 부분을 더 좋아한다.

20년째 다니던 노인정이 코로나로 문을 닫으면서 엄마의 시간이 닫혔다. 혼자 사는 엄마는 대부분의 시간을 잠과 TV를 보는 것으로 때운다. 나는 그런 엄마를 깨우려고 매일 애를 쓴다. 전화를 하고 먹을 것을 보내고 자꾸 말을 시킨다.

허리와 다리가 아파 산책도 쉽지 않다. 엄마는 아무리 애를 써도 시간이 가지 않는단다. 노인성 질환을 앓고 있어 행여 감염이라도 시킬까, 우리 형제들은 자주 찾아갈 수도 없다.

노인정에 다니기 전에도 엄마의 시간은 그리 입체적이지 못했다. 아버지가 죽었을 때, 시골에서 낯선 서울로 올라왔을 때, 손주들이 다 커서 돌봐줄 필요가 없어졌을 때, 노인정에 갈 나이가 애매하였을 때도 평면적이었다. 그 중에서 가장 힘들었을 때가 예순 전후였다. 수줍음이 많은 엄마는 사람을 잘 사귀지 못했다. 그러다보니 특별히 갈 데도 없었고 만날 사람도 없었다.

그때 엄마는 지하철을 타고 큰아들이 사는 곳과 내가 사는 곳과 작은딸이 사는 곳과 막내아들이 사는 곳을 다녀오는 것으로 하루를 보냈다. 자식들 얼굴을 보러 가는 것이 아니라 자식들이 사는 동네까지 가서 한번 휘둘러보고 다시 당신의 집으로 돌아가는, 그런 시간을 보낸 것이다. 자식들은 각자 자신들이 사는 근처로 이사를 오라며 설득하였지만, 폐를 끼치고 싶지 않다며 한사코 손사래를 쳤다. 그때의 엄마의 시간도 지하철처럼 각 정거장마다 멈추었다.

나도 엄마와 같은 시간을 보낸 적이 있다. 크레파스 통에 회색만 가득 들어 있는 것 같은. 갱년기 우울증이 왔을 때였다. 하루에 스무 시간은 잔 것 같다. 자고 또 잤다. 아무런 의욕이 없었다. 암막 커튼을 치고 외부와 차단한 채 시간을 죽였다. 그때가 쉰이었다. 남은 시간이 무서웠다. 내 앞에 너무 많은 시간이 남았다는 게 형벌 같았다. 생산적인 건 아무것도 하고 싶지 않았다. 무엇에 홀린 것처럼, 살아왔던 삶이 송두리째 흔들렸다. 모든 것이 무의미하고 허무했다. 아무리 호르몬의 장난이라고 해도 납득이 되지 않았다. 안으로만 삭아들어간 시간이었다. 그 늪에서 빠져나오는데 오래 걸렸다.

엄마는 나와는 비교도 안 되는 시간을 살아왔다. 40년이 넘도록 혼자다. 남편의 죽음과 함께 닥친 가난과 그 앞에 놓인 무한의 시간을 견뎌야 했다. 그런 고단한 시간을 보내고 찾은 안식처가 노인정이었다. 노인정은 엄마에게 남편이고 자식이고 친구다. 학교에 다닌 적이 없는 엄마는 노인정을 학교처럼 여긴다. 노래를 배우고 요가를 배우고 글을 배우고 숫자를 배우고 친구를 사귀었다. 엄마 삶의 전부인 것이 2년째 닫혔다. 앞으로도 기약이 없다. 노인의 시간은 젊은 사람의 시간과는 다른 중력으로 흐를 텐데.

훗날 엄마에게 '살아보니 그래도 좋았죠'라고 묻기엔 엄마는 지금 너무 늙었고 닫혀 있다. 엄마의 걸음처럼 느리게 흐르는 시간은 엄마에겐 가난이나 질병보다 더 무서울 것이다. 코로나는 언제 끝날지 모르고 엄마는 점점 나빠지고 있다. 조카가 72색이 들어 있는 색연필과 그림책을 또 보냈다고 한다. 우리 모두는 엄마의 납작해진 시간에 바람을 불어넣으려 애를 쓴다. 엄마의 그림이 알록달록해졌으면 좋겠다. 꽃도 그리고 나비도 그려, 빨리 봄을 불러들일 수 있었으면 좋겠다.

엄마가 안전하려면 시간을 잊어야 한다. 스스로에게 질문도 하지 말고, 또 남은 시간도 계산하지 않아야 한다. 나의 소망은, 또는 내가 엄마에게 듣고 싶은 말은 '나는 잘 지내고 있다'다. 유진목의 시구와 달리 내가 엄마를 떠나온 게 아니라 엄마가 나를 떠나 있는 것처럼 마음이 쓰이는 나날이다. 언젠가부터 엄마는 나에게 본적처럼 따라다니는 사람이 됐다. 빨리 자주 들여다볼 수 있는 날이 왔으면 좋겠다.

엄마가 없는 세상은 한번도 생각해본 적이 없기에, 부디 잘 지내기를 바라고 바란다.

지극한 것들의 거리

단테의 『신곡』 지옥편을 읽다가 문득 나 자신에게 질문하고 싶은 게 생겼다. 아홉 층의 지옥에서 영혼들이 겪는 지극한 슬픔과 고통을 보면서 나는 어느 지점에서 지극한 감정들을 느끼는지가 궁금하였다. 천국편을 읽지 않아 그곳엔 어떤 지극한 기쁨이 있는지는 모르겠다.

지옥엔 층마다 다른 죄를 지은 영혼이 가 있다. 그곳에서 음욕, 식탐, 탐욕, 분노, 이단, 폭력, 사기, 배신을 한 영혼들이 벌을 받는다. 지옥으로 간 영혼들이 겪는 고통은 세상의 언어로는 측량할 길이 없다. 계속되는 고통에서 벗어날 수 없어 지극한 슬픔에 싸여 있는 영혼들의 모습에, 이상하게도 나는 아무런 통증이 느껴지지 않았다. 그들의 슬픔이 추상적이고 비현실적으로 다가왔기 때문이다. 끝없이 나열되는 고통들이 지루하게 느껴지기까지 했다. 또 그 모든 것들이 내 경험으로는 공감할 수 없는 극한의 상태들이었기 때문이고.

살아 있는 사람들은 무엇에 가장 큰 슬픔을 느낄까. 자식을 잃은 참척의 고통일까. 그 다음엔 가족의 죽음과 이혼과 이별과 질병으로 인한 아픔일까. 슬픔은 도처에 깔려 있다.

슬픔은 생명이 있는 것들에겐 들숨과 날숨처럼 들락날락한다. 각자 모양만 다른 채로. 내 것이든 이웃의 것이든 가족의 것이든 민족의 것이든 슬픈 일들은 밤처럼 찾아온다.

나에게 가장 슬펐던 건 가족의 죽음이었다. 상상도 해본 적이 없는 시기에 닥친 사건이어서 더욱 그랬다. 예측할 수 없는 상황만큼 불안한 것도 없다. 그 다음은 자식의 일로 마음 아팠을 때다. 그건 오래간 슬픔이었다. 그리고 해결되지 않는 관계와 해결할 수 없는 감정도 나를 슬프게 하였다. 슬픈 것들은 이상하게도 절망을 품고 있었다.

슬픔은 밥을 먹거나 옷을 입거나 길을 걷거나 웃을 때조차도 찾아든다. 호시탐탐 노리는 못된 바이러스 같다. 면역력이 떨어지는 순간 침투하여 초토화시켜버리고 마는. 때론 정신을 조금 둔하게 하고 약간은 마비된 채로 살아가는 것이 육체에 고통을 덜 가하는 것처럼 느껴지기도 한다. 육체의 아픔 중 많은 부분이 정신의 고통으로 인해 만들어지므로.

기쁨. 나는 무엇에 기쁨을 느낄까. 그 기쁨은 얼마나 지극할까. 슬픔만큼 우뚝 떠오르는 게 없다. 그리고 오래 유지된 것도 없다. 형용하기 어려운 슬픔은 있어도 까무러칠 것 같은 기쁨은 생각나지 않는다. 주체 못하여 며칠간 취해 있었던 것도 없다. 가만가만 더듬어보아야 찾을 수 있는 것들이 대부분이다.

내가 기쁨이라고 정의한 것도 기쁨인지 일상의 기분인지 따져봐야 할 일이다. 나는 슬프지 않은 상태를 기쁨이라 느끼거나 설레야 기쁜 상황이라는 걸 알아차릴 때도 있기 때문이다. 오후 두 시에 도서관에 가는 것만 봐도 그렇다. 어떤 날은 들뜨고 어떤 날은 평상심이다. 그 차이를 만드는 데엔 여러 이유가 개입된다. 그날의 바람, 햇빛, 온도, 냄새, 내 기분과 몸 상태와 주변의 평안 여부까지도.

그리하여 누군가 나에게 지극한 기쁨이 무엇이냐고 묻는다면 선뜻 답할 수가 없다. 결혼, 출산, 상을 받던 날, 나를 위한 축하선물이나 편지, 생일…. 이날들에 나는 기뻤을까. 결혼식 날은 너무 피곤하여 빨리 쉬고 싶은 마음만 간절했다. 아이를 낳던 날은 아이를 만난 기쁨은 잠시 산고로 만신창이가 돼 있었다. 해마다 오는 생일도 살짝 들썽거리다가 금세 고요해진다. 특별한 날이라 하여 특별히 기쁘지는 않다. 오히려 특별한 날 슬펐던 기억이 더 선명하다.

가만히 떠올려보면 하얀 운동화를 처음 신었을 때, 고1 겨울에 학생 코트를 처음 입었을 때, 엄마가 외가에서 돌아왔을 때, 여름방학 숙제를 끝낸 후 툇마루에서 한여름 어스름을 바라보았을 때, 보고 싶은 사람들에게 편지나 전화가 왔을 때, 문득 누군가 밥을 먹자고 연락을 해올 때, 내가 해준 음식을 사람들이 맛있게 먹을 때, 차를 타고 가는 내내 바깥풍경을 바라볼 수 있을 때, 봄나물을 가족들이 맛있게 먹을 때, 이럴 땐 기쁘다. 최근엔 조카가 딸을 낳아 기뻤다.

이것들 또한 지극한 기쁨은 아니다. 나는 왜 지극한 상태에 이르지 못할까. 나에게로 오는 감정들을 나도 모르게 밀어내거나 약화시키거나 중화시켜버리는 습성이 있는 건 아닐까. 슬픔과 기쁨 가운데서 평정심을 유지하려는 길항작용 때문은 또 아닐까. 그도 아니면 지극한 슬픔은 아프고 지극한 기쁨은 낯설어서일까.

연애할 때의 설렘 같은 것들이 매일 이어진다면 어지러울 것이다. 연애 끝에 결혼하고 생활로 들어가면 연애 때의 들뜸은 가라앉는다. 내게로 온 기쁨도 생활에 묻혀 그렇게 낮고 고요하게 찾아드는 것일까. 발견해야 하고 느끼려 노력해야 할 만큼.

슬픔과 범사와 기쁨 사이의 내적 거리. 그 거리는 자라면서 자연스럽게 만들어진 것 같다. 그 거리를 어떻게 설정하느냐에 따라 느껴지는 감정의 보폭 또한 다르다. 나는 내 성향대로 조밀하게 거리를 만들어놓아 지극한 슬픔과 기쁨 사이가 가까운지도 모르겠다. 지극한 슬픔을 느낀 날은 내 하루가 죽어가는 듯하고 또 지극한 기쁨을 느낀 날은 남의 날처럼 낯설다. 사실 큰 파랑波浪은 시원은 하지만, 위험할 수 있다. 한결같음이 지루하긴 해도 안정감을 준다. 난 그것이 더 좋다.

징검다리를 건너볼까. 아니면 솔방울이 잔뜩 달린 잔솔

이 있는 공원을 걸어볼까. 기쁨이 찾아올지도 모르니까. 잔잔한. 나는 딱 그 정도가 좋다.

경이로운 체념

타지로 나갔다가 원주로 돌아올 때, 남원주IC를 알리는 이정표만 보아도 반갑다. 내 집에 다 온 느낌이 든다. 막상 집에 와도 별것 없는데. 내가 어떤 장소를 편안해하고 좋아하는 데엔 그만한 이유가 있다. 그 이유들은 특별하거나 구체적이지 않다. 외출했다가 집에 돌아왔을 때의 그 느낌과 별반 다르지 않다.

문화평론가 김화영은 엑상 프로방스에 대한 느낌을 이렇게 표현했다. "참으로 이곳에는 행복하지 않은 사람들, 아니 '지금' 행복하지 않은 사람들은 올 곳이 아니다. 이곳은 내일의 행복을 '준비'하는 사람들이 올 곳은 아니다. 지금, 당장, 여기서, 행복한 사람, 가득하게, 에누리 없이 시새우며 행복한 사람의 땅, 프로방스는 그리하여 내게는 그토록 낯이 설었다."

나는 그가 한 말뜻을 이해하기 위하여 지도를 펴놓고 프로방스 지역을 샅샅이 살펴보고 인터넷을 통하여 그곳의 명소와 날씨와 사람들의 표정까지 찾아보았다. 그곳에 가본 적은 없지만, 그가 한 말의 의미를 알 것 같기도 하다. 그가 말한 아무것도 감춘 것 없는 전라의 풍경 같고 지금, 행복한 사람들을 본 적이 있기 때문이다.

2년간 내가 살았던 호주의 날씨가 프로방스와 비슷하지 않을까 싶다. 낮의 온도가 35도 이상 올라가도 나무 그늘 속으로 들어가면 시원하고 습도가 낮아 쾌적했다. 평온하고 나른하고 찬란하고 조용하고 맑고 투명했다. 그가 표현한 프로방스의 햇빛 못지않게 따갑고 육감적이었다. 조금의 우울이나 불행이나 낮은 소리도 허용하지 않을 만큼 강렬했다. 매일 매 순간이 정오의 빛 같았다. 그리고 호주 사람들 또한 자신이 사는 곳에서 그 순간의 행복을 만끽하였다.

내가 살고 있는 원주는 어떤 곳일까. 첫인상은 지독한 한기로 기억된다. 온몸의 촉감각이 바짝 얼었던. 집을 구하러 처음 원주에 온 날은 영하 17도였고 이사를 온 날은 영하 15도였다. 그 이후에도 겨울에만 이사를 다니다보니 매번 시린 감각이 더해졌다. 마치 수많은 겨울만 보낸 듯하다. 지중해와 호주에서 직각으로 내리꽂히는 햇볕을 가져와 쬐고 싶을 만큼. 그래야 몸에 박힌 냉기가 빠져나갈 듯하다.

대신에 나는 다른 고장에선 느끼지 못했던 원주만의 기쁨을 찾았다. 도서관이다. 도서관이 나를 이 고장에 머물게 했다. 애초에 원주에 온 목적은 사람이었는데. 도서관은 온갖 책들과 다양한 강좌와 전시회로 훌륭한 소프트웨어 역할을 하였다. 강의를 들으러 갔다가 전시회까지 보고 온 날은 이 고장이 주는 기쁨에 함빡 젖을 수 있었다.

곳곳에 있는 작은 도서관과 책방도 낯선 원주에 대한 서먹함과 외로움을 빨리 거둬갔다. 도서관 행사나 강의도 좋았지만, 작은 책방이나 북카페에서 열리는 각종 프로그램도 알찼다. 그곳에서 만난 사람들과 이어진 인연 또한 원주에 발을 붙이는 데에 일조했다.

유난히 춥거나 덥거나 갑갑할 때 도서관에 가면 가까운 이를 만난 듯한 기분이 든다. 그곳은 조용한 듯 분주하다. 나는 교육문화관 3층 디지털실을 주로 이용한다. 그곳 중 산을 향하여 있는 테이블에 앉는 걸 좋아한다. 3층에 올라가기 전에 1층 카페에서 커피를 마신다. 이 행위를 거른 적은 없다. 카페가 문을 닫지 않은 이상. 내가 도서관에 가는 이유 중에 커피를 마시는 것도 포함되어 있으므로.

책을 펴고 앉으면 눈앞의 낮은 산이 나와 마주한다. 마치 나를 기다리고 있기라도 한 것처럼 정답게. 아카시아 향이 열린 문으로 들어와 코를 맵싸하게 한다. 5월의 햇빛과 함께. 입안의 커피 향이 사라질 때까지 향기를 싣고 온 바람과 새 소리를 온몸으로 맞이한다. 김화영이 프로방스에 도착하여 경련하듯 느낀 기쁨과는 결이 사뭇 다르지만, 나는 이 정도로도 벅차다.

책을 읽거나 글을 쓰다보면 자그락자그락 소리가 불규칙적으로 들려온다. 도서관을 이용하는 사람들이 조심스럽게 드나드는 발자국 소리다. 나는 그 소리가 백색소음처럼 들려 집중이 잘 된다. 간간이 들리는 기침 소리와 책장 넘기는 소리와 자판 두들기는 소리도 서로 어우러져 도서관답다. 가끔 전화벨이 울릴 때도 있다. 그때조차도 사람들에게서 내내 흐르던 정적을 깨뜨려주어 유쾌하게 느껴진다.

호주의 도서관은 시끄러웠다. 처음엔 적잖이 충격이었다. 도서관에서 이야기를 나눠도 되고 과외를 받아도 되고 심지어 어린 아이들의 놀이공간도 같이 있었다. 아이들의 웃음소리와 우는 소리와 장난치는 소리와 뛰어다니는 것까지 고스란히 안을 채웠다. 어느 순간 그 소리가 거슬리지 않았고 마음을 편안하게 해주었다.

어떤 고장이나 도시가 사람들에게 특별한 공간이 되는 데엔 그 이유가 각기 다를 것이다. 나는 원주의 도서관이 도서관다운 것만으로도 많은 친구와 이웃을 사귄 것처럼 든든하다. 꼭 쨍쨍한 날씨나 명화 같은 풍경이나 오래된 건물이나 유적지가 아니어도 충분하다.

김화영은 프로방스에 대한 충격을 이렇게도 말했다. "그 고장이 아낌없이 주는 것만으로 만족할 때에 그 고장은 교훈이 없다"고. 나에겐 도서관이 주는 기쁨이 충만하기에 원주의 다른 교훈은 필요 없다. 이곳 사람이나 자연도 기쁨이 되지만, 설령 그렇지 못할 때에라도 도서관이 있어 괜찮다.

원주에 온 지 6년이 되어간다. 첫 설렘과 낯섦은 가신 상태다. 나는 김화영과 달리 원주의 날씨엔 매력을 느끼지 못하지만, 원주에 있는 모든 도서관과 책방엔 경의를 표하고 싶다. 앞으로도 그것으로 인해 내 삶이 한없는 풍경으로 열리길 바란다. 적당히 시끄럽고 적당히 자유로우면서도 집중이 잘 되는 공간으로서.

원주에 온 목적인, 경의를 표할 사람은 만나지 못하더라도 상관없다. 이 부문은 이젠 수정해야 할, 오래된 신념이다. 높고 먼 곳에 대한 동경과는 결별할 때가 온 것 같다. 내 인생의 극점이자 소실점에 닿은 듯해서이다. 이젠 시선을 거둬 나에게로 되돌아올 때가 된 것 같다.

평생 누구인지도 모를 사람에게 지워놓았던 무게를 거둬들여야겠다. 모든 것은 존재하는 것만으로도 귀한 것을. 사람 또한 마찬가지고. 저 지중해의 빛처럼 항상 반짝이지 않아도 각 존재와 장소는 그다운 기쁨과 의미를 지니고 있는 것을.

원주는 그런 의미에선 나에게 열린 곳이자 닫힌 곳이다. 오랜 기다림을 내려놓고 방황을 거두게 하였으니. 도서관을 드나들며 읽은 수많은 책이 현실로 중심을 옮겨놓게 하였다. 어쩌면 그것이 일종의 체념 형태로 보일 수도 있겠지만, 나에겐 경이로운 사건이다. 60여 년 품은 마음을 멈추고 돌려놓고 더 이상 막막한 곳을 지향하지 않게 하였으니. 나와 나 사이에 내가 놓일 수 있게 해주었으니.

특별한 체념엔 쾌감이 뒤따른다는데, 아직 그렇지는 않

은 것 같다. 안의 나와 밖의 내가 아직은 기분과 기운이 일치하지 못한 까닭일 것이다. 그 시간도 곧 올 것이다. 오늘도 언덕을 올라 도서관에 갔다. 도서관이 있어 원주는 나에게 친애롭고 또한 경애롭다.

동백은 핀다

꿈을 꾸었다. 꿈속에서도 슬펐다. 내가 봄꽃을 몇 번만 더 보면 죽는 꿈이었다. 남은 숫자를 세다가 잠에서 깼다.

꿈에서 깨어 그 나이를 계산해보니 내 나이 여든쯤 되었을 때였다. 남은 숫자가 너무나 구체적이어서 마음이 아팠다. 그만큼만 살면 죽는다는 것이었다. 죽을 날을 받아놓은 것처럼 멍했다. 멀리 있다고 생각했던 죽음이 숫자로 선명하게 몸체를 드러내었다. 지금의 어머니보다 젊은 나이다.

아마도 지난 토요일에 청풍호로 벚꽃을 보러갔다 오면서 마음에 품었던 생각이 꿈으로 형상화된 모양이다. 청풍호의 벚꽃은 절정이었다. 산과 들녘과 호수를 둘러싸고 피어 있는 꽃들이 그 공간을 환상같이 느껴지게 했다. 송이송이 터진 연한 분홍빛은 마치 다른 세계에 들어선 것 같은 느낌을 들게 하였다.

나들이객 또한 굉장했다. 모두가 꽃을 보러왔다. 그 중에 관광버스를 타고 온 상춘객들이 많았다. 그들 대부분은 노인이었다. 노인들은 봄에는 꽃을 가을엔 단풍을 필사적으로 보러다닌다. 자신들에게 남은 시간을 그것들을 몇 번이나 더 볼 수 있느냐로 계산한다는 얘길, 어머니로부터 들은 적이 있다. 전망대에 오르면서 나도 그런 생각을 했다. 전에는 들지 않던 생각이 왜 그날 들었는지는 모르겠다. 시간을 내어 일부러 꽃구경을 간 것도 이번이 처음이다. 나도 어느새 꽃에 마음이 가는 나이가 되었나보았다.

예순이 되면서 남은 시간을 계산하는 버릇이 생겼다. 평균수명을 기준점에 놓고. 그러고 몇 년 남았다는 생각에 이르면 서글퍼진다. 아마도 지나간 시간보다 남은 시간이 확연히 적어서일 것이다. 이제는 중간지점도 지나 종착점을 향해 가고 있다. 문득 어머니의 시간이 생각났다. 여든이 넘은 사람의 시간이. 나는 어머니로부터 당신에게 남은 시간에 대해 자주 들어 그 마음을 어느 정도는 짐작한다.

신기하게도 나에게 남은 시간과 함께 남편의 시간도 덩달아 생각하게 된다. 그리고 아들의 시간과 딸의 시간을 생각하고 태어나지도 않은 손주의 시간까지도 상상해본다. 그 모든 기준은 내 나이에 둔다. 그런 마음으로 세상을 바라보다보니 예전과는 다르게 다가오는 것들이 있다. 어떤 것들은 너그럽게 어떤 것들은 예민하게 또 어떤 것들은 집착하게 된다.

대체적으로 내가 겪었던 것들에 대해선 너그러워진다. 경험을 통해 익숙해졌기 때문이다. 그것이 감정이든 사건이든 간에. 힘들었든 좋았든 상관없이. 그런데 내 정체성을 흔드는 것엔 발끈한다. 60년 동안에 이루어진 '나'를 흠집내거나 깎아내리거나 훼손하는 경우엔 예민하게 군다. 이제 와서 깨뜨려버리면 다시는 나다워질 시간을 회복할 수 없기 때문이다. 깨뜨린 사람이 나 자신이든 타인이든 상관없이 용서할 수 없다. 그리고 집착하는 건 건강이다. 젊었을 땐 나이든 사람들이 영양제를 한 움큼씩 먹거나 보신이 되는 음식을 찾아다니는 걸 보면 흉하게 느껴졌다. 얼마나 오래 살려고 저러나, 싶어서.

그런데 나는 요즘 영양제를 몇 가지나 먹고 있다. 전에는 먹지 않던 걸 작년부터 먹기 시작했다. 남편이 챙기고 아이들이 챙기고 친구들이 권하면서부터다. 오메가3 프로폴리스 종합비타민 갱년기보조식품 유산균까지 먹는다. 먹을 때마다 비실비실 웃음이 나온다. 오래 살려고 먹는다기보다는 몸이 부대끼어서 먹는다는 편이 정확하다. 몸 여기저기가 덜컹거리고 삐거덕거리다보니 윤활유 역할이라도 하라고 먹는다. 그러고보면 나는 그간 어른들을 많이도 오해하고 있었지 싶다. 꽃구경 다니고 단풍 보러 다닌 것도 마찬가지다. 그들도 나처럼 그런 마음으로 시작하였을 것이다. 세상의 많은 것들은 그 나이까지 살아봐야 이해되는 것들이 있다.

아직 오지 않은 시간을 무사히 넘기기 위함이기도 하다. 먹고 싶은 것을 먹기보다는 몸에 이로운 것을 먹게 된다. 이것은 나이가 주는 본능 같다. 노화로 인한 뇌가 보내는 신호

같기도 하고. 다르게 표현하면 내가 장차 사용할 시간에 대한 예의이다.

오늘은 만 보를 걸었다. 이렇게 걷는 날은 드물다. 보통 육천 보가량 걷는다. 전에는 걸을 일이 있을 때나 걸었지만, 지금은 걷기 위해 걷는다. 걸으면서도 몸에 좋은 생각을 담으려 한다. 좋아하는 노래를 듣기도 하고 보고 싶은 사람에게 전화를 걸기도 하고. 걷다가 멈춰 서서 작은 것들을 오래 들여다보기도 한다. 종지나물꽃 냉이꽃 꽃다지꽃 제비꽃 봄까치꽃 민들레꽃…. 작은 것들이 귀하고 위대해 보인다. 그들에게도 일생이 있을 걸 생각하니 안쓰럽기도 하고.

우리 집에서 터미널로 가는 길에 솥뚜껑삼겹살집이 있다. 그 집 앞 보도블록 틈새에 해마다 동강할미꽃이 핀다. 나는 봄마다 오가며 그걸 보는 걸 좋아했다. 그럴 때마다 아버지 산소에 있는 할미꽃과 아버지가 생각났다. 그런데 이번 봄에는 꽃이 보이지 않았다. 그 자리에 도라지 싹만 한 뼘 자라 있었다. 해마다 할미꽃이 진 후에 도라지꽃이 피었는데. 누군가 도라지만 남기고 할미꽃을 뽑아버린 듯하다. 아니면 지난 혹한에 얼어죽었던가.

누군가에겐 시간이 꽃이나 단풍으로 치환된다. 어떤 이가 말했다. '가슴마다 동백이 피었다'고. 무슨 말일까, 궁금했다. 그때의 동백이 어떤 마음으로 핀 꽃인지도. 아파트 현관 앞 화단에 작약 싹이 제법 올라와 있다. 작약은 해마다 탐스럽게 핀다. 나는 꿈속에 보인 시간보다 더 오래 그 꽃을 보고 싶다. 가슴마다 라일락꽃이 피고 무궁화도 피고 조팝꽃도 피어났으면 좋겠고. 바란다면 예전처럼 나이를 세지 않을 수 있었음 더 좋고.

죽음만큼 시간의 존재를 선명하게 만드는 건 이 세상에 없다. 아무튼, 나에게도 동백은 피고 또 피어날 것이다. 올해도 내년에도. 아주 오래도록. 그 의미가 해를 더할수록 달라지지 않았으면 좋겠다.

분홍색이 될 수도 있어

글을 마무리하고 나니 나한테 이렇게 많은 이야기가 있었나 싶다. 아주 위험하고 너무 아프고 적나라한 상처들은 꺼내놓지도 못했는데. 그 이야기들은 어느 날엔가 내가 쓰는 소설에 조각조각 등장하게 될 것이다. 그렇게라도 풀어내야 할 것들이다.

그리고 모든 이야기가 내 이야기지만, 어느 순간엔가 이웃의 모습이 슬며시 들어와 있었고 사회의 둘레 곳곳에 내 발이 들어가 있는 것도 발견할 수 있었다. 나와 이웃과 세상의 모습들이 조화롭지 못하거나 소외되거나 모순의 얼굴을 할 땐 안타까웠다. 나는 그때마다 그것들이 하나씩 조화롭고 평안하고 울타리 안으로 들어오기를 바랐다. 어긋한 것들은 바로잡히기를 소망했고.

나는 이 세상에서 손님처럼 살다갈 사람이다. 그러기에 예의를 지키며 살고 싶었다. 나에게, 이웃에게, 세상의 모든 이들에게. 그 흔적들이 내가 세상에 머무는 동안엔 지문처럼 작동하다가 내가 사라진 후엔 누군가에게 따뜻한 바람으로 스며들었으면 좋겠다.

수필을 쓴다는 건 쉬우면서도 어려운 일이다. 나의 정체를 어느 정도까지 감추고 드러내야 하는지, 그 수위를 정하기가 매번 어려웠다. 수필은 내 이야기로 시작하여 타인이 공감할 수 있는 보편적인 모습으로 끝맺어야 하므로. 그러기까지엔 나의 안과 바깥이 한결같아야 하고. 덕분에 정직하게 살고자 애쓴 시간이기도 했다.

엄마로 아내로 딸로 며느리로 언니로 누나로 선생님으로 작가로… 사는 것도 만만찮았지만, 그 중에 나로 사는 것이 제일 어려웠다. 온전한 나로 서는 것이 평생의 과제이면서도 끝내 완성하지 못할 숙제 같다. 그래서 다른 역할들도 잘 감당해내기 어려웠는지도 모르겠다. 그럴 때마다 언니가 있었으면 했다. 내 편인 혈육이 필요했다. 내게 무조건적인 지지가 필요한 시기가 많았고 또 그만큼의 온기가 필요했기 때문이다.

내가 서 있는 길에는 작은엄마가 가마 타고 오던 날의 정오처럼, 설렘이 가끔 반짝거렸으면 좋겠다. 그리고 내 안에 남은 울음이 있다면 남들이 눈치채지 못할 정도로 여기저기에다 풀어놓아 가벼워졌으면 좋겠고. 나와 인연이 닿아 이 책에 등장하는 사람들에겐 고마운 마음을 전하고 싶다.

나의 때때와 곳곳에 함께 해주어서.

나를 태어나게 한 이도 있고 나를 아프게 한 이도 있고 나를 죽음으로 내몬 이도 있고 설레게 한 이도 있고 나를 변함없이 격려해준 이도 있다. 감사하게도 평생 한결같음으로 평안을 준 이도 있다. 덕분에 단단해지기도 하고 힘을 얻기도 하고 아프기도 하고 말랑해지기도 하고 뜨겁기도 하고 부드럽기도 했다. 2월이다. 진달래처럼 봄을 기다리다보면, 나도 분홍색이 될 수 있겠지.

무엇보다도 내가 세상에 손을 놓지 않도록 끝까지 손잡아준 이에게 고마움을 전한다. 그와는 평생 맛있는 밥을 함께 먹고 싶다. 이젠 그가 나에 대해 안심하였으면 좋겠다.

이 책에는 최근에 쓴 것과 문예지에 발표하거나 원주신문에 칼럼으로 쓴 글을 고루 실었다. 소설집에 이어 에세이집까지 함께한 도서출판 북인에 감사의 마음을 전한다.

임이송 에세이

나는 왼손을 믿지 않는다

지은이_ 임이송
펴낸이_ 조현석
펴낸곳_ 북인
디자인_ 푸른영토

1판 1쇄_ 2023년 11월 20일
출판등록번호_ 313 - 2004 - 000111
주소_ 121 - 842 서울 마포구 서교동 460 - 34, 501호
전화_ 02 - 323 - 7767
팩스_ 02 - 323 - 7845

979-11-6512-080-1 03810

이 책은 강원특별자치도, 강원문화재단 후원으로 발간되었습니다.